Entre Feras & Corações Feridos

Entre Feras & Corações Feridos

CRISTINA BOMFIM

Diretor-presidente:
Jorge Yunes
Gerente editorial:
Claudio Varela
Editora:
Ivânia Valim
Assistentes editoriais:
Fernando Gregório e
Vitória Galindo
Suporte editorial:
Nádila Sousa
Gerente de marketing:
Renata Bueno
Analistas de marketing:
Anna Nery e Daniel Moraes
Direitos autorais:
Leila Andrade
Coordenadora comercial:
Vivian Pessoa
Preparação de texto:
Rebeca Benjamim
Revisão:
Fernanda Costa

Entre feras e corações feridos
© 2024, Companhia Editora Nacional
© 2024, Cristina Bomfim

1ª edição — São Paulo

Ilustrações de capa e miolo:
Cristina Bomfim (@cristinabomfimp)
Ilustração do brinde:
Quel Martin (@quel.mdn)
Projeto de Capa:
Karina Bastos
Projeto gráfico e diagramação:
Amanda Araújo e Karina Bastos

DADOS INTERNACIONAIS DE CATALOGAÇÃO NA PUBLICAÇÃO (CIP) DE ACORDO COM ISBD

B695e   Bomfim, Cristina
        Entre feras e corações feridos / Cristina Bomfim ; ilustrado por Cristina Bomfim . – São Paulo : Editora Nacional, 2024.
        304 p. : il. ; 14cm x 21cm.

        ISBN: 978-65-5881-226-5

        1. Literatura brasileira 2. Romance. 3. Ficção cristã. 4. Título

2024-2374   CDD 869.89923
                                  CDU 821.134.3(81)-31

Elaborado por Odilio Hilario Moreira Junior - CRB-8/9949

Índice para catálogo sistemático:
1. Literatura brasileira : Romance 869.89923
2. Literatura brasileira: Romance 821.134.3(81)-31

NACIONAL

Rua Gomes de Carvalho, 1306 — 11º andar — Vila Olímpia
São Paulo — SP — 04547-005 — Brasil — Tel.: (11) 2799-7799
editoranacional.com.br — atendimento@grupoibep.com.br

PARA QUEM AINDA SONHA EM ABRIR UMA PORTA QUE LEVE A UM MUNDO MÁGICO...

Prólogo

"Há muitos anos sabemos que os ciclopes abandonaram Bardaros. Os dias de glória de nossa amada imperatriz Alexandra III não seriam esquecidos mesmo que nos forçassem a fazê-lo. Porém, com a partida de nossa ilustre imperatriz, os ciclopes perceberam que poderiam voltar — suspeito que, desta vez, a comando de um inimigo distante. Não estou aqui para atiçar medo ou histeria, mas talvez a lenda contada nos livros infantis não seja apenas uma lenda.

Os ciclopes, agora, estão maiores e muito mais numerosos, desconfio que seria uma batalha árdua até mesmo para nossa grande Alexandra. Contudo, por qual razão ela decidiu se unir a um imperador tão medíocre como o nosso? Isso é uma pergunta que este humilde jornalista talvez nunca seja capaz de responder."

"Já é o quinto ataque em menos de um mês, e o que faz nosso imperador? Aproveita os impostos e os quitutes de frutas frescas enquanto se espreguiça em seu trono? Não duvido de que não o esteja fazendo. Mas se os ciclopes continuarem a dizimar nossos vilarejos, em breve não restará mais população para pagar impostos, muito menos um exército para proteger o Império. E, talvez, nem mesmo um imperador desleixado que insiste em negligenciar seus súditos. Temo que logo teremos que recorrer ao mundo material e seus magos. Meu orgulho quase me impede de dizer, mas é inevitável: nossa magia está fraca demais para lidar com essa guerra sozinhos. Ó, grande Alexandra, como você faz falta."

"Peço que perdoem a ausência deste jornalista, ele está de luto desde o falecimento de seu irmão, que agora descansa ao lado de nossa amada Alexandra. Escrever passou a ser doloroso para mim.

O que eu mais temia se tornou realidade, a lenda deixou de ser só uma lenda: o Grande Mago, Fergus, voltou. Estou certo de que ele está disposto a ir até o fim para ter o que almeja. Antes, eu não quis causar pânico, mas hoje, preciso. Temam por suas vidas.

Pouco sabemos sobre o príncipe sanguinário, filho do imperador, além dos boatos de que foi afastado pelo seu temperamento raivoso; e talvez seja verdade. Mas me baseio apenas no que meus olhos veem. E vi que esse príncipe cortou a cabeça de três ciclopes de uma vez, sem nem mesmo suar. Naquele momento, achei ter um vislumbre de nossa Alexandra. A magia dele é poderosa e admito que dá medo, muito medo — pobre da garota que um dia o desposar. Mas que Elah me perdoe, pois mal posso esperar para coroá-lo como imperador. Claramente, é nossa única esperança."

1

A dona da floricultura do seu bairro pode ser uma maga

NO INTERIOR DE São Paulo, em uma pousada em Campos do Jordão, vivia uma mãe e suas filhas. Elas trabalhavam arduamente no terreno que haviam herdado do falecido patriarca da família. Para os hóspedes, não passava de próspero negócio familiar, passado de geração em geração. Quem se hospedava na pousada Villa Margarida sabia que podia esperar uma conexão com a natureza sem igual. Todas as filhas eram botânicas, especialistas em áreas distintas do ramo. Alguns viajantes iam para lá buscando cura, paz e, às vezes, procuravam até mesmo encontrar a alegria que haviam perdido.

Essa era a propaganda do lugar: a pousada das botânicas. Mas os hóspedes mal sabiam que as meninas, na verdade, eram magas; especialistas na arte da manipulação de plantas místicas, importadas de Bardaros, o mundo mago. Elas tiveram a sorte de ter um pai nativo então, como herança, mantiveram a importação dessas plantas. Pois, como magas nascidas no mundo material, não tinham direito a nada do mundo mágico.

— Mãe, quantos de cada? — perguntou uma das meninas à matriarca enquanto colhia algumas flores cor-de-rosa no campo, onde todas as irmãs também estavam.

— Dois está ótimo — respondeu a mãe enquanto lia as últimas notícias de Bardaros. — Santo Elah... — Murmurou.

— O que foi, mãe? — indagou outra garota.

— O mundo mágico está com problemas.

— Não conseguiram expulsar os ciclopes ainda?

As meninas começaram a se reunir em volta da mãe.

— Não, e foi confirmado que Fergus realmente está no controle dos ataques.

— O Grande Mago? — perguntaram, assustadas.

— Ele mesmo. Parece que está usando magia das trevas para fortalecer os ciclopes.

— Ficaram sabendo que um ciclope atravessou um portal? — cochichou uma das filhas.

— O quê!? — exclamaram em uníssono.

— Meu marido que contou... Ele tem um amigo na Índia. Um ciclope atravessou o portal da Ásia. Por sorte, os magos de lá controlaram a situação para que a barreira do mundo vazio não fosse quebrada.

— Então nenhum vazilar viu o ciclope, Arvina? — questionou a mãe, preocupada.

— Não, a barreira continua intacta.

Todas suspiraram aliviadas.

— Foi Elah quem fez a barreira. Somente uma força maior poderia quebrá-la — concluiu a matriarca.

— Será que Fergus ainda está atrás de Elah? — perguntou Arvina.

— Com certeza — afirmou a mãe, frustrada. — Logo eles terão que deixar o orgulho de lado para convocar os magos de nosso mundo.

Uma das meninas bufou.

— Mesmo que façam isso, nem passarão perto da América do Sul. Eles sempre preferem os magos da Europa ou da Ásia. Não precisamos nos preocupar, ninguém aqui vai ser convocado para a guerra. Eles nos odeiam.

— Cecília! — alertou a mãe.

— A senhora sabe que é verdade. Nós tivemos a sorte da senhora ter se casado com um nativo, caso contrário estaríamos perdidas! Magos da América passam necessidade e vendem sua magia para viver com o mínimo de dignidade. E aí, quando a magia cai nas mãos de humanos, e doenças, pandemias e maldições se alastram pelo mundo, falam que foi culpa dos americanos. Não foi culpa nossa! É culpa deles, que não cuidam de seus magos! Eles que não se atrevam a nos convocar para a guerra *deles*.

A matriarca respirou fundo. Cecília era a mais difícil de todas as suas filhas.

— Eu entendo sua indignação, de verdade. Mas...

A conversa foi interrompida por um trabalhador da pousada, um jovem mago aprendiz que se aproximou ofegante e com as bochechas vermelhas.

— Lucas, o que houve? — perguntou a mãe das meninas, confusa.

— O mensageiro — disse enquanto recuperava o ar.

— Mensageiro?

— Um mensageiro de Bardaros está aqui!

A tensão tomou conta do ambiente. Isso nunca tinha acontecido antes. Nunca um representante do mundo mágico se dispôs a vê-las, mesmo quando o amado patriarca veio a falecer. Para um mensageiro de Bardaros ter se deslocado até elas, o assunto era sério. E o único assunto sério do momento era a guerra. Elas seriam mesmo convocadas para a batalha?

Ao longe, um homem alto, loiro e de olhos acinzentados se aproximava; suas vestes eram típicas de um mago de Bardaros, ele usava uma pesada capa azul-escura pesada por cima de sua roupa que se assemelhava a uma farda, mas um pouco mais requintada. Detalhes em ouro se espalhavam pelos fios da vestimenta azul-claro, seu porte e sua maquiagem nos olhos não o deixavam passar despercebido.

As meninas tentaram segurar o riso, pois não era o tipo de roupa adequada para se disfarçar no mundo vazio. Mas elas sabiam que os nativos não se importavam com isso.

— Olá, esta é a casa dos Bilger? — indagou ele, se aproximando das mulheres.

Todas apenas acenaram que sim, mas seus corpos estavam paralisados por completo.

— Como podemos servi-lo? — A mãe se prontificou.

O mensageiro fitou as moças à sua frente com cautela, todas eram muito bonitas. Ele não conhecia a aparência das mulheres da América do Sul e ficou timidamente surpreso. O mensageiro coçou a garganta antes de responder:

— Vim como representante imperial de Bardaros. Estou à procura de uma maga capaz de manipular a magia da terra, e ouvi dizer que sua casa abriga as melhores da região.

A mãe lhe ofereceu um sorriso largo e cheio de orgulho.

— Sim, meu senhor. Todas as minhas filhas são botânicas e habilidosas na arte das plantas místicas, uma herança do meu falecido marido.

— Alquimistas, então — afirmou ele.

— Meu senhor... — A mãe demonstrou sinais de desconforto. — Não usamos esse termo aqui. É visto com maus olhos em nossa sociedade. Botânicas, eu prefiro.

— Certo.

O homem olhou para a direita e depois para a esquerda, em busca de algo que mais ninguém sabia o que era.

— Tive dificuldade em encontrar o portal de sua residência. É um terreno grande o bastante para ter seu próprio portal mágico...

— Ah... — A matriarca não soube responder.

Mas Cecília sabia.

— Não nos fornecem orçamento suficiente para termos nosso próprio portal.

A mãe a beliscou, mas ela fingiu nem sentir.

— Compreendo — respondeu o mensageiro com o rosto franzido em expressão de contrariedade para a garota. — Precisei usar o portal do centro de São Paulo. Por isso demorei para chegar, não queria atrapalhá-las no meio do trabalho.

— Ah, não se preocupe — replicou a mãe, envergonhada. — Infelizmente só temos um portal para cada região do Brasil, o do Sudeste é em São Paulo mesmo.

— Como fazem quando magos de outras cidades precisam ir para Bardaros?

Dessa vez foi Masea, a segunda filha que se pronunciou:

— Alguns magos nunca foram para Bardaros, pois não possuem condições de se locomoverem até o portal.

O mensageiro percebeu que não venceria uma batalha contra as seis mulheres à sua frente.

— Como eu disse, a pedido do imperador, vim atrás de uma alquim... — Se interrompeu para buscar o termo apropriado — ... Uma *botânica*. Posso conhecer a habilidade de cada uma?

— Mas é claro! — respondeu a mãe, entusiasmada.

Ela chamou as meninas para mais perto, a fim de apresentá-las devidamente.

— Minha mais velha, Daphne, se especializou na arte das plantas calmantes. Se precisar de uma boa-noite de sono, pode contar com suas receitas e chás milagrosos. Ela, inclusive, já importou suas poções para magos de Bardaros.

— Foi só uma vez, mãe — salientou a garota.

A matriarca apenas ignorou e continuou a apresentação.

O mensageiro permaneceu ouvindo com bastante atenção, esperando a resposta que queria para cumprir a missão a que foi designado.

— Masea produz ervas medicinais. — A garota estava de cara fechada, sem se importar em impressionar ninguém. — Por causa dela, nos tornamos fornecedores importantes para o hospital da região.

O homem a observou sem muito interesse, ainda não era o que estava procurando.

— Ryzia trabalha nas universidades. Suas ervas ajudam na concentração. Mas ela se dedica especificamente aos atletas: produz poções eficazes que melhoram o desenvolvimento esportivo. Inclusive, está noiva de um dos jogadores a quem atende.

Essa já parecia mais interessante... Estava em forma por acompanhar os atletas de quem cuidava e poderia ser útil para o que ele precisava, mas era comprometida.

— Esse jogador é um mago também?

— É claro, meu jovem! — afirmou a mulher rapidamente. — Mesmo aqui, na América do Sul, respeitamos a tradição. Desde pequenas, elas foram incentivadas a conhecer outras famílias de magos. Temos muitos aqui no Brasil, ainda bem. Na verdade, a maioria das meninas já está com casamentos em vista. Mas apenas Ryzia tem o noivado oficializado. E uma delas já se casou. Alguns noivados foram arranjados, outros não. Tentamos dar liberdade a elas.

O mensageiro não gostou da última observação da matriarca, mas ela prosseguiu:

— Beona está muito presente em clínicas de estética. Suas ervas são focadas no rejuvenescimento e na beleza, então são muito requisitadas pelas profissionais da área. Graças a Elah, temos muito retorno financeiro por meio de Beona.

O homem percebeu que a garota realmente se preocupava com a aparência. Ela era muito arrumada e elegante. Mas não seria a beleza que salvaria Bardaros; eles já haviam tentado esse método antes e falharam miseravelmente. A apresentação ainda não havia chegado ao fim, e o homem já estava se cansando. Como uma mulher conseguia cuidar de tantas filhas?

— Arvina trabalha em fazendas, suas receitas são ótimas para os animais e as plantações. Acredito que ela decidiu se aprofundar nesse ramo quando se casou com um fazendeiro... Claro, um mago também.

A garota tinha uma aparência forte e um pouco mais caipira. O homem a achou adorável, mas talvez suas habilidades não ajudassem com o plano que o imperador estava arquitetando.

— Cecília, bem... — A mãe corou um pouco antes de apresentá--la — ... Ela ajuda os casais a melhorarem... Bom, como posso dizer? Suas ervas sempre deixam casais felizes. Posso afirmar que são ervas do amor!

O rapaz lançou um olhar julgador a Cecília, que retribuiu com uma piscadinha, o deixando abismado. Cecília não era a melhor opção e ele deu graças a Elah por isso. Detestaria ter que cuidar de tal mulher perigosa.

— Essas são todas as filhas que você tem?

— Sim! — Mas logo se interrompeu para corrigir: — Quer dizer, tenho a minha caçula, na verdade, mas acredito que suas habilidades não lhe serão úteis.

— Por qual razão?

Cecília se prontificou a responder, aproveitando a oportunidade para provocar o rapaz:

— Lizzie tem muito conhecimento, mas só gosta de trabalhar com brenixas.

A palavra chamou a atenção dele.

— Como disse?

— Brenixas... — Continuou Cecília. — Plantas tóxicas, que, na verdade, deveriam ser perfumes. Ela é muito boa com aromas, mas sempre foi obcecada por esse tipo específico de planta. É muito difícil extrair o perfume porque pode ser fatal. Por isso não vendemos, mas ela cuida da plantação mesmo assim.

— Quero conhecê-la — pediu ele.

Todas se olharam, confusas, mas a mulher mais velha o obedeceu. As meninas permaneceram no campo enquanto a matriarca levou o mensageiro para onde a caçula estava.

O terreno era muito grande e, a cada passo, ficavam mais distantes da pousada. Passaram por um estábulo, uma plantação de laranjas e até por um riacho, mas nada de chegarem ao local prometido. Era verão no Brasil e as roupas pesadas que o mensageiro usava o faziam suar. Até a maquiagem preta de seus olhos começara a derreter. Ele desconfiou que, quando enfim chegasse ao local, estaria tal qual um panda. Ao longe, conseguiu avistar uma casa de vidro, talvez ali fosse o lugar para onde estava sendo levado.

— Então ela fica afastada das outras por conta dos aromas? — perguntou, ofegante.

— Ela prefere assim. — Suspirou a mãe. — Muitas vezes, suas poções dão errado. Uma vez ela tentou um experimento em casa que não saiu como ela imaginava. Então a casa ficou cheirando a gambá velho por uma semana, por isso decidimos colocá-la na estufa onde pai dela trabalhava.

— Compreendo. — O rapaz observava a casa de vidro, que agora estava mais visível. — Então vamos encontrar a caçula dos Bilger.

— Ah, ela não é uma Bilger.

Ele parou antes de abrirem a porta da estufa.

— Espera, como assim?

A mãe ofereceu um sorriso envergonhado.

— Lizzie é filha do meu segundo casamento, todas as outras são do primeiro. Essa pousada maravilhosa é, na verdade, do pai dela. Ele é o mago nativo que procura. Meu primeiro marido era apenas um mago comum de nosso país, assim como todas nós.

— Então as outras meninas não são filhas dele?

— Biologicamente não, mas ele foi, sim, o pai delas — respondeu a matriarca com um olhar cheio de saudade.

O mensageiro enxugou o suor da testa com um lenço e ajeitou a postura.

— Como devo me referir à senhorita Lizzie, então?

A mãe abriu a porta antes de responder, revelando uma estufa repleta de plantas mágicas. À mesa central, havia uma garota de cabelo longo, com fios encaracolados e castanhos, as maçãs do rosto eram avermelhadas e seus olhos eram como um cristal de âmbar. Mas não era só isso que chamava a atenção. O formato redondo dos olhos lhe dava um ar acolhedor. E o belo sorriso, que ofereceu ao ver a mãe entrar no local, fez as pernas do rapaz oscilarem. Era uma garota bonita.

— É Lizzie Valero — esclareceu enquanto caminhava em direção à filha.

O mensageiro engoliu em seco. De repente, não tinha certeza se conseguiria dar a notícia a uma garota que parecia ser tão delicada como ela.

— Lizzie, um mensageiro de Bardaros quer te conhecer.

A garota o olhou, confusa.

— Como posso ajudar? — Até mesmo o som da sua voz era doce.

— Você produz plantas tóxicas aqui?

A doçura que havia presenciado se dissipou no exato momento em que ele disse aquilo. A garota se transformou na imagem de uma criança emburrada.

— Elas não são tóxicas! — exclamou, irritada. — Meu pai sabia manuseá-las, eu estou aprendendo ainda.

— Certo, me perdoe, mas soube que trabalha com as tais brenixas.

De repente o olhar da garota voltou a ter o brilho de antes.

— Ah, você já soube! — declarou ela com um sorriso. — Trabalho sim, mas vocês vivem atrasando o prazo de envio. Então sempre fico com um estoque limitado e, se houver qualquer erro, eu perco quase três meses de trabalho.

O homem suspirou. Ela não era diferente, era exatamente igual a todas as outras irmãs. Poderia ser fofa, mas ainda era reclamona demais.

— Você já deve saber do que tem acontecido em Bardaros.

— Ah, sim, sinto muito pelos ciclopes — disse ela ao abaixar a cabeça e se virar para os frascos de experimentos.

— Precisamos de uma botânica que saiba manipular plantas capazes de quebrar maldições e feitiços poderosos.

Agora o mensageiro tinha chamado a atenção de Lizzie, que se voltou para ele rapidamente.

— Brenixas podem fazer isso! — respondeu ela, animada, mas logo se recompôs. — Quer dizer, quando bem-preparadas.

— É exatamente por isso que precisamos que você se mude para Bardaros e manipule as brenixas durante a guerra.

— Ela está sendo convocada para a guerra? — perguntou a mãe, escandalizada.

Chegou o momento de dar a notícia.

— Na verdade, não é isso. Somente nativos podem manipular plantas místicas em Bardaros.

— Lizzie não é nativa, nasceu aqui no Brasil.

— Há meios de conseguir a cidadania de Bardaros — começou a explicar. — Tempo de trabalho, recompensa ou...

— Casamento — murmurou Lizzie, receosa.

— Exato — confirmou ele enquanto tirava um documento do bolso. — Lizzie Valero, você está sendo convocada para um casamento de aliança emergencial.

Lizzie pegou o documento procurando o nome que constava nele.

— Nicholas Arkalis? Ele não é o filho do imperador?

— É ele mesmo, senhorita.

Suas mãos começaram a tremer.

— Eu já ouvi falar dele... Ele é...

O mensageiro a olhou incomodado.

— Sim, ele é o príncipe sanguinário.

2

Esse amor tem cheiro de morte

Alguns minutos antes de sua vida mudar por completo, Lizzie colocava gotas de um resíduo recém-fabricado em uma longa e fina vasilha de vidro. Uma pequena e inofensiva explosão laranja saiu do frasco. Tinha dado errado de novo, não era a cor que queria. Ela tirou os óculos de proteção e, frustrada, esfregou as luvas no avental que usava por cima do vestido.

A botânica se dirigiu até a prateleira de resíduos. O estoque de brenixas estava acabando. Já havia enviado uma solicitação a Bardaros para receber mais um lote das plantas, mas sabia que eles costumavam demorar a atender seu primeiro chamado. Dessa forma, ela foi até a mesa, tirou da gaveta um papel dourado e começou a escrever com uma pena igualmente dourada.

— Um e-mail seria mais prático — resmungou ela, e, em seguida, sorriu ao olhar a cera colorida ao lado da mesa —, mas selar as cartas é tão bonitinho.

Lizzie terminou de escrever mais uma vez seu pedido de estoque, selou a carta com o carimbo que carregava a imagem de uma pantera e foi até o lado de fora da estufa.

A pousada não tinha um portal mágico para viajar pessoalmente até Bardaros, mas, pelo menos, a família possuía um transporte de objetos pequenos, como cartas, que tinha sido deixado como herança pelo seu pai. Os magos de Bardaros tentaram tomar como propriedade mágica, mas o transporte estava preso por um feitiço, e somente um Valero poderia usá-lo, ou seja, apenas ela e sua mãe. O transporte nada mais era do que um morcego branco, que descansava em uma árvore enquanto Lizzie tirava do bolso um figo. Ele abriu os olhos de imediato, sentindo o aroma da fruta, voou até o braço de Lizzie e começou a emitir barulhos agudos, demonstrando a fome que sentia. Ela sorriu para o bichinho e colocou a carta em sua pequena garra. O morcego mordeu o figo, saboreando cada pedaço.

— Ei, Thiral, pode ir para Bardaros de novo, por favor? Entregue isso à chefe botânica, como sempre faz. — instruiu seu morcego de estimação com um sorriso gentil.

A pequena criatura acenou com a cabeça, mostrando ter entendido o recado. Thiral se posicionou após engolir um último pedaço de figo, voou para o céu e desapareceu em uma nuvem. Lizzie observou a cena enquanto soltava um suspiro aliviado.

— Se eu tiver sorte, me enviarão mais antes que meu estoque acabe — disse tentando manter o pensamento positivo.

Ela voltou para a estufa, jogando no chão o resto de figo que sobrara, porque apenas Thiral gostava da fruta. Depois, foi até uma caixa de livros que tinha guardado na estante ao lado de sua mesa e começou a procurar receitas diferentes com o que tinha disponível. Talvez ela precisasse extrair o aroma da brenixa de outra forma. Não existia meio-termo com aquela planta, ela só era capaz de fazer duas coisas: amar ou matar. As anotações de seu pai sobre as brenixas eram muito difíceis de entender, não passavam de rabiscos que só faziam sentido na cabeça dele. Mas mesmo não entendendo nada, ela gostava de guardar o caderno. Um dia terminaria o que ele havia começado.

Lizzie colocou o caderno junto de um porta-retrato que tinha a imagem de sua mãe a segurando quando ainda era bebê, seu pai e suas irmãs. Ela sentia falta dele, mas também se sentia abençoada por ter uma enorme família composta apenas por mulheres — seria muito solitário sem elas.

— Espero que Elah o tenha recebido — falou olhando para a escultura de uma pantera de pedra.

Lizzie fez uma reverência juntando os dedos indicadores e o do meio para o meio da testa, como um v ao contrário, se cruzando, e se curvou levemente. Então voltou para a mesa, disposta a tentar mais experimentos com sua planta favorita. Ela pegou o artefato mágico encostado na cadeira e começou a analisar os componentes dele.

— Talvez, se eu deixar em mais tempo de infusão, o bordão se fortaleça — murmurou enquanto tocava nas plantas que contornavam a madeira do objeto.

O bordão era comprido, feito de madeira de araucária e o cerne era de brenixa, pois essa também era a planta favorita de seu pai. A brenixa era capaz de liberar aromas diversos, mas Lizzie ainda não sabia manipular a erva com a destreza necessária para que não se tornasse letal. A planta mística supostamente tinha um poder avassalador, mas tudo que ela tocava morria. O aroma que deveria lembrá-la do amor de seu pai fedia a morte. Ela estava começando a ficar cansada. Não existia ingrediente mais poderoso para bênçãos ou maldições do que as brenixas, já que seu lado mortal era muito mais fácil de produzir. Porém, quando usada para bênçãos, seu poder era ainda mais transformador.

Lizzie suspirou frustrada e abriu outro livro de botânica mágica até que, de repente, foi interrompida pelo barulho da porta da estufa abrindo. Olhou para trás, avistou sua mãe e sorriu, mas logo percebeu que ela não estava sozinha. Um homem alto e loiro com vestimentas típicas de Bardaros estava com ela — aquilo não poderia indicar boas notícias.

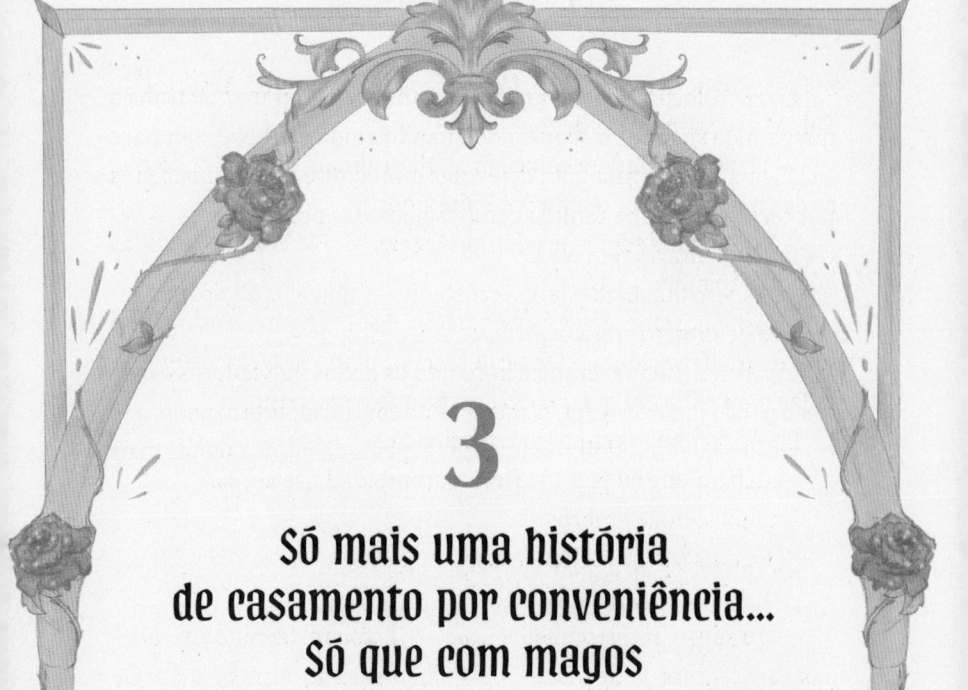

3

Só mais uma história de casamento por conveniência... Só que com magos

A S IRMÃS SE sentaram ao redor de Lizzie. Cecília apertava a mão dela com veemência — elas eram as mais próximas em idade e, para Cecília, imaginar a irmã mais nova partindo para um casamento arranjado lhe tirava a paz. O mensageiro observava o grupo de mulheres pela porta da casa enquanto conversava com a matriarca da família. Cecília se virou para a irmã, assumiu uma postura ereta e respirou fundo.

— Você não precisa aceitar, Liz — afirmou ela com convicção.

— Não sei se tenho escolha. Se eu não aceitar, eles irão retirar todos os direitos que nosso pai nos deixou — falava Lizzie com a voz embargada.

As mulheres se entreolharam preocupadas. O direito de manipular as plantas místicas de Bardaros vinha com um preço: estar à disposição do mundo mago. Ninguém imaginava que esse momento de fato chegaria, já que Bardaros odiava pedir ajuda a magos não nativos, principalmente aos residentes da América do Sul. Mas o momento chegou.

— Lizzie — Daphne começou a falar calmamente —, tudo que temos hoje pertence mais a você que a nós.

— Não é verdade! — exclamou Lizzie. — Ele era pai de todas nós, não só meu.

— Ainda assim, é você que carrega o sobrenome. Tudo isso é seu, no final das contas. De certa forma, sempre estivemos preparadas para o dia em que perderíamos tudo o que temos.

Lizzie franziu o cenho, inconformada.

— Acham que eu poderia tirar a propriedade de vocês?

Daphne deu de ombros.

— Se quisesse, você poderia.

— Eu jamais...

— Eu sei! — interrompeu a irmã. — Estou te dizendo isso apenas para lembrá-la de que... — Ela olhou para as outras irmãs que concordaram, acenando levemente com a cabeça — ... A decisão é sua. Você não precisa se casar com o príncipe sanguinário para salvar a propriedade. É a *sua* vida.

Lizzie olhou para cima e apertou os lábios, tentando segurar o choro.

— Do que vocês viveriam?

— Ah, Liz... Viveríamos igual aos outros magos do Brasil. Com algumas dificuldades, é claro, mas daríamos nosso jeito. Temos outras cartas na manga. — Beona sorriu para ela.

— Eu não quero que vocês entrem no mercado clandestino de magia, nem...

— Isso não vai acontecer, Liz! — assegurou Cecília.

A irmã de cabelo encaracolado encarava as outras, assustada. Todas eram loiras e ruivas, de cabelo escorrido ou ondulado, assim como a mãe e o pai biológico. Lizzie era a única irmã de cabelo castanho, cacheado e volumoso, tinha puxado essa característica de seu pai. Ela tinha uma leve tendência a se comparar com as irmãs, mas também nunca chegou a duvidar de sua beleza. E mesmo sendo tão diferente delas, nunca tinha sido tratada de maneira inferior. Muito pelo contrário, mesmo sendo a irmã mais nova, era ela quem carregava o peso do nome Valero. Sabia que, no final das contas, seria responsável por cuidar dos negócios da família e do sustento de suas irmãs. Por isso, levantou-se abruptamente e se virou para o mensageiro que a aguardava na porta.

— Sou a única botânica disponível para o trabalho? — perguntou com o queixo empinado. — Sei como odeiam os sul-americanos. Não há nenhum botânico na Ásia ou na Europa?

O homem segurou a risada. Era engraçado ver uma garota pequena e aparentemente inofensiva como aquela tentar mostrar autoridade.

— Você não foi a primeira opção, mas as outras poucas botânicas disponíveis não aceitaram o trabalho.

— Elas tiveram a opção de recusar, então.

— Sim.

— Porque elas não estão presas a um acordo com Bardaros, não é? Então podem fazer o que quiserem com suas vidas. Mas nós temos uma dívida com vocês, certo? — questionou ela, contrariada.

— Devemos algo que deveria ser nosso direito. Não só nosso, mas de todos os magos não nativos.

— Lizzie... — A mãe tentou acalmá-la.

O mensageiro deu alguns passos à frente para se aproximar de Lizzie, tornando sua presença ainda mais intimidadora.

— Sim, vocês nos devem. Vocês vivem melhor do que todos os magos de seu país quebrado. É mais do que sua obrigação nos ajudar.

— Ela não é obrigada a ajudar sua guerra falida! — gritou Cecília.

— Ceci! — A mãe estava quase desmaiando.

— Não vai demorar para que os ciclopes cheguem até vocês! — vociferou o mensageiro contra Cecília.

— Do que ele está falando? — Lizzie se virou confusa para as irmãs.

Elas se entreolharam preocupadas.

— Alguns ciclopes já conseguiram atravessar os portais — respondeu Arvina. — Nisso, ele está certo. Logo a guerra chegará ao nosso mundo. Os vazilares correrão perigo se a barreira for quebrada, se Fergus vir para cá...

— Será o fim dos vazilares! — completou o mensageiro. — Eles não têm magia nem poder para derrotar o Grande Mago. Isso é para ajudar vocês!

— Nos poupe, vocês nunca se importaram conosco! — Cecília revirou os olhos. — Só começaram a se preocupar porque a identidade de Bardaros e dos magos pode ser revelada, e vocês sabem como tratavam bruxas no passado. Os vazilares não sossegariam até destruir todos os magos. Dessa forma, teriam que acolher refugiados e vocês se contorcem só de pensar em nos tratar como iguais, não é? Vocês não têm poder sobre nós! Se ela não quiser, recusará e pronto. Nos viraremos por aqui.

A matriarca se aproximou da caçula e lhe apertou a mão.

— Você não precisa aceitar. O príncipe de Bardaros pode te matar e todos sabem disso. Aquela maldição... — Ela tomou cuidado para não entrar em detalhes na frente no mensageiro. — De que vale essa pousada sem todas as minhas filhas morando nela?

Lizzie sorriu para a mãe e se virou para o mensageiro. Abriu a boca para falar, mas as palavras não saíram. Ela não queria perder tudo, não mesmo. E sabia que, caso recusasse a proposta, acabaria perdendo a estufa, as plantas místicas e, principalmente, nunca mais receberia brenixas — ou seja, jamais conseguiria terminar o que seu pai começou. E, para piorar, a guerra de Bardaros não estava indo bem. Sua irmã tinha razão. Se não parassem os ciclopes, a barreira poderia se quebrar e os vazilares não aceitariam a existência deles de bom grado. Mas Lizzie não queria ir, e nenhuma irmã queria que ela fosse.

— O que acontece se eu recusar, então? — perguntou Lizzie com a voz vacilante.

— Além de perder toda a exportação de plantas místicas, tomaremos a pousada.

— O quê?! — exclamaram todas as mulheres em uníssono.

— Seu pai a comprou usando o salário de Bardaros. Ele conseguiu tudo isso servindo à sua terra de origem. Se as filhas se recusam a servir à terra de seu pai, nada mais justo do que tirá-la de vocês.

— Isso é ridículo! — rebateu Lizzie. — Não podem tirar nossa propriedade! Ele podia fazer o que quisesse com o salário, vocês não têm poder nisso.

— As leis de Bardaros são diferentes das leis dos vazilares. Não se esqueça disso.

O mensageiro já estava começando a se incomodar com as garotas. Ele levaria uma botânica com ele, nem que fosse à força.

Lizzie se virou para as irmãs com o olhar lacrimejando.

— Acho que não tenho escolha.

Cecília segurou em sua mão.

— Irmã, casar-se com o futuro imperador a fará...

— Eu conheço meu lugar, Ceci. Já sabemos dos divórcios do príncipe. Estão tentando quebrar a maldição dele há anos. Ele vai se divorciar de mim depois que eu terminar o trabalho ou fracassar.

Lizzie, então, arregalou os olhos ao perceber o que acabara de falar.

— Ele vai se separar de mim, né? — perguntou ao mensageiro — Jamais me fariam imperatriz.

O homem bufou.

— Você está certa.

— Então, se eu for e fracassar, posso voltar?

— Você não pode fracassar de propósito. Se percebermos indícios de que isso esteja acontecendo, será considerado traição e tiraremos sua pousada de qualquer jeito.

Lizzie sentiu um aperto na garganta.

— Quero que minhas irmãs e minha mãe recebam a nacionalidade comigo.

— O quê?

— Se... — Lizzie queria achar as palavras certas — ... Se eu for bem-sucedida em minha missão, quero que dê à minha família a nacionalidade por recompensa. Se eu morrer, elas ficarão sem nada. Vão perder todos os direitos à propriedade e às plantas místicas. Quero também mais recursos direcionados ao meu país. Todos os magos daqui merecem uma vida melhor. Somos um dos únicos pontos de magia do Brasil. Se perdermos isso, vamos colocar ainda mais magos na miséria.

— Você está exigindo muito.

— Eu só quero chegar a um acordo. Eu vou sem fugir, sem vacilar. Vou dedicar todo o meu tempo a curar o príncipe. Não vou trapacear, eu prometo. Mas quero essa garantia. Você sabe muito bem que está praticamente me levando como sua prisioneira. Então eu vou, mas quero que garanta segurança para minha família. Assim farei melhor meu trabalho.

O homem esfregou o cabelo, empurrando-o para trás, aflito com a proposta que recebera. Não seria fácil explicar o acordo a seus superiores.

— Eu posso mexer uns pauzinhos por lá — resmungou ele.

— Acordo fechado? — Lizzie lhe estendeu a mão trêmula, esperando um aperto. Queria parecer confiante, mas, no fundo, estava apavorada.

Um suspiro longo saiu pelas narinas do homem. Não tinha como fugir daquela situação, ele não poderia voltar para Bardaros de mãos vazias de novo.

— Acordo fechado... — Ele levantou um sorriso de canto — ... Alteza.

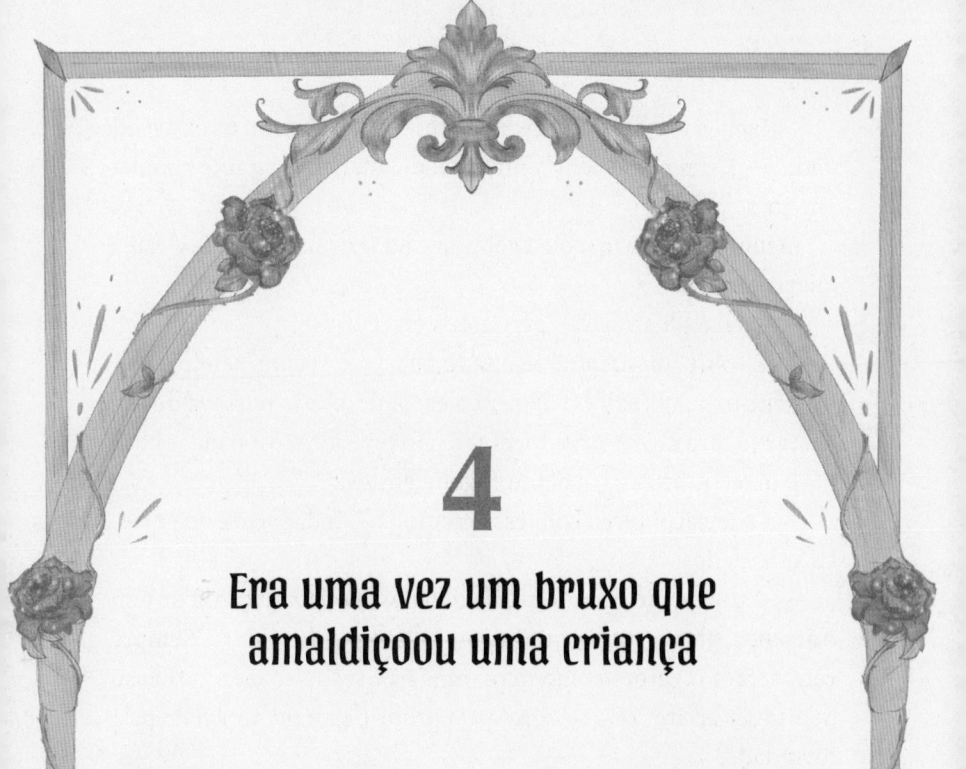

4

Era uma vez um bruxo que amaldiçoou uma criança

A VIAGEM NÃO DEVERIA ser longa. Da pousada até o portal mais próximo eram três horas de carro. Um motorista mago tinha sido contratado para levá-los até lá. O veículo era similar a uma limusine, bastante espaçoso por dentro. Cecília estava ao lado de sua irmã e a matriarca, ao lado do mensageiro. O clima não era agradável. Ninguém tinha coragem de falar uma mísera palavra sequer, até que a mãe das meninas tentou tomar a iniciativa.

— Então, senhor... — Esperando que ele completasse.

— Pode me chamar de Ismael, sra. Valero.

— Ah, por favor! — Ela riu dando um tapinha em seu braço. — Me chame de Alice! Não precisamos de tanta formalidade.

O homem acenou um pouco desconfortável e, sem querer, acabou encarando Cecília. Virou o rosto imediatamente e a mulher sorriu de canto e cruzou as pernas, revelando ainda mais a fenda de sua saia.

— Ismael é um nome interessante — falou ela com a voz aveludada. — É um nome bem conhecido, de um livro bastante popular em nosso país.

O mensageiro arqueou a sobrancelha sem saber aonde Cecília queria chegar.

— Qual é a história? — perguntou ele, curioso.

— É sobre um menino rejeitado pelo pai. Mesmo sendo o primogênito, o pobrezinho não era o escolhido. Não passava de um bastardo fora do casamento, então não teve direito a nada.

Ismael trancou o maxilar e engoliu em seco.

— O que aconteceu com esse menino? — indagou ele ao entrelaçar os dedos.

— A divindade dessa história não gostou da rejeição. Por isso o acolheu, ele não tinha culpa de nada no final das contas. Sempre retrataram o garoto como mau, mas não sei se concordo. Ele só queria ser aceito. Não foi visto pelo próprio pai, mas foi visto pela divindade.

O homem afastou os fios de seu cabelo loiro para trás e olhou pela janela.

— Espero que nossa divindade me veja também — murmurou ele.

— Talvez sejam a mesma — disse Cecília, virando o rosto para Lizzie, que parecia distraída. — Está tudo bem?

Lizzie voltou o olhar para a irmã como se estivesse saindo de um turbilhão de pensamentos. Sua respiração estava ofegante e, quando olhou para a frente, sua mãe a encarava preocupada; era óbvio que ela não estava nada bem. A jovem piscou algumas vezes e direcionou o olhar para Ismael.

— Por que o príncipe? — perguntou ela, indo direto ao ponto.

— O quê? — O homem parecia confuso.

— Eu só precisava de uma cidadania. E, para isso, eu poderia me casar com qualquer mago. Então, por que justo a realeza?

Ismael se contorceu em seu assento e coçou o queixo, desconfortável.

— Você faz perguntas demais — afirmou ele.

— Me case com um duque, um conde... Até mesmo um plebeu! Não preciso me casar com alguém da realeza para ganhar a cidadania.

— Você está certa, não precisa. — Ismael encerrou a frase de modo abrupto.

— O que estão escondendo?

Cecília e Alice se voltaram para o homem com o rosto fechado, esperando uma resposta. Isso ia além do acordo.

Ismael suspirou profundamente. Ele não esperava que Lizzie fosse perceber a contradição tão cedo, torcia para que ela percebesse apenas após o casamento. Agora, estava preso em um carro com três mulheres que o olhavam com sangue nos olhos.

— Algumas informações dessa missão são confidenciais. Tudo o que você precisa saber é que vai preparar um antídoto para curar a maldição que aflige o príncipe. Para manipular as plantas em Bardaros, precisa se casar com um nativo. Isso basta.

Lizzie piscou algumas vezes para processar a informação.

— Por que minha mãe nunca recebeu a nacionalidade, então?

A pergunta pegou todos de surpresa. Esse era um assunto frequente na pousada, e Lizzie não perderia a oportunidade de enfim ter uma resposta. Por isso, ela continuou:

— Minha mãe se casou com um nativo. Por que foi proibida de herdar a pousada e pegar a nacionalidade?

— Seu pai traiu Bardaros! — respondeu Ismael prontamente. — Ele tinha tudo: trabalhava para a corte imperial, tinha o respeito da sociedade e estava noivo de uma nativa. Do nada, ele largou tudo, como um ingrato, para se casar com uma mulher que tinha filhos de outro homem.

Ele se arrependeu imediatamente do que disse. Afinal, a mulher a quem ele se referia estava a seu lado. E agora precisaria lidar com o olhar cortante de suas filhas superprotetoras.

— Enfim, vocês tiveram sorte de conseguir manter os estudos de botânica dele — ele tentou, sem sucesso, se corrigir.

— Tudo bem, mamãe. Você ganhará a nacionalidade por recompensa. — Lizzie segurou a mão da mãe, que estava estranhamente calada.

— Só se você quebrar a maldição — acrescentou Ismael.

— É a maldição da fera?

— Sim, vocês conhecem a história. Quando o príncipe era apenas um bebê, Fergus o amaldiçoou para afetar a grande Alexandra, que ficou vulnerável. No fim, vencemos a guerra, mas perdemos nossa guerreira. Achávamos que Fergus tinha sido derrotado de uma vez por todas. Mas ele voltou ainda mais poderoso e, como ficamos sem nossa imperatriz, precisávamos de outra arma e...

— Usaram ele... — Concluiu Lizzie, horrorizada.

— Bardaros precisava tirar algum proveito disso! A fera dentro dele matou centenas de ciclopes. Se não fosse por ele, já teríamos perdido essa batalha, mas...

— Mas? — Perguntou Lizzie, com a sobrancelha arqueada.

Ismael mordeu o lábio e começou a estralar os dedos.

— Fugiu de nosso controle.

Lizzie balançou a cabeça, tentando assimilar as informações.

— E o que vocês estão tentando fazer?

— Bom, srta. Valero, toda maldição pode ser quebrada.

— E por que os grandes magos da sua terra não a quebraram ainda?

Cecília abafou uma risada e logo ajeitou a postura.

— Essa maldição é mais complicada do que você pensa. É praticamente impossível ele conquistar a afeição de qualquer pessoa.

— O mensageiro olhou para Lizzie, que o observava com atenção.

— Enfim, eu já falei demais. Encerramos por aqui.

— O que vocês fazem quando o príncipe está em seu modo fera? — Lizzie não se deu por satisfeita.

— Você não desiste, não é?

A garota abriu um sorriso largo.

— Vai descobrir que consigo ser bem pior.

Ismael fitou Cecília, que ria entre dentes.

— Você escolheu a pior irmã para essa missão. Acredite, teria sido mais fácil se tivesse me escolhido — falou a irmã, divertindo-se com a conversa.

— O que vocês fazem com o príncipe quando ele está amaldiçoado? — insistiu Lizzie.

O mensageiro coçou os olhos e olhou para a mãe das meninas, esperando que ela mandasse que as filhas se calassem. Mas a matriarca parecia bem interessada na resposta também.

— Ignoramos a maldição do príncipe por anos, o trancafiando e o acorrentando em seu próprio quarto para que não ferisse ninguém. Mas então os ciclopes atacaram e tivemos que usá-lo como arma. Funcionou no começo, até que ele começou a atacar nosso exército.

— Pobrezinho — murmurou Lizzie —, ele é tratado como um animal.

— Porque é isso o que ele é!

— Eu não consigo acreditar nisso. Ele não é um animal! Ele foi amaldiçoado, não é culpa dele.

— Diga isso para as esposas que ele matou.

Lizzie engoliu em seco.

— Mas e seu exército? Ciclopes não têm magia, só força bruta. É tão difícil assim derrotá-los?

O mensageiro se acomodou no banco, procurando uma posição confortável.

— Batalhas nunca foram o forte de magos. Somos cientistas, estudiosos, eruditos...

— Entendi — falou Cecília, puxando uma mecha de seu cabelo. — Vocês são uns molengas, não sabem lutar.

Lizzie e a mãe colocaram a mão na boca, tentando segurar a risada.

— Vocês também não lutam — tentou se defender Ismael.

— Claro que não. — Lizzie ajeitou os cachos no laço de seu cabelo. — Não precisamos nos preocupar com isso no Brasil. Somos pacíficos.

Mas, em um mundo de magia e incertezas, ter um exército é essencial. Não concorda?

— É a primeira vez que a magia não está sendo o suficiente. Tivemos poucos magos especializados na arte da guerra... A grande Alexandra foi um deles.

— A mãe do príncipe! — apontou Lizzie, animada. — Amo ler as histórias dela.

Ismael sorriu ao perceber que sua falecida imperatriz era admirada. Os magos de Bardaros passaram a valorizá-la apenas quando começaram a perder a guerra. De repente, todos os jornais que a tratavam com desdém estavam a exaltando.

— Alexandra era nossa força bruta. Na primeira vez que Fergus tentou atacar, ela derrotou os ciclopes, mas ele amaldiçoou a criança. Ela deu à luz outro mago de força bruta, porém, quando a maldição é ativada, ele se volta contra seu próprio povo.

— Entendi. Querem que eu traga o príncipe guerreiro e a força bruta de volta, mas controlada. Precisam da força, não só do intelecto.

O mensageiro acenou positivamente com a cabeça.

— Vocês devem estar desesperados por uma cura — falou Lizzie, sem saber se sentia pena ou não.

Antes que Ismael pudesse dizer alguma coisa, o carro parou e o motorista abriu a janela que os separava devagar.

— Chegamos à Estação da Luz.

5

E se, na verdade, os eventos geek forem reuniões de magos infiltrados?

A ESTAÇÃO ERA UM edifício imponente, com tijolos vermelhos e grandes arcos de vidro que deixavam a luz natural entrar. Apesar de dizerem que tinha sido construída havia muitos anos por um arquiteto britânico, Lizzie sabia que essa construção só tinha sido possível graças à magia. Os magos contribuíram com sua sabedoria e poderes para dar vida ao majestoso prédio e construir o grande portal de Bardaros. Lizzie já estava acostumada com aquele ambiente, precisou ir muito àquela estação quando fez o ensino médio em Bardaros. Ela não gostava muito de lembrar de seu tempo como estudante. Ali, ela era diferente, uma estrangeira.

Não eram todos os não nativos que conseguiam fazer todo o estudo na terra dos magos. No máximo, eles faziam um intercâmbio. Mas Lizzie conseguiu esse privilégio por ter um pai nativo. O que muitos chamavam de bênção, ela considerava uma maldição.

Todos encaravam o grupo segurando bordões mágicos, além das roupas do mensageiro que chamavam a atenção.

— Isso não é muito suspeito? — perguntou Ismael, preocupado.

— Está tudo bem. — Lizzie tentou tranquilizá-lo. — Eles acham que é uma fantasia. Sempre há eventos por aqui, com vazilares se fantasiando de criaturas mágicas. O segredo é se aproveitar da ignorância deles. Finja que não sabe de nada e eles farão o mesmo.

Ismael não sabia bem como interpretar a fala da garota, parecia mais uma regra de sobrevivência do que um conselho genuíno. O grupo se aproximou da bilheteria, onde havia uma fila de pessoas esperando para comprar os bilhetes. Todos queriam chegar a seus destinos comuns e sem magia. Lizzie os observava, querendo o que eles tinham. Perder tempo com as preocupações do mundo vazio já era cansativo, mas ter que se preocupar também com os problemas de Bardaros era demais para ela. Será que seria mesmo tão ruim viver como um mago normal entre os vazilares? Ficar sem seus experimentos seria tão devastador assim? Na verdade, seria, Lizzie sabia disso. Suas poções eram tudo que ela tinha, tudo que tinha restado de seu pai, não poderia perdê-las.

Finalmente, chegou a vez de Ismael no guichê. Ele olhou para trás, conferindo quantas pessoas tinha consigo.

— Quatro passagens para Bardaros — falou ele, como se fosse uma ordem.

O homem na bilheteria o olhou confuso e soltou uma risada.

— Esse destino não existe, não. Tá maluco?

— Como não existe? Quero ir para Bardaros! — insistiu ele.

— Ih, tá louco mesmo. — O atendente sussurrou para o colega ao lado: — Se prepare para chamar o segurança.

— Como ousa...

— Calma! — interveio Lizzie. — Olá, meu senhor — disse ela com um sorriso meigo. — Desculpa, ele não é daqui. Sabe como é... — Ela se aproximou para cochichar bem perto dele: — Os jovens de hoje em dia... — Finalizou revirando os olhos.

O homem fitou Ismael de cima a baixo, notando a roupa engomada e os olhos com maquiagem marcante.

— Os moleques daqui da cidade estão assim mesmo, acredita?

— Ah, os jovens não valorizam mais os bons costumes. — Suspirou Lizzie. — Poderia chamar seu Manoel, por favor? É que sempre compro meus bilhetes com ele. Ele fica tão feliz ao me ver! Costuma lembrar de que me pegou no colo, é um amorzinho.

O atendente ficara claramente encantado com a simpatia de Lizzie. Ser bonita e saber agradar era uma excelente vantagem para a garota. Em geral, ela conseguia tudo que queria ao fazer o papel de menina doce, ingênua e de bons costumes.

— Chamo sim, minha flor — falou ele ao se levantar.

Lizzie conseguia sentir Ismael a fitando, curioso, e deixou escapar um risinho de satisfação. Não demorou muito para um outro senhor, de cabelo branco e pele escura se aproximar do balcão do guichê.

— É quem eu penso que é? — indagou, animado.

— Eu falei que um dia viria, seu Manoel — respondeu Lizzie, dessa vez, com um sorriso genuinamente sincero. — Vou levar minha irmã e mamãe comigo, e esse nativo também.

— Ah, um nativo no Brasil? Isso não acontece muito. Vai fazer o quê em Bardaros, minha Lizzie?

— Vou me casar, seu Manoel!

Imediatamente, Ismael tampou a boca de Lizzie, apavorado.

— Quatro passagens para Bardaros, por favor! — pediu ele.

O homem arqueou a sobrancelha, contrariado, mas obedeceu ao oficial. Tirou do colar a chave pendurada em seu pescoço e abriu um compartimento especial do guichê.

— Para qual portal devo levar o bilhete?

— O portal imperial.

Manoel arregalou os olhos e sorriu para Lizzie, que permanecia com a boca tampada.

— Se deu bem, menina. Vai se casar com um duque, é?

Lizzie tirou a mão do mensageiro de sua boca e falou, ofegante:

— Melhor ainda, seu Manoel. Vou ser sua futura imperatriz!

— Cale a boca! Agora! — implorou Ismael, desesperado.

O homem encarou Lizzie com um sorriso travesso ao entender o que estava acontecendo ali.

— Então posso esperar mudanças por aqui? Você será nossa heroína?

Lizzie suspirou, um pouco incomodada. Era isso que esperariam dela a partir daquele dia? A notícia do casamento não demoraria a se espalhar. Com certeza, isso não agradaria centenas de pessoas em todo o mundo.

— Vou tentar — murmurou ela.

Seu Manoel arqueou a sobrancelha e se voltou para o nativo à sua frente.

— Só consigo gerar esse bilhete se o selo imperial for apresentado. Se qualquer um pudesse comprar, virava bagunça.

— É claro. Aqui está — concordou Ismael, entregando o selador mágico que os levaria ao palácio.

O homem conferiu o objeto e não escondeu a expressão surpresa. Era mesmo verdade. Até aquele momento, ele achou que tudo não passava de uma piada de Lizzie. Mas agora ele parecia um pouco preocupado com a garota. Todos sabiam como não nativos eram tratados em Bardaros. Com um movimento rápido de mãos, seu Manoel lançou um feitiço nos bilhetes, carimbou com o selo imperial e entregou ao mensageiro.

— Quatro passagens para o portal imperial de Bardaros. Boa viagem!

Ao tocarem nos bilhetes, a Estação da Luz tomou uma nova aparência, brilhante e dourada. A multidão se dissipou e o prédio começou a desaparecer. Uma segunda dimensão do local surgiu diante de seus olhos. Agora, eles estavam em um grande salão, com vários trens de aspecto antigo estacionados em plataformas diferentes. A multidão ao redor deles era constituída de magos, e o ar era mais frio do que antes. Lizzie se virou para a mãe e a irmã, que aguardavam ansiosas pela viagem. Ao contrário da caçula, elas tinham ido pouquíssimas vezes a Bardaros.

— Vamos embarcar no próximo trem — disse Ismael, já cansado de sua missão.

Um homem esbarrou com violência em Cecília, o que a fez tropeçar em cima do mensageiro. Ele a segurou para que não caísse e Cecília pousou suas mãos no peito do rapaz.

— Que forte — falou ela com um tom provocativo.

Lizzie e sua mãe se olharam, tentando esconder o riso. A expressão da matriarca era mais de vergonha do que de divertimento, mas Lizzie sabia exatamente o que a irmã estava fazendo com aquele truque barato. Ela decidiu deixar passar daquela vez, para ver até onde iria.

Eles continuaram o trajeto e caminharam por uma plataforma estreita, vendo os diferentes trens. Cada um tinha um nome diferente: "Expresso das Fadas", "Trem do Dragão", "Locomotiva das Sereias", "Comboio para Galáxia". Eles se aproximaram do "Trem do Dragão" e viram que o vagão nove marcava o número do bilhete deles.

— Isso está ficando cada vez mais real — murmurou Lizzie, receosa. Ela estava se dando conta de que aquela não era uma viagem para a escola, como fez por muitos anos. Dessa vez, estava voltando para se casar. E isso era a última coisa que ela imaginava que um dia faria em Bardaros.

Eles entraram no vagão e se acomodaram em seus assentos. As janelas eram amplas e permitiam que eles vissem a plataforma e os outros trens. A porta do vagão se fechou, seguida pelo som de um apito. O trem começou a se mover, acelerando gradualmente à medida que deixava a estação. Lizzie olhou pela janela e viu a cidade de São Paulo desaparecer no horizonte. Não sabia o que a esperava, e, mesmo tentando manter o otimismo, o histórico do príncipe a fez temer pela própria vida.

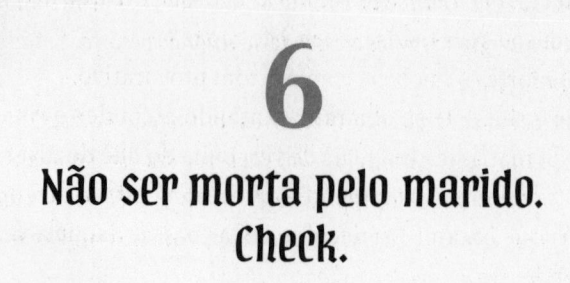

6

Não ser morta pelo marido. Check.

LIZZIE ESTAVA SENTADA em uma cadeira escolar, uniformizada e com o bordão apoiado na mesa. A maga adolescente observava os colegas de sala, completamente entediada. Ela queria voltar para o Brasil. Não podia negar que amava as aulas de magia, principalmente a de poções. Era a melhor da classe nessa matéria e o professor não escondia o favoritismo por ela; o que gerava atrito com os colegas, já que Lizzie era uma não nativa. Mas, apesar de tudo o que aprendia, sentia falta de suas irmãs. Preferia estar criando feitiços e poções, mesmo que desastrosas, com Cecília, do que estar em uma sala onde todos a odiavam. Ela mal podia esperar pela chegada das férias. Iria contar às irmãs tudo o que aprendera, para que elas pudessem testar as poções juntas.

Um agito começou a se instaurar nos corredores. Lizzie se levantou, curiosa, assim como todos os outros colegas da sala. Um grito estridente fez todos se assustarem. Sem perceber, Lizzie tinha se agarrado com força a seu bordão. Passos pesados começaram a se aproximar da sala. Todos os colegas correram para o fundo, perto da janela, prontos para escapar, pois já sabiam o que estava vindo. Lizzie, no entanto, não saiu do lugar, paralisada pelo medo. Já tinha *ouvido falar que a sala de aula imperial era naquele corredor. Era ali em que estudavam o príncipe e os filhos de pessoas importantes da corte.*

Um rapaz de cabelo branco e olhos amarelos entrou na sala com o olhar distante. A jovem maga prendeu a respiração ao notar que ele estava ensanguentado e segurava um coelho branco pelas orelhas. O animal estava claramente morto. O garoto, que parecia ter a mesma idade de Lizzie, a fitou ao perceber que ela o encarava assustada. Ela notou os dentes afiados que começavam a surgir e os pelos crescendo ao redor do pescoço. Então essa era a maldição da fera.

O príncipe bufou, largou o coelho e correu em direção a Lizzie. O instinto de sobrevivência da jovem entrou em ação. Ela pegou seu bordão, que carregava o cerne de brenixas, e apontou rapidamente para a fera. Não notou que havia fechado os olhos, como se estivesse esperando o pior acontecer. Quando os abriu de novo, o príncipe estava desmaiado no chão. As garras, os dentes e os pelos haviam sumido; era um garoto normal de novo. Uma maga adolescente, alta e loira entrou na sala correndo, junto com outros professores. Pareciam prontos para controlar a maldição, então se surpreenderam ao perceber que já havia sido controlada por uma não nativa. Lizzie olhava para seu bordão com o coração acelerado, sem entender como tinha conseguido fazer aquilo.

— Lizzie!

A botânica acordou ofegante, olhando para os lados. Sua testa estava suada e todos no vagão a encaravam com estranheza.

— O que aconteceu? — balbuciou ela.

Cecília segurava sua mão, preocupada.

— Acho que estava tendo aquele mesmo pesadelo.

Lizzie se acomodou no banco mais uma vez e Ismael lhe ofereceu uma garrafa de água.

— É como se eu não pudesse fugir disso, de ser morta por ele. É o destino — sussurrou, dando um sorriso sarcástico.

Ela se virou para o nativo e sua mãe, lançando um olhar que os dois entenderam: precisava de um momento a sós com a irmã. Os dois se levantaram e saíram. Cecília segurou mais forte as mãos trêmulas de Lizzie.

— Eu sei que pareço forte, Ceci, sou boa em fingir essas coisas. Mas assim que ajo com bravura, me arrependo no momento seguinte. É a famosa coragem burra.

— Então continue fingindo.

— O quê? — questionou Lizzie, sem entender aonde a irmã queria chegar.

— Acha mesmo que seu maior problema é o príncipe? Depois do que aconteceu com as noivas anteriores, com certeza deixarão ele longe de você. Tem que se preocupar com os outros! Não se esqueça de que é estrangeira, e está perto demais da Coroa para te tratarem bem. Precisa se mostrar forte para eles. Não necessariamente para o príncipe. Se focar demais no príncipe, acabará sendo pisada pela corte.

Lizzie engoliu em seco ao pensar nas palavras da irmã.

— Seja forte com os outros, mas conquiste a afeição de seu marido. Se conseguir isso, terá Bardaros em suas mãos.

— Isso não é tão simples de se conseguir, Ceci. Eu nunca vou ser imperatriz. Sou só uma peça para eles, serei descartada depois de o curar. Não estou reclamando, quero voltar para casa logo. Mas eu sei que não sou nada além da princesa temporária. Eu só quero sair viva da missão, é só isso o que me preocupa.

— Então use e abuse deste título o máximo que puder. Enquanto você estiver lá será uma princesa, não uma estrangeira. Não os deixe esquecer disso.

Lizzie concordou com a cabeça e sorriu, Cecília sorriu de volta.

— Ele era tão assustador assim?

— Eu só o vi naquela vez, não sei nada sobre sua personalidade. Eu só sei que estava apavorada. Eu achei que morreria. Foi o último elixir de brenixa do papai, no cerne do meu bordão, que me salvou.

— Se tem alguém capaz de recriar a receita do papai, essa pessoa é você. Você vai conseguir, é teimosa demais para deixar isso passar.

— Acho que você está certa. Vou estar presa lá, mas pelo menos poderei estudar as anotações de nosso pai. Talvez seja a resposta a nossas orações.

Cecília abriu um sorriso largo para a irmã caçula. Sabia que Lizzie era forte de espírito, só precisava ser lembrada disso às vezes.

— Atenção! — exclamou Ismael ao se aproximar. — Ajeitem-se, estamos chegando.

7

Aff, um casamento forçado... Ele é bonito?

O TREM FEZ SUA primeira parada. Como a saída do veículo mudava de acordo com o bilhete do passageiro, Ismael colocou o bilhete na plataforma diante da porta, e ela se abriu no jardim imperial. Era a primeira vez que Lizzie usava aquele portal. Aliás, era a primeira vez que ela chegava tão perto assim do palácio. Um oficial do império os recebeu. Ele trajava um uniforme vermelho e dourado, seus olhos eram marcados por delineador preto, formando um desenho reto e quadrado, assim como a maioria dos homens usava. O oficial fitou Lizzie de cima a baixo e depois se virou para Cecília, que o encarava com desgosto.

— Qual das duas é a Valero? — falou, direto ao ponto.

— Esta aqui. — Ismael apontou para Lizzie.

— Ela vem comigo. As outras duas irão para os aposentos de hóspedes. O casamento será ao fim da tarde.

— Vai ser hoje? — perguntou Lizzie, surpresa. Não esperava que a celebração fosse acontecer tão rápido.

— Você precisa começar a manipular as poções o quanto antes — informou ele.

— Ah! — exclamou Cecília com irritação ao tirar o celular do bolso. — Esqueci que aqui não pega internet.

— Todos os equipamentos eletrônicos do mundo vazio são estritamente proibidos em Bardaros — avisou o oficial, estendendo a mão. — Terei que confiscar.

Lizzie apertou o celular, que ainda estava no bolso, e fez uma cara feia. Não queria entregar o aparelho. Não que tivesse nada comprometedor nele! Ela nem conseguiria usá-lo para se comunicar com os amigos, já que não tinha conexão wi-fi em Bardaros. Mas, ainda assim, era seu celular. Ela não o entregaria a ninguém.

— Vamos! — insistiu o oficial, mandando que elas entregassem os aparelhos.

— Mas as fotos da minha família estão aqui. Eu vou sentir falta das minhas irmãs — argumentou ela, simulando um choro.

— Regras são regras, srta. Valero.

Lizzie olhou para a irmã e a mãe, pensou um pouco e levantou o olhar para o homem.

— Não. — Ela não conseguia acreditar no que tinha dito.

— Como é? — perguntou ele, abismado.

— Não vou entregar. Se pegar meu celular, eu vou embora agora mesmo. Aí você conta ao imperador que uma esposa promissora, que poderia curá-lo, desistiu por se sentir invadida.

O homem uniformizado olhou para o mensageiro, que fez sinal para deixar aquilo passar. Ele bufou e virou o rosto.

— Venha comigo, senhorita. Eu a levarei até seu aposento real.

Lizzie concordou, acenando com a cabeça, e prosseguiu. Ela parecia calma, mas o coração batia rápido. Era a primeira vez que sentia um pouco de poder em Bardaros. Antes, ela precisava abaixar a cabeça para tudo. Mas, agora, ela percebia que poderia se recusar a fazer algumas coisas. Talvez ela pudesse entrar no personagem, só não sabia se era capaz de sustentá-lo. Cecília e sua mãe ficaram para trás, a observando de longe.

O palácio do imperador era uma visão impressionante. Seus portões eram altos e feitos de ouro puro, com detalhes intrincados de diamantes e pedras preciosas. O caminho até lá era ladeado por jardins exuberantes, cheios de flores e fontes. Havia muitos servos trabalhando pelo terreno, todos magos habilidosos em diferentes áreas. Ao entrar no saguão, Lizzie foi conduzida por um corredor longo e suntuoso, decorado com tapeçarias de seda e obras de arte.

— É muito bonito — comentou ela, despretensiosamente.

— Você não deve estar acostumada com ambientes assim, já que vive em meio a vazilares.

Lizzie franziu o cenho, mas logo se recompôs com um sorriso.

— Aqui é bonito — repetiu —, mas nada que eu já não tenha visto em meu país.

O homem se virou para Lizzie, inconformado.

— E por acaso vocês têm palácios no Brasil? — perguntou, cheio de sarcasmo.

— Nós temos castelos no Rio de Janeiro, no Paraná, em Pernambuco e também...

— Ok, chega — anunciou ele ao parar em frente a uma porta.

Lizzie entrou no aposento assim que a porta foi aberta e, antes que ela fosse fechada novamente, a garota se virou para o oficial irritado.

— Como o príncipe é?

O homem abriu um sorriso de canto.

— Encantador.

— Ele é bonito?

O homem deu de ombros.

— Ele é muito parecido com a grande Alexandra.

— É verdade que ele matou as ex-esposas?

O homem sorriu sem esboçar emoção alguma.

— Bom casamento, princesa — disse ao fechar a porta na cara dela.

Lizzie se virou para o cômodo. Os pensamentos confusos foram se dissipando ao reparar onde estava. O quarto era espaçoso e luxuoso, tinha uma cama com dossel imponente e uma varanda com vista para os jardins do palácio. As cortinas da janela eram douradas como o ouro e os tapetes eram bordados à mão. Aquele ambiente certamente a fez esquecer por alguns segundos que, na verdade, ela era uma prisioneira. Duas batidas na porta a fizeram sair do transe.

— Posso entrar, senhorita? — falou uma voz aguda do lado de fora.

— Sim, por favor.

Uma criada miúda e de cabelo castanho-claro entrou no quarto empurrando uma arara repleta de vestidos coloridos.

— Vim aprontar a senhorita para o casamento. Pode escolher o vestido que quiser.

Lizzie se aproximou da arara e ficou observando por um tempo cada peça de roupa. Eram muito bonitas, mas não exatamente o que estava procurando.

— É tudo muito bonito... Desculpe, qual é seu nome?

— Miranda, senhorita.

— Obrigada, Miranda.

A serva sorriu timidamente e Lizzie percebeu que poderia conquistar a confiança dela. Ter aliados na corte era essencial e ela sabia que os criados sempre estavam atentos às fofocas que rodeavam as paredes imperiais. Lizzie estava disposta a fazer todos ficarem do seu lado para que alcançasse a cura para o príncipe. Se cumprisse sua missão com sucesso, conseguiria beneficiar os magos de seu país. E quanto antes terminasse, antes voltaria para casa. Sua única dificuldade, talvez, seria fazer o príncipe ficar do seu lado. Ela não sabia nada sobre ele.

— Miranda, eu tenho certeza de que você escolheu as peças mais belas para mim, mas...

— Não lhe agradam, senhorita?

— Me agradam, com certeza! Mas não consigo me identificar com nenhuma dessas cores. Não parece certo. Não gosto da ideia de vestir as mesmas cores que as ex-esposas.

— Senhorita? — indagou a criada, confusa.

— Ele já se casou antes, não é?

A criada abaixou a cabeça para esconder o suor de nervosismo.

— Posso usar branco? É comum que as noivas vistam essa cor no meu país.

Miranda levantou o rosto imediatamente.

— Ah, não, senhorita, vestimentas brancas são só para os sacerdotes de Elah.

— Então, o que posso vestir que as outras não usaram ainda?

— Bom, o príncipe já teve muitas noivas... Acho que todas as cores do arco-íris foram esgotadas.

— Ah, compreendo.

Lizzie observou os vestidos com atenção. Ela poderia performar gratidão por aquela oportunidade, mas a verdade é que estava furiosa. E não sabia se queria esconder o desconforto que sentia. Ela desejava que todos soubessem que estava ali por obrigação. Lizzie passara toda a adolescência baixando a cabeça para os nativos que a importunavam. Agora, era a vez dela de importuná-los.

— Me traga algo preto.

— Senhorita! — exclamou Miranda, assustada. — Não acho que seja a cor mais adequada para uma celebração.

— Celebração? Ele já matou algumas esposas, não é?

Miranda se retraiu, um tanto receosa.

— Isso não é uma celebração, é meu enterro. Estou em luto pela liberdade que perdi.

— Trarei algo novo para a senhorita — finalizou às pressas ao se retirar do quarto.

Assim que a criada fechou a porta, Lizzie sentiu os olhos encherem de lágrimas. Ela não queria estar ali.

— É só fazer seu trabalho e ir embora. Faz o trabalho e volta para casa.

Estar em Bardaros não lhe trazia boas lembranças. Sentia a garganta fechar só de se imaginar tendo que cumprimentar pessoas que a feriram no passado. Ela olhou pela janela e sorriu. Do lado de fora, a mãe e a irmã colhiam flores no jardim. Lizzie aguentaria. Por elas.

Lizzie esperou deitada na sua cama digna de uma princesa. Depois de longos minutos, o barulho de batidas na porta irrompeu. A criada entrou no quarto com receio, carregando a arara da qual pendia uma roupa coberta por uma capa. Ela abriu o zíper lentamente, revelando um vestido deslumbrante, cheio de pedrarias escuras e com um corte que o faria grudar na silhueta de Lizzie. As mangas pareciam duas asas de fada, a cauda era longa e as pedras faziam barulho ao se chocarem. Ela realmente tinha ganhado um vestido inédito, nunca usado antes. Completamente preto. A botânica arregalou os olhos e abriu um sorriso largo.

— É perfeito.

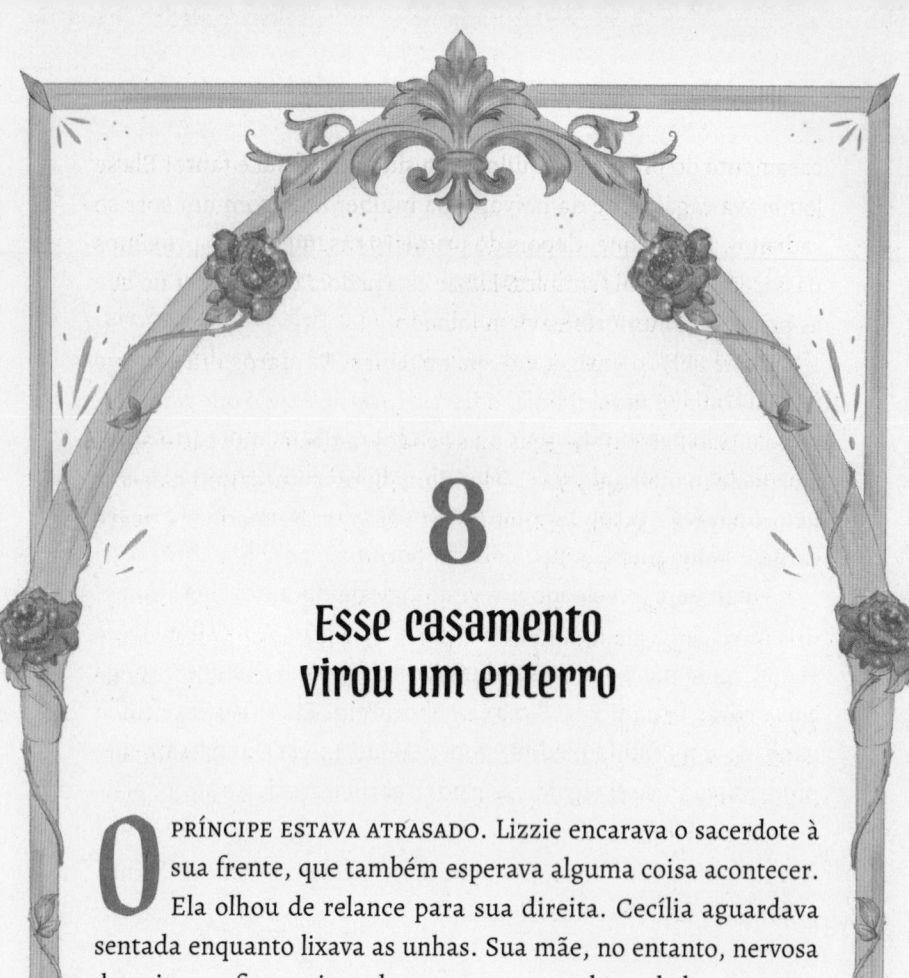

8

Esse casamento virou um enterro

O PRÍNCIPE ESTAVA ATRASADO. Lizzie encarava o sacerdote à sua frente, que também esperava alguma coisa acontecer. Ela olhou de relance para sua direita. Cecília aguardava sentada enquanto lixava as unhas. Sua mãe, no entanto, nervosa demais para ficar quieta, dava passos curtos de um lado para o outro, tentando entender o motivo de tamanha demora.

O local da cerimônia era muito semelhante às capelas do interior que Lizzie já vira na cidade em que morava com suas irmãs. Ela não desaprovava o ambiente, de maneira alguma, mas estranhou estarem em um local tão simples para um casamento real. Isso só a fazia pensar quão valiosa ela era, de fato, para a missão. Estava claro que tudo aquilo não passava de uma formalidade. A cerimônia só foi realizada porque precisavam da bênção de um sacerdote para validar a união. Mas, como o príncipe já casara centenas de vezes, não havia motivo para organizarem uma festa majestosa. Lizzie se lembrava das notícias e das fotos do primeiro casamento do príncipe. Aquilo havia sido uma festa e tanto! Ela se lembrava vagamente da noiva, uma mulher loira com um sorriso radiante. Parece que, depois do primeiro casamento, os próximos passaram a ser mais simples. Lizzie estava doida para saber no que as princesas anteriores haviam falhado.

Um ar gelado entrou em suas narinas, Bardaros era sempre fria. Ela odiava aquele clima, odiava o inverno e tudo que remetesse a ele. São Paulo tinha seus dias gélidos também, que não a agradavam de maneira alguma. Quando as flores começavam a nascer na primavera e o sol despontava no verão, era quando ela ficava verdadeiramente feliz.

Lizzie estava prestes a perguntar ao sacerdote se a cerimônia precisaria ser adiada, quando a porta da capela foi brutalmente aberta. Todos se viraram assustados na direção do barulho, Lizzie até deixou seu buquê cair no chão. Uma silhueta se revelou através da luz do pôr do sol. Todos ficaram paralisados. O rosto do homem tinha um rastro grosso de sangue e sua roupa possuía ainda mais manchas do líquido vermelho. Ele andava em direção ao altar enquanto guardava sua espada, também ensanguentada. O brinco pontudo e vermelho na orelha do príncipe brilhava com os reflexos da luz que entrava pela janela, lhe dando um ar ainda mais imponente. Era uma péssima primeira impressão. Lizzie sem dúvida já tinha ouvido sobre a sua fama, tão ruim quanto a impressão que ele deixara. Agora ela entendia por que o chamavam de príncipe sanguinário. O homem se acomodou em pé ao lado de Lizzie, com a expressão fechada enquanto enxugava o suor da testa. Ele olhou para a mulher a seu lado e arqueou a sobrancelha direita.

— Essa é diferente — murmurou ele, mas não baixo o suficiente para que Lizzie não ouvisse.

Diferente? O que ele queria dizer com aquilo? Lizzie não fazia ideia, mas era óbvio que ele também não ligava para o casamento. O vestido preto dela junto ao sangue dele fazia com que o evento parecesse mais um velório do que um casamento. Lizzie tentava acalmar seu coração, que saltava de tanto medo. Ela duvidava de que ele a mataria ali mesmo, mas precisava encontrar uma forma de entendê-lo. A maldição estava dentro dele, então fugir do príncipe também não era uma opção; estudar o portador da maldição era essencial para uma cura. Lizzie pensou sobre o fracasso das outras esposas. Talvez fosse isso, talvez elas estivessem sempre tão apavoradas de estar na presença dele que não se aproximaram o suficiente para estudá-lo. Ela também não as culpava, as que se aproximaram morreram. Era normal ter medo.

— Achou meu vestido diferente, alteza? — sussurrou Lizzie tentando não atrapalhar a fala do sacerdote.

O príncipe a fitou desconcertado e coçou o nariz. Não estava acostumado com mulheres falando com ele tão diretamente, sem gaguejar de medo. Lizzie o encarou de cima a baixo. Ela já tinha visto fotos da grande Alexandra, e, de fato, o príncipe tinha herdado os belos traços dela. Lizzie conseguia ver a beleza que se escondia atrás da sujeira e do sangue fedorento. Nicholas Arkalis era um homem alto, sua pele era escura e o rosto parecia ter sido moldado a mão. O cabelo branco era tão liso que a franja batia em seus cílios. Mesmo quando sorria por educação, para agradar o sacerdote, seus olhos quase se fechavam por completo, escondendo a cor amarela da íris.

— Não me referia ao vestido.

Lizzie franziu o cenho, incomodada. Ele estava falando dela? O que tinha de errado com ela? A expressão do príncipe era difícil de decifrar. Ele quis dizer com nojo? Desdém? Era preconceito por ela ser uma não nativa?

— Eu sou diferente, então? — perguntou Lizzie, contrariada.

Ele encarou o rosto da mulher a seu lado por mais um tempo. Era a conversa mais longa que tinha mantido com uma esposa até agora.

— Você é mais bonita.

Lizzie arregalou os olhos em surpresa. De todas as respostas, ela não imaginava que receberia justo aquela. O que ele queria?

Sem conseguir dizer mais nada, Lizzie se agachou para pegar o buquê que deixara cair e se ajeitou de novo. O príncipe também não falou mais nada depois daquilo, se manteve em silêncio e até exibia um olhar carrancudo. Ele parecia querer que aquilo acabasse tanto quanto ela. Lizzie não sabia o motivo de ele ter usado palavras tão francas de repente. Pelo menos, ele parecia honesto. Ao mesmo tempo, ela percebia que o olhar que o príncipe lhe direcionava parecia dizer que Lizzie era "só mais uma". Talvez ele sentisse que poderia falar qualquer coisa porque nenhuma esposa ficava por muito tempo mesmo. Lizzie então percebeu que o príncipe seria o pior enigma de decifrar naquela maldição.

A cerimônia não teve pompa, nem foi prolongada. Quando Lizzie menos esperava, ela já estava dizendo sim.

— Pode beijar a noiva — finalizou o sacerdote.

Lizzie engasgou-se com a própria saliva. Para sua surpresa, ela não foi beijada nos lábios, mas nos dedos de sua mão. É claro, em Bardaros, demonstrações públicas de afeto eram escândalos. Até mesmo em casamentos, o simples toque dos lábios na pele dos dedos era suficiente. O príncipe pediu ao sacerdote uma vasilha de água para lavar suas mãos ensanguentadas e então as ofereceu a Lizzie. Ela pegou em sua mão e se aproximou para beijá-la. O cheiro forte de sangue a fez exibir uma careta desconfortável; para sua infelicidade, ela era expressiva demais. O príncipe franziu o cenho, irritado.

— Sangue de ciclope tem cheiro azedo — comentou ele.

— Estava em batalha antes de vir para cá? — questionou ela, assustada.

Ele não respondeu. Lizzie suspirou fundo e se preparou para o beijo fedorento. Antes que pudesse fazer qualquer coisa, ele retirou a mão depressa. Lizzie o encarou, confusa.

— Quer saber? — falou ele com a expressão fechada — Não precisamos fazer isso. A bênção ao casamento já foi dada.

— Mas... — Tentou argumentar o sacerdote.

— Não é como se ela fosse durar muito tempo.

E agora, sim, Lizzie sentira o olhar de desdém.

O príncipe calçou uma luva e se retirou, deixando sangue de ciclope pingar pela capela.

— Bom, pode se retirar também, alteza — declarou o sacerdote com frustração.

Lizzie não respondeu. Ela permaneceu olhando na direção que Nicholas sumira.

— Alteza?

Ela se virou, ainda um pouco atordoada.

— Oi? Eu?

— Sim, alteza.

Ah... Ela era alteza, agora. Lizzie era oficialmente a princesa de Bardaros.

9
Dois reais ou um feitiço misterioso?

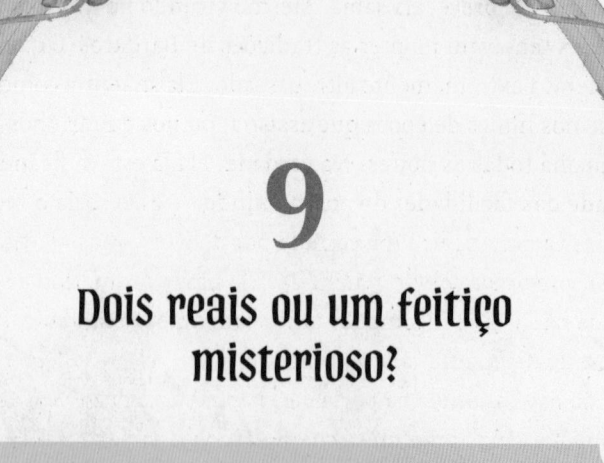

"O príncipe se casou! De novo!

E chegou aos ouvidos deste humilde jornalista que, dessa vez, não foi com uma maga qualquer. Parece que, pela primeira vez, recebemos no palácio imperial uma maga não nativa. Não apenas isso, uma não nativa da América do Sul! Não gosto de soar preconceituoso ou pessimista, mas, se eles recorreram a tão baixo nível, com certeza, estão desesperados. Acredito que chegou o momento de nos preocuparmos verdadeiramente com essa guerra.

A aparência da jovem? Ainda não pude vê-la com meus próprios olhos. Mas fui informado que, apesar de ter muitas características de seu país natal, ela possui traços da realeza. Será uma não nativa que nos tirará da maldição que nos atormenta? Clamo a Elah que não."

De repente, o quarto parecia sufocante enquanto a luz da lua entrava sorrateiramente. Lizzie tirava os grampos do cabelo com dificuldade — estavam presos em seus cachos miúdos. Ela ajeitou a camisola em seu corpo e se sentiu vulnerável. O príncipe viria para seu quarto em breve, ela sabia. Mesmo vivendo no mundo vazilar, os magos tentavam manter as tradições de Bardaros; o que Lizzie considerava extremamente ultrapassado. Ela se sentia como se estivesse nos filmes de época que assistia, ou nos quadrinhos coreanos que lia todas as noites. Na verdade, ela já estava ficando com saudade das facilidades do outro mundo — esse seria o momento perfeito para pedir uma comida por delivery. Mas ali, tudo que queria, precisava solicitar à criada. Ela havia prometido a si mesmo que não iria se incomodar tanto com a nova realidade, porque não pretendia mantê-la por muito tempo.

Uma batida tímida na porta lhe chamou a atenção. Seu estômago congelou, mas a voz que a chamou soou familiar.

— Lizzie, posso entrar?

Escutar a voz da irmã a tirou da defensiva e ela foi correndo abrir a porta. Cecília entrou contando a notícia.

— Ele não vem.

— O quê? — perguntou Lizzie, surpresa.

— Está desapontada?

— Claro que não, Ceci. Estou aliviada.

Cecília deu de ombros enquanto se ajeitava na cama da irmã.

— Pelo menos ele tem senso — comentou Cecília. — Já que vocês vão se separar de qualquer jeito, seria ridículo ele se aproveitar disso.

— Ele não conseguiria nem se tentasse. Posso ser fraca, mas conheço bons feitiços. E, se ele tentasse qualquer coisa, eu ia embora daqui.

Cecília encarava a irmã, que andava de um lado para o outro dentro do quarto gigantesco.

— Você está nervosa?

— Bom, estou nervosa de falhar na cura, assim como todas as outras falharam, e eles acharem que fiz de má vontade. E então tirarem nossa propriedade de qualquer jeito. Isso me parece mais uma...

— Não parece. É uma armadilha. Eles querem a cura.

— Eu preciso estudar a maldição dele, e entender como se desenvolveu em seu corpo todos esses anos.

— Acho que estudar o corpo dele não vai ser um problema.

— Ceci!

A irmã riu e se agarrou a um travesseiro fofo.

— Ele é bonito, Lizzie. Admita.

Lizzie se sentou na cama.

— Eu... Não reparei nisso.

As duas se olharam por alguns segundos em silêncio e então começaram a rir.

— Mas nada disso importa — suspirou Lizzie. — É por causa dele que estou presa aqui. Não tem como eu admirar alguém assim. Ele é o príncipe, tudo isso teve sua aprovação... Ele me aprisionou.

— Ei... — Ceci segurou sua mão. — Isso é temporário, você vai voltar pra casa.

— Ceci, se eu falhar, vou colocar minha família na rua...

— Você não vai falhar! Lizzie, presta atenção, eles não te escolheram aleatoriamente. Se você está aqui é porque sabem do que você é capaz.

— Papai já trabalhou para a corte. Ele sempre dizia que não aguentava mais os segredos de Bardaros.

— Por que diz isso?

— Bom, talvez estejam escondendo algo.

— Como assim?

— Você viu como o mensageiro ficou incomodado quando comecei a perguntar demais. A maldição deve ter um truque que não estão contando para nós.

Cecília pensou um pouco no que a irmã dissera. Ela não conseguia contestar aquilo, faltavam informações. Por que tantos casamentos? Este mistério, as irmãs ainda estavam tentando entender.

Nicholas se aconchegava em uma poltrona em frente à lareira. Olhava para as chamas, concentrado, pensando um pouco sobre seu dia. A manhã tinha sido difícil. Dois ciclopes gigantes de categoria um invadiram um vilarejo ao sul. Não foi tão difícil detê-los. Com certeza, Fergus achara que os dois dariam conta do recado se Nicholas não aparecesse. Mas, por coincidência, ele estava fazendo uma ronda na região. Quando finalizava a batalha, um mensageiro desesperado apareceu avisando da chegada de sua nova esposa. Eles já haviam tentado de tudo. O príncipe já tinha perdido as contas de quantas vezes havia se casado... Talvez esta fosse a número nove? Ele não tinha certeza. Mas nenhuma durava, e ele não as culpava. Seu histórico não o ajudava. A fera dentro dele implorava por liberdade. Nicholas precisava estar a todo momento atento para suas emoções; qualquer sentimento exagerado poderia resultar em um animal gigante, capaz de destruir o próprio exército. Era como se a fera tivesse personalidade própria. No começo, ela foi útil a Bardaros e ajudou a derrotar muitos ciclopes. Mas a fera começou a se cansar de ser usada e se voltou contra todos. Bardaros não era capaz de lidar com ciclopes e feras ao mesmo tempo. A maldição precisava acabar. Mas a cura era uma desgraça, exigia um sentimento intenso, algo que Nicholas não era capaz de proporcionar. A cada ano, ele virava mais fera e menos homem. O príncipe sabia que era questão de tempo até ele virar fera para sempre.

A porta foi aberta de supetão. O pequeno susto fez Nicholas apertar o copo que segurava.

— O que eu já falei sobre entradas sem aviso? — murmurou ele com irritação.

Dois homens e uma mulher se aproximaram calmamente. Eram Dacan, Malcer e Mia.

— Nos perdoe, alteza — respondeu o mais alto com um sorriso. — Vamos tomar mais cuidado para não o assustar.

— Não me assustaram. Assustaram a fera. Se ela sair, o problema é completamente de vocês. Não esqueçam de me algemar — disse ele, tomando o último gole de bebida no copo.

Os três se olharam apreensivos. Haviam estudado com Nicholas a vida inteira, eram amigos de infância. Todos se especializaram na arte da guerra junto ao príncipe, mas percebiam sua mudança de comportamento a cada ano: ele estava cada vez menos sensível e mais irritadiço. Não se lembravam nem da última vez que ele havia sorrido, e os casamentos não ajudavam. As moças sempre partiam, não aguentavam a pressão e tampouco se afeiçoavam a Nicholas. Não tinham motivo para ficar, nem se esforçavam o suficiente. Estavam sempre com medo, por isso nunca permaneciam.

— Como é a nova garota? — perguntou a amiga de cabelo preto e comprido.

— É normal. — Nicholas pensou um pouco antes de responder.

— É bonita?

— É linda. — O príncipe suspirou incomodado.

Os amigos se entreolharam com sorrisos.

— Acha que vai dar certo com essa? — indagou o mais baixo.

— Não — afirmou Nicholas de imediato. — As mais bonitas são as primeiras a partir. Elas já têm muitas propostas de casamento em suas regiões, não precisam se submeter a esse tipo de humilhação.

— Nic... — A amiga se aproximou dele e tocou em sua mão. — Te amar não é vergonhoso.

— OLHE PARA MIM, MIA! — gritou o príncipe ao se levantar, fazendo todos darem um passo para trás. — Mesmo que, por um milagre, ela consiga fazer o antídoto, coisa que nenhuma outra chegou nem perto, ela vai precisar do amuleto! Nenhuma cura funciona sem o amuleto! E o amuleto é a merda do amor verdadeiro... — Nicholas sentiu seu coração acelerar do jeito errado, estava acontecendo. — Me acorrentem.

Os três correram para prender Nicholas, que já havia iniciado a transformação. Eles o acorrentaram no canto da parede arranhado e manchado de sangue. Era com pesar que os amigos olhavam o príncipe se transformar na fera. Não sabiam se essa garota seria capaz de alguma coisa... Já haviam ouvido que ela era filha do botânico mais poderoso de Bardaros. Porém, Nicholas estava certo. Enquanto finalizava a transformação, ele rugia tão alto que o castelo estremeceu. Os amigos só conseguiam pensar em uma coisa: *Quem seria capaz de amar uma fera?*

10

Não mexa com uma brasileira, muito menos se ela for uma feiticeira

U M DOS OFICIAIS levou Lizzie até seu novo local de trabalho. Era um pouco afastado do castelo principal, mas ela já estava acostumada com esse tipo de situação. Quando a porta foi aberta, Lizzie se deparou com um cômodo razoavelmente grande: cheio de penduricalhos, plantas espalhadas nas prateleiras, manchas no chão de poções desastrosas e dois homens trabalhando em experimentos nas suas respectivas mesas. Ela olhou para a situação um tanto desconcertada. Sua antiga estufa podia ser um pouco pequena e afastada da pousada, mas Lizzie sempre se preocupou em manter os ingredientes bem catalogados, organizados e limpos. O que via ali era uma completa bagunça.

— A nova princesa chegou. Acomodem-na onde conseguirem — disse o oficial ao fechar a porta, deixando Lizzie sozinha com os outros botânicos.

— Olá, me chamo Lizzie Valero. — Ela abriu um sorriso amarelo e se aproximou deles.

Os dois arregalaram os olhos.

— É uma Valero... — Falou um deles, sorrindo. Ele limpou as mãos no avental e foi até ela. O homem era alto e bonito, loiro e de olhos verdes. Sua aparência e gentileza fizeram as bochechas de Lizzie ficarem vermelhas. — Seja bem-vinda! Eu me chamo Joffer. Aquele é meu colega de trabalho. — O outro botânico, um pouco mais baixo e mais velho, nem a olhou. Ele tinha o cabelo castanho e uma barbicha da mesma cor. — Não liga para o Ennet, ele é assim mesmo.

— Tudo bem — suspirou Lizzie, aliviada. Pelo menos alguém ali seria gentil com ela.

— Aqui é meio bagunçado — sussurrou Joffer. — Tentei separar um espaço melhor para você, mas não entramos em um acordo.

— Eu trabalho em qualquer lugar.

Joffer sorriu e a levou para seu cantinho, que era muito menor do que Lizzie imaginava. Uma velha e mofada mesa de madeira a aguardava. Algumas vasilhas sujas estavam espalhadas pela superfície e, ao lado, havia apenas uma pequena janela.

— É aqui! — Apontou o rapaz.

Lizzie coçou a garganta, tentando disfarçar o incômodo e a sensação de choro que vinha. Como ela queria voltar para casa.

— Pode me atualizar sobre a maldição da fera? Preciso saber até onde avançamos para entender o que preciso fazer.

— Ah! Você é diferente!

A botânica pensou um pouco naquela frase. O príncipe havia lhe dito a mesma coisa, mas provavelmente com outro significado.

— É que as outras princesas não foram fáceis.

— Como assim? — perguntou Lizzie com curiosidade.

— Cuidado com o que fala, Joffer! — alertou Ennet de sua mesa, como se quisesse impedir o rapaz de falar das outras esposas.

— Só vou falar a verdade! E você pode participar! — exclamou para o velho rabugento. — Vamos atualizá-la de tudo, alteza!

Mesmo contrariado, o homem aceitou e todos se sentaram juntos em uma pequena mesa redonda. Lizzie retirou do bolso papel e pena para anotar suas observações.

— Ainda sabemos muito pouco sobre a cura — admitiu Ennet com irritação.

— Sério? Depois de todos esses anos? — questionou Lizzie, genuinamente surpresa.

— Parece que é um feitiço personalizado e muito poderoso — pontuou Joffer. — É um feitiço que deriva das artes da natureza, em específico da terra. Sabemos que é a arte mais difícil de dominar, por isso, poucos a estudam.

— A natureza é volátil e imprevisível. — Lizzie abriu um sorriso de canto de boca. — Ela é magnífica e assustadora, é a morte e a vida. — Ela suspirou. — É linda.

— É, mas suas maldições são poderosas — falou Ennet friamente.

— Suas bênçãos também! — retrucou Lizzie.

— Todos sabemos que as bênçãos são bem mais difíceis de produzir.

— Não é impossível, meu pai sabia fazer.

Os dois botânicos nativos se olharam. O mais velho parecia irritado com a fala da nova princesa.

— Se seu pai não tivesse abandonado Bardaros, talvez não estivéssemos nessa situação!

— O quê? — perguntou ela, incrédula.

Joffer tentou acalmar Ennet.

— Acho que o que Ennet quer dizer é que o cerne utilizado na fera é a brenixa.

— Ah! — Lizzie arqueou a sobrancelha. Agora sua missão fazia sentido. — Por isso me chamaram?

Joffer acenou a cabeça, concordando.

— Descobrimos o ingrediente do cerne há algum tempo. Imaginamos que as botânicas de Bardaros saberiam manipulá-la, só que não foi o que aconteceu. Foi um fracasso após o outro.

— Isso desanima qualquer pessoa.

— Seu pai dominava a brenixa como ninguém. Provavelmente teríamos conseguido curar o príncipe se seu pai... Qual o nome...

— Edric Valero — murmurou Lizzie enquanto pensava no que tinham acabado de dizer. — Isso não faz sentido. Só a brenixa é capaz de reverter uma maldição de morte, mas ele foi amaldiçoado como uma fera. Então por que usaram a brenixa? E por que uma fera?

— Estamos tentando entender isso ainda. Se foi um feitiço personalizado, pode ser literalmente qualquer coisa.

— O que exatamente é a fera? — indagou Lizzie, curiosa.

— Bom, nós nunca vimos pessoalmente. Mas os soldados já nos avisaram de sua semelhança com os felinos.

Lizzie pensou um pouco, olhou para aquela bagunça e suspirou fundo.

— Ok, o que preciso fazer?

— Ora, alteza, você é uma Valero. Esperávamos que soubesse criar um elixir perfeito.

— Não é perfeito, tenho muito a aprender ainda.

Ennet se levantou, frustrado, e voltou para sua mesa. Lizzie retirou do pescoço o colar que carregava, parecia um pequeno graveto. Com um toque, se transformou em um bordão de madeira reforçada.

— A brenixa funciona melhor como cerne para o bordão, dependendo dos acompanhamentos e da intenção do mago — disse Lizzie ao mostrar seu bordão, que carregava uma luz não muito forte na ponta da madeira. — Qual o seu?

— Gosto de variar. Não fico com um cerne só, mas sempre uso as plantas venenosas.

— É suspeito, não acha? Confiam em você?

— Brenixas também podem ser venenosas.

— Depende muito de como forem preparadas. — Lizzie lhe lançou um sorrisinho.

— O veneno é a proteção das plantas. Eu dominei esse tipo de feitiço e por isso vim parar aqui.

Antes que Lizzie pudesse falar mais alguma coisa, batidas na pequena janela chamaram atenção. Ela olhou para o lado e viu uma pequena criatura branca, desesperada. Lizzie tentou abrir a janela, que estava emperrada, mas só conseguiu abrir o suficiente para a criaturinha passar. Ela pegou o morcego em sua mão e percebeu que ele estava chateado.

— Ah, Thiral... — Disse ela, tentando confortá-lo. A pobre criaturinha respirava ofegante. — Me perdoe, Thiral, só descobri agora também. Ontem, minha manhã começou como qualquer outra. E à noite, de repente, eu estava casada. Não consegui te avisar da minha localização.

O morcego pareceu resmungar e Lizzie riu de seu ciúmes.

— Amanhã vou te trazer muitos figos para compensar. O que acha?

A criatura pareceu concordar, mesmo contrariada. E então se acomodou no bolso da saia de sua dona.

— Vou te levar para Cecília. Ela vai amar cuidar de você enquanto eu trabalho.

A botânica se virou para Joffer, ainda acariciando seu bichinho de estimação.

— Logo eu retorno para nossas pesquisas.

— Sua família ainda está aqui?

— Apenas uma irmã e minha mãe. Infelizmente não ficarão por muito tempo.

— Então aproveite!

A botânica lhe ofereceu um último sorriso e passou por Ennet, que a olhava com descaso. Não seria fácil se acostumar com esses olhares, e o botânico rabugento não era o único a olhá-la de tal forma.

Lizzie saiu do cômodo apertado e começou a caminhar até seus aposentos. Percebeu uma agitação entre os funcionários. Todos carregavam toalhas, bandejas e até estátuas para tudo quanto é lado. Ela parou no meio do corredor, imaginando o que poderia ter causado tamanha euforia. Então perguntou a um dos funcionários ofegantes, que carregava uma tigela repleta de morangos frescos.

— O que é isso tudo?

O criado a encarou de cima a baixo com a expressão irritada.

— Por que não está fazendo nada? Vai levar isso aqui pra cozinha! — ordenou, empurrando a bandeja para Lizzie.

A botânica se afastou, ajeitou a postura e empinou o nariz.

— Creio que houve um engano, mas não posso culpá-lo por isso. Minhas roupas de trabalho não me favorecem.

— Não tenho tempo para isso. Vai trabalhar!

— Alteza.

— O quê?

— Esqueceu de dizer: alteza — falou ela pausadamente.

Lizzie conseguiu ver o rosto do criado empalidecer. Ele começou a gaguejar algumas palavras impossíveis de compreender e então se curvou.

— Me perdoe, alteza — respondeu, quase engolindo as palavras. — Toda essa preparação é para o baile de hoje à noite.

— Quem está oferecendo o baile?

— O imperador.

— Compreendo... Todos foram convidados? — murmurou Lizzie enquanto pensava no governante de Bardaros que, pelo visto, ainda tinha poder por ali.

Tudo que ela sabia vinha do jornal mágico, e, claramente, o jornalista não apreciava o imperador. Reclamava sobre sua covardia perante a guerra e, ao mesmo tempo, enaltecia o filho que herdara as habilidades da mãe. Lizzie lembrava também de ter lido em algum lugar sobre as expectativas do povo para Nicholas Arkalis. Esperavam um casamento vantajoso com uma maga da nobreza. Então era óbvia a decepção por terem recebido uma maga não nativa. Lizzie deu de ombros, a falha das outras não era culpa dela. Além disso, ela não pretendia ficar. Criaria a cura e nunca mais colocaria os pés em Bardaros.

— Se refere à senhora e seu marido? Certamente que sim — respondeu o criado, que estava com as pernas bambas, mas também agradecido por ela não ter feito nenhum mal a ele.

— Meu marido... Preciso falar com ele mesmo.

Lizzie se retirou sabendo que, de certa forma, tinha conquistado a confiança de alguém. Ela continuou caminhando pelos corredores até parar outro funcionário, se apresentar imediatamente como princesa para evitar o desconforto anterior e então perguntar o que queria. Ao ser informada da direção desejada, seguiu caminho e conseguiu chegar no campo de treinamento do palácio. Lizzie olhou atentamente pelo gramado até avistar quem procurava. Abriu a boca para falar, mas nada saiu. Como deveria chamá-lo? Nicholas? Esquisito. Nic? Íntimo demais. Alteza? É, parecia o ideal. Formal, mostrava respeito, a colocava em seu lugar, não tinha como errar o chamando pelo seu título.

— Marido! — exclamou sem acreditar no que dissera.

Marido? Por que o chamou justo de marido?

Nicholas suava segurando seu artefato mágico em mãos. Ao contrário dos outros bordões que se concentravam em fortalecer a magia através do cerne, o seu possuía duas lanças, uma em cada extremidade. Lizzie conseguia sentir a magia nele, com certeza sua maior vantagem era a arte da guerra. É claro que seu bordão também tinha um cerne. Mas diziam que o cerne da arte da guerra não se tratava de cristais ou artefatos para compor o bordão. Os soldados possuíam tatuagens que fortaleciam suas habilidades, mas o príncipe não tinha nenhuma. Lizzie só conseguia pensar: *Qual o cerne da magia dele que o faz tão poderoso? Tinha a ver com sua maldição?* Talvez fosse uma boa pergunta a se fazer. Os companheiros de luta olharam para Lizzie confusos, nunca uma esposa tinha ido procurá-lo antes. Nicholas abaixou sua arma e, com a cara fechada, foi até ela. Lizzie engoliu em seco, pois ele tinha uma aparência forte e um pouco assustadora. Pela sua força, a garota sabia que poderia ser quebrada ao meio por ele como um graveto. Ele parecia até um pouco mais assustador ali do que no altar.

— O que quer? — perguntou ele direto ao ponto.

Lizzie deu um passo para trás sem perceber. Com as mãos levemente trêmulas, ela retirou papel e pena, mas estava conseguindo disfarçar o nervosismo.

— A maldição afetou sua magia? — questionou, parecendo um robô.

— O quê?

— Estou estudando vossa alteza imperial. Preciso de informações a seu respeito. Já que estou presa aqui, farei meu trabalho.

Nicholas empurrou os fios brancos para trás. Lizzie não notou que encarava seu rosto contraluz, não era uma imagem desagradável.

— Não, não afetou. Minha arte da guerra é a mais poderosa de Bardaros.

Lizzie acenou com a cabeça e anotou no papel.

— Qual o seu cerne? Você não tem tatuagens igual aos seus colegas. Por quê?

Nicholas franziu o cenho de repente e adotou uma postura hostil. Lizzie se agarrou ao papel em suas mãos.

— Por que quer saber? É uma espiã de Fergus, por acaso?

— Não, alteza, eu só...

— O que é isso? — apontou sua lança para o bolso de Lizzie.

Os companheiros do príncipe correram até eles. Algo estava errado.

— Como assim? — perguntou Lizzie com os lábios trêmulos.

Nicholas rasgou violentamente o bolso do vestido de Lizzie. O pequeno morcego saiu voando assustado. Por sorte não se ferira, mas o rasgo no meio das pernas de Lizzie estava bem evidente. Um rastro de sangue pairava na roupa, havia cortado sua pele. Lizzie se ajoelhou com a dor e Thiral começou a dar pequenos chutes no rosto de Nicholas. Os amigos do príncipe o seguravam enquanto ele encarava Lizzie com raiva.

— Ela tem até um animal mensageiro! Ela vai repassar as informações para os inimigos! — exclamou, furioso.

Lizzie se levantou com os olhos lacrimejados, mas ela não estava triste, só profundamente irritada. Então, pegou o morcego e o colocou no outro bolso, encarando Nicholas, que a encarava com ainda mais veemência.

— Por isso todas deixaram você — falou ela sem levantar o tom de voz.

Nicholas e seus colegas arregalaram os olhos surpresos. Ninguém antes teve coragem de enfrentar a hostilidade do príncipe. Mas eles tinham se esquecido de uma coisa, Lizzie não era um deles. Seu país tinha as próprias guerras, e, sem dúvida, ela não era do tipo que ficava calada. Lizzie revidaria qualquer crueldade contra ela, mesmo se partisse de vossa alteza.

A botânica se virou a fim de se retirar, mas Mia a impediu.

— Não sabemos! — afirmou ela de imediato.

Lizzie não disse nada, não sabia o que ela estava dizendo.

— Não sabemos qual o cerne do príncipe. Ele está oculto, mas é certamente o mais poderoso que existe. Achamos que a maldição ocultou seu cerne para nos prejudicar, mas é só uma teoria.

A recém-princesa pegou o papel e a pena do chão e fez a anotação sem dizer uma única palavra. Se curvou e foi embora, deixando o sangue escorrer pela sua perna. Não tinha sido um corte profundo, mas ainda doía. Mesmo assim, ela se recusou a mancar.

Nicholas se soltou de seus colegas lentamente e apertou os lábios com frustração.

— Eu estraguei tudo, não é? — murmurou ele sem tirar os olhos do chão.

Seus amigos também não disseram nada, mas, pelos olhares, ele sabia a resposta.

— Thiral, meu amorzinho! — exclamou Cecília, radiante ao pegar na criaturinha que também estava feliz em vê-la. — Como foi o primeiro dia de trabalho, Lizzie?

A irmã pensou um pouco antes de responder. Não queria falar sobre o que acontecera com o príncipe, por isso fora direto a um curandeiro após o incidente. O corte já estava praticamente cicatrizado.

— Foi um desafio. A fera dentro do príncipe é tão instável que mexe até com seu lado humano.

— Então encontrou seu marido?

— É, encontrei.

— Fiquei sabendo que vai ter um baile. Você vai?

Lizzie negou com a cabeça.

— Não quero vê-lo por um tempo.

Cecília observou a irmã com cuidado e se posicionou na frente da caçula.

— Você sabe que o príncipe é o menor de seus problemas, não é?

— Como assim?

— A corte nos odeia. Você precisa se posicionar, se fazer presente.

— Eu não vou ser imperatriz, Ceci — bufou ela com um sorriso sarcástico.

— Mas hoje você é a princesa. Eles a fizeram prisioneira, mas não se comporte como tal. Faça com que eles se arrependam de terem dado o poder da Coroa para você. Faça *eles* serem seus prisioneiros.

Lizzie pensou um pouco, olhou para sua irmã e sorriu.

— Parece que temos um baile para ir.

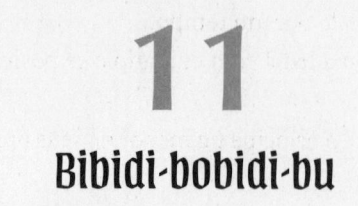

11

Bibidi-bobidi-bu

O SALÃO ERA UM espaço imponente. O teto tão alto que era difícil enxergar onde acabava. Tinha magia em cada pedaço do recinto, desde as cortinas, que se abriam e fechavam sozinhas, até as estátuas de mármore que serviam os nobres convidados. Certamente seria algo que impressionaria qualquer vazilar, mas, para magos, tudo não passava de rotina. Nicholas e seus três colegas estavam devidamente trajados para a ocasião, sentados em mesas circulares no canto do salão. Nada parecia muito diferente do habitual.

O príncipe conseguia enxergar ao longe uma de suas ex-esposas. Após o casamento fracassado, ela se casara com um de seus primos. Ela era uma das mais ambiciosas, queria muito o trono. Mas, para sua decepção, nem se aproximara de uma cura. E o príncipe não se afeiçoara o suficiente para chegar perto de sentir qualquer coisa semelhante a amor por ela. Na verdade, Nicholas não sabia nem o que deveria sentir, só sabia que sua cura estava relacionada ao amor verdadeiro, essa fora uma das únicas informações que Elah permitiu que ele tivesse. O príncipe tentara algumas poucas vezes se aproximar de suas esposas, mas elas temiam a fera. Era como se a fera ordenasse quem ele deveria gostar ou não. Às vezes, ele sentia que a fera era parte dele, só estava deslocada de seu coração. Mas ele tentava ignorar a maldição ao máximo, tudo o que o príncipe mais queria era se livrar dela, mas as opções estavam acabando. As magas da alta nobreza desistiam muito fácil, não gostavam de trabalhar na cura. Elas só queriam poder. E as magas de baixo escalão tinham medo de serem atacadas, afinal, o histórico do príncipe o perseguia. Mas, por fim, Lizzie apareceu. Uma maga sem sangue nobre e que não era nativa. Uma maga de outro mundo estava ali, disposta a achar uma cura. É claro que, pela sua falta de recursos, seria muito mais fácil forçá-la a aceitar a árdua tarefa. Com certeza, Lizzie não estava feliz. Mesmo assim, parecia a solução que procurava. Será que ele deveria mesmo tentar? E se fosse tentar, como deveria fazer?

— Alteza?

Nicholas levantou o olhar para seus colegas. Estava tão distraído que não percebeu quando sua nova esposa entrara no salão acompanhada da irmã.

— Ela veio — comentou Mia com um sorriso.

O príncipe deu uma olhada rápida na direção de Lizzie, que usava um vestido cor-de-rosa com fitas brancas. Um visual bem simples e sem nenhuma joia. Ele franziu o cenho, incomodado, não era assim que uma princesa deveria se vestir. Onde estavam os vestidos da realeza?

— Elas sempre vêm aos bailes. É a única fuga que elas têm.

— Você não vai nem tentar? — perguntou Dacan apreensivo.

Nicholas se ajeitou na cadeira e coçou a garganta.

— Eu não sei como fazer isso.

— Primeiro, acho que você precisa começar evitando assustar a garota, ou machucá-la — observou Mia, tentando chamar a atenção dele.

— Não fiz de propósito — rebateu secamente.

— Se não controlar seus nervos... Ela vai embora.

— Ela não vai embora. — Nicholas bufou. — Se for, perderá tudo.

— Se você a mantiver aqui apenas à força, nunca terá o amor dela. E você precisa disso.

O príncipe apertou os lábios, não gostava do rumo daquela conversa.

— Isso é patético...

— Você precisa tentar, Nic!

— Elas se tremem só de eu chegar perto. — Nicholas apoiou os cotovelos na mesa e aproximou o rosto de Mia, sussurrando entre dentes.

— Lizzie não tremeu. Ela se manteve firme, mesmo após sua ceninha!

— Ei, Mia... — Malcer a cutucou, tentando lembrá-la que estava falando com o príncipe.

Mia não se mexeu. Todos sabiam que só ela podia falar com Nicholas daquele jeito, ninguém mais tinha coragem. Ela tinha sido uma das melhores da turma de arte da guerra, perdendo apenas para Nicholas.

— Deixa ela falar — resmungou o príncipe.

— Oi, podemos nos sentar aqui?

Nicholas imediatamente voltou o olhar para cima e viu Lizzie, que olhava diretamente para seus colegas. Era claro que ela estava tentando evitar contato visual com ele.

— Sente-se, alteza! — Dacan abriu um sorriso.

As irmãs se sentaram um pouco constrangidas. Todos as encaravam com expressões diferentes, era difícil saber o que estavam de fato pensando.

— Nos perdoem — pronunciou-se Cecília. — Não conhecemos mais ninguém além de vocês.

Um silêncio constrangedor tomou conta da mesa. Mia fez sinal para Nicholas, incentivando-o a puxar assunto, mas ele não sabia bem como iniciar. Ele deu uma olhada de canto em Lizzie, seu cabelo castanho encaracolado caia gentilmente sobre seu rosto. Era difícil acreditar que alguém assim poderia amá-lo.

— Como está sua perna, alteza? — disse Mia no lugar.

— Não aconteceu nada com minha perna — respondeu Lizzie com um sorriso forçado.

A resposta incomodou Nicholas mais do que deveria. Ignorar o que ele havia feito parecia pior do que tentar encarar a situação.

— Então... — Cecília tentou contornar a situação desconfortável. — Todos conhecem a arte da guerra?

Os amigos se entreolharam otimistas.

— Sim, agora o príncipe é nosso professor. Precisamos valorizar essa arte, pois a perdemos na era da grande Alexandra.

Todos já sabiam da história dos dez mil guerreiros, aniquilados junto com a imperatriz. Eram todos magos especializados na arte da guerra, que deram a vida para salvar Bardaros do primeiro ataque de Fergus. Com seu sacrifício, eles venceram a guerra, mas havia um acordo nunca dito. Mesmo com essa vitória, a batalha havia sido perdida, pois o exército havia sido aniquilado e o último mago especializado na arte da guerra sofria com uma maldição. A volta de Fergus surpreendeu a todos, dentro e fora de Bardaros. O que o segurou na última vez foi a força bruta; sem ela, agora estavam indefesos.

— Como Fergus voltou? — Lizzie teve coragem de perguntar.

O grupo se entreolhou preocupado. Cecília se manteve ouvindo com atenção. Ela também não conhecia essa história.

— Achamos que ele tinha morrido, mas só estava ferido. Ficou anos recuperando as forças para então voltar e nos destruir — contou Malcer.

— Mas o que ele quer? — indagou Cecília. — Ele já era o sacerdote mais próximo a Elah.

— Claramente não era suficiente pra ele. Quanto mais poder se dá, mais poder se quer.

— É verdade que Fergus é um Arkalis? — Pelos olhares, Cecília logo percebeu que fizera uma pergunta perigosa.

— Família é complicado, né? — Malcer devolveu a pergunta com um sorriso desconcertado. — Ele é o primeiro na linha de sucessão ao trono caso Nicholas morra ou não tenha filhos.

— Ele quer governar, então?

— E achou que se ficasse próximo de Elah, Ele o elegeria como próximo governante. Somente Elah tem o poder de mudar a sucessão. Se nada é dito, vamos seguindo a ordem natural. Mas Fergus tinha certeza de que seria escolhido. A rebelião começou quando Elah não o escolheu, mas abençoou Alexandra. O poder que tanto queria esvaiu de suas mãos.

— E o que ele pretende fazer com tanto poder? — perguntou Lizzie.

Dacan terminou de beber seu drinque e bateu a taça com força na mesa. Ele era loiro, olhos verdes e pele branca, mas bronzeada. Ele fitou Lizzie com fervor para responder à pergunta.

— Quebrar a barreira. Fergus testou a passagem com os ciclopes e teve sucesso com alguns deles. Mas, mesmo com tanta força, a barreira é poderosa demais para ser quebrada. Os vazilares nunca estariam prontos para enxergar a magia. Seria aterrorizante para eles. Além do mais, a barreira é a única coisa que os separa, é uma proteção para os sem-magia. Tantas criaturas místicas habitam o mundo vazilar... A quebra da barreira seria o fim deles.

— Alguns humanos já conseguiram quebrar a barreira e enxergar a magia?

— Há boatos que sim, que eles foram capazes de enxergar a magia que os rodeia. Mas nunca dura muito tempo, somente magos conseguem fazer isso.

— Então Fergus está lutando à toa? Porque a barreira foi construída pelo próprio Elah, e nada é mais poderoso que nossa divindade. Mesmo vencendo a guerra, ele não conseguiria quebrar a barreira. Como ele pretende fazer isso?

Minutos de silêncio tomaram o ambiente até que a voz calada da mesa se pronunciou.

— Com as presas.

Lizzie se virou para Nicholas, surpresa por algo ter saído de seus lábios, pois ele estava em silêncio desde que ela chegara.

— As presas? — perguntou ela para confirmar. Nicholas assentiu que sim. — Mas...

A conversa foi interrompida quando um mago de fora do grupo se apresentou na mesa. Ele era alto e seus olhos e cabelos eram tão escuros quanto a noite.

— Alteza — falou se direcionando a Nicholas, que não virou o olhar para ele. — Me permitiria ter uma dança com sua esposa?

Lizzie olhou para seu marido, que apenas concordou com um movimento leve e rápido de cabeça. A botânica se levantou receosa, o que a fez virar seu pé com o salto que calçava. Mas antes que se desequilibrasse, sentiu a mãos de Nicholas segurando sua cintura. Ela se ajeitou enquanto Nicholas ainda a segurava. Suas mãos eram firmes e Lizzie sentiu a barriga formigar. Ela se soltou dele delicadamente e agradeceu com um sorriso. Estava pronta para dançar com o mago desconhecido. Quando Lizzie estava mais distante, Mia fez um sinal positivo para Nicholas. Ela parecia orgulhosa. O príncipe apenas virou o rosto, emburrado, não queria dar essa satisfação a ela. Enquanto ignorava o que acontecia no salão e em sua mesa, ele olhou discretamente para suas mãos. Elas pareciam mais quentes agora.

O mago conduziu Lizzie até o meio do salão onde outros magos já dançavam e admirou a beleza do lugar. Lustres dançavam ao redor deles, as pinturas no teto se moviam com o ritmo da música, as estrelas serviam os convidados com comidas e bebidas. Lizzie sentiu seu corpo colar ao do mago a sua frente e então se assustou. Era uma dança tranquila, mas ele parecia bruto demais para a leveza da melodia.

— Então agora és uma Arkalis, não é mesmo, vossa alteza?

Contrariada, Lizzie arqueou a sobrancelha. Não sabia ainda qual postura usar com ele, mas, por via das dúvidas, sempre apostaria na ingenuidade ácida.

— Agora sou uma nativa, assim como vocês! — exclamou ela fingindo um sorriso. — Mas admito que não sinto muita diferença, pois eu já carregava o sobrenome nativo de meu pai.

O mago apertou o nariz, mas logo voltou para a expressão normal.

— Como sou indelicado, nem pude me apresentar. Eu me chamo Risdan Arkalis — anunciou ele, entoando o sobrenome. Lizzie entendeu que ele queria intimidá-la.

— Arkalis também, então. Somos parentes agora.

— Vejo que sim. Somos os primos de vossa alteza imperial.

— Então são os primeiros na linha de sucessão caso nosso príncipe não tenha herdeiros — falou Lizzie, lembrando do que a escolta do príncipe havia acabado de lhe dizer.

— Ou se ele estiver incapacitado.

Lizzie acenou desconcertada. Estava começando a entender o jogo de poder que rondava o ambiente. Ela conseguia até mesmo ver as pessoas que pareciam ser da família de seu marido cochichando a seu respeito. Já sabia que teria dor de cabeça com eles.

— Não pude deixar de notar seu belo bordão. É bem diferente dos que temos aqui — comentou ele ao rodopiá-la quando a coreografia da dança pediu. — Qual o cerne?

Lizzie arqueou a sobrancelha.

— Brenixas — respondeu, implorando para a dança acabar logo.

— Ah, é claro! Ouvi falar das qualidades místicas dessa planta. O seu pai trabalhava com elas quando ainda não havia nos abandonado para se casar com uma mulher cheia de crias de outro homem.

— Sim, ainda bem que ele o fez — disse Lizzie com o tom ingênuo. — Ou não estaríamos aqui hoje.

—É... Não estaríamos. Não é muito difícil manter esse cerne ativo? Plantas estragam.

— De fato, estragam. Preciso trocar a brenixa todos os meses. Mas existem formas de fortalecer a brenixa. Meu pai tinha um estudo para isso, porém ainda não me aprimorei nessa arte totalmente. Agora que vivo entre vocês, terei todos os recursos necessários para isso.

— Só não esqueça da sua verdadeira missão aqui.

— Não se preocupe, o príncipe é minha prioridade número um.

Investirei nos estudos das brenixas quando eu acabar com a maldição que assola meu marido. Preciso cuidar dele, sou sua esposa, afinal. — Ela abriu um sorriso ardiloso.

O mago deixou escapar uma risada.

— Ah, pobrezinha — zombou ele ao encenar que sentia pena por ela. — Acho que não contaram tudo, não é?

— Por favor, me conte.

Ele se aproximou do ouvido de Lizzie sorrateiramente.

— Ninguém nunca quebrou a maldição. Vossa alteza imperial já teve várias esposas botânicas, nativas e ainda mais talentosas que você, que nunca nem chegaram perto da cura. Algumas morreram no caminho. No momento em que você aceitou essa missão, não estava dizendo sim para o amor, mas sim para a morte — sussurrou.

O homem se afastou de seu ouvido e então deu de cara com o sorriso afiado de Lizzie, tão afiado quanto seus olhos. Ele descolou o corpo do dela com o pequeno susto diante da expressão da princesa. Lizzie fez um sinal para que se aproximasse de novo. Ele obedeceu, mesmo com receio, e, dessa vez, era ela quem sussurrava no ouvido dele:

— Sua magia de camuflagem é fraca, suas verdadeiras emoções estão bem nítidas para mim. Consigo sentir o cheiro de seu desespero por imaginar uma não nativa como sua imperatriz. Sinto o cheiro de seu nojo e angústia. Consigo até sentir o cheiro das mulheres com quem você trai sua esposa.

Lizzie pôde sentir o corpo do homem se retrair ao som de suas palavras, mas o segurou firme.

— Deixe-me adivinhar, você é um mago da arte do luzeiro, a estimada vertente do comando. Utiliza o cerne de pedras preciosas e brilhantes que surpreendem os olhos. Eu não o culpo, essa é a arte mais fácil de dominar. É até um pouco traiçoeira, mas funciona, principalmente para os ambiciosos. — O homem engoliu em seco. Parecia que Lizzie estava conduzindo a dança agora. —

As outras esposas podem ter falhado, mas talvez lhes faltasse a intenção. Elas não tinham nada a perder, eu tenho tudo. Então, se acha que vai me assustar, sinto lhe desapontar, mas eu vou ficar. Uma não nativa salvará Bardaros e colocará o príncipe em seu trono.

O homem se afastou, assustado, pois havia provado de seu próprio veneno. Ele cambaleou ao sair do meio do salão, a deixando sozinha entre os outros convidados, que a olhavam com curiosidade. Lizzie olhou de relance e o viu chegando perto de uma mulher que segurava na coleira três enormes serpentes selvagens. Lizzie apertou as mãos ao reconhecê-la da escola, do tempo em que estudou em Bardaros, e, de repente, ficou receosa. Mesmo aparentando confiança diante do homem, não passava de uma garota tentando se encaixar em um mundo que detestava. Mas jamais mostraria fraqueza. Ela já não tinha força física; não permitiria que perdesse sua força espiritual e se recusava a deixar os outros tratá-la como quisessem. Lizzie acordou de seu transe ao reconhecer o toque de uma mão grande e pesada pousando em seu ombro. Lizzie olhou para cima com os olhos lacrimejados e viu o príncipe ali.

— Você quer ir embora.

Poderia ter sido uma pergunta, mas Lizzie sabia que não era. Ela então sorriu e se apoiou no braço que ele ofereceu.

— Eu quero, sim.

Eles saíram juntos do salão, surpreendendo a todos. Cecília sorria para sua irmã e os colegas de Nicholas não conseguiam esconder a surpresa. Algo estava diferente dessa vez. Até mesmo o imperador, que se acomodava em seu trono de maneira desleixada, sem querer interagir com ninguém, abriu um pequeno sorriso de curiosidade do fundo do salão.

— Bem que eu estava sentindo meus pés doendo — comentou Lizzie, envergonhada.

— Me perdoe, alteza. Acho que escolhi os sapatos errados. Eu me certificarei de trazer um tamanho maior na próxima.

— Está tudo bem, Miranda. Pareciam confortáveis quando os calcei — respondeu ela para a criada, que não conseguia esconder a preocupação.

Lizzie olhou para a porta. O príncipe estava ali, encostado na parede, conferindo o que Miranda fazia com a princesa. Não era à toa que a criada estava tão nervosa.

— Deixe-me ver — falou ele, estendendo a mão.

— O quê? — perguntou Lizzie, surpresa.

— O sapato.

Imediatamente, Miranda correu para entregar o sapato nas mãos do príncipe. Ele analisou com cuidado e tocou algumas vezes.

— Está enfeitiçado — concluiu.

— Enfeitiçado? Tipo Cinderela?

O príncipe a olhou confuso e Lizzie percebeu que talvez ele não conhecesse as histórias mágicas do mundo vazilar. O que ela achava estranho, pois a maioria dos contos de fada dos humanos tinham sido inspirados neles. Inclusive, Lizzie se orgulhava por já ter conhecido a fada madrinha da Cinderela pessoalmente quando visitou a Alemanha.

— Foi programado para encolher sutilmente a cada passo seu, para que você não percebesse. Não é à toa que estava desengonçada.

— O quê? — indagou ela, revoltada. — Eu não estava... — Bufou ao lembrar que estava mesmo. — Quem fez o feitiço?

O príncipe deu de ombros e então guardou o sapato no bolso. A criada analisou o pé de Lizzie com cuidado, tinha algumas marcas e bolhas.

— Vou pegar a bacia de água quente que preparei para a senhora.

— Eu pego — respondeu o príncipe.

— Ah, mas...

— Onde está?

— No banheiro, alteza.

Nicholas se retirou, deixando Lizzie e Miranda sozinhas. Foi quando a botânica percebeu que aquela era a oportunidade perfeita para tentar terminar o interrogatório que começara antes. Ela sentia que algumas informações não poderiam ser reveladas, já que o príncipe estava tão preocupado em ser espionado. Então talvez seria melhor se fosse um interrogatório mais privado. Talvez assim ele ficasse mais à vontade.

— Pode ir, Miranda — sussurrou ela para criada.

— Mas, alteza...

— Vá!

A criada apenas obedeceu e se retirou silenciosamente do quarto. Quando o príncipe voltou segurando a bacia e direcionou o olhar para onde Lizzie estava, franziu o cenho irritado.

— Onde está a outra?

— Eu gostaria de continuar as perguntas que foram interrompidas antes. Quero aproveitar que estamos juntos para tentar entender a maldição — disse Lizzie com doçura, ignorando o questionamento do marido.

O príncipe ficou em silêncio e bateu com força a bacia na mesa a seu lado, espalhando água por todo o lugar.

— Alteza? — perguntou Lizzie sem entender.

— Não faça mais isso. — E caminhou até a porta.

— Espera! — Lizzie correu em sua direção e segurou seu manto. — Eu preciso te estudar para te curar.

— É perigoso ficar sozinha comigo — afirmou ele entre dentes. Lizzie percebeu o suor escorrendo por sua testa.

— É por causa da fera? Eu gostaria mesmo que você se transformasse para que eu possa estudá-lo em sua forma...

— Acredite, você não quer que eu vire a fera — disse ele com a voz presa, sem olhar para Lizzie.

— Na verdade, eu quero sim, porq...

— Você não sabe o que está pedindo! — vociferou ele para Lizzie, que, com medo, deu um passo para trás.

Ela percebeu as veias saltadas em seu pescoço e a pupila dos olhos de seu marido, iguais a de um felino. Lizzie concordou e ele se retirou às pressas, sem trocarem uma palavra sequer.

Naquela noite, Lizzie ouviu rugidos e gritos vindo do quarto do príncipe. Ela se apertava nas cobertas enquanto deixava uma lágrima escapar. Tinha ativado sua fera, e mesmo não tendo sido de propósito, se sentia um pouco culpada. De maneira ingênua, ela tinha sentido uma pequena aproximação com o príncipe no baile. Achou que poderiam trabalhar juntos para encontrar uma cura, mas seu marido não era uma pessoa fácil de lidar. Estava claro que teria que entender a maldição sozinha.

12

Outro vilão que quer poder, glória e blá-blá-blá

Á ERA O terceiro elixir que resultava em uma explosão desastrosa dentro do pequeno laboratório de Lizzie. As roupas da botânica estavam repletas de uma poeira verde esquisita, e líquidos — bem viscosos, na verdade — escorriam pela velha mesa de madeira. Ela não conseguia entender, tinha usado os melhores ingredientes de complementos para fortalecer a brenixa, e ela continuava sem poder para produzir bênçãos. Lizzie olhou de relance para seus companheiros de trabalhos. Joffer estava mais quieto que o normal, concentrado em algumas leituras, e Ennet parecia emburrado como sempre. Às vezes, conseguia sentir seu olhar de reprovação, principalmente quando uma explosão acontecia. No começo, Joffer corria para acudi-la. Mas, a pedido de Lizzie, ele passou a ignorar os barulhos esquisitos. Tinha que aceitar que errar era parte do trabalho. Ele parecia feliz por, pelo menos, Lizzie ser muito mais insistente que as outras princesas. Várias deixaram o laboratório aos prantos depois da primeira explosão.

As brenixas agiam dependendo da intenção do mago. Talvez, justamente por existirem tantos segredos rondando a botânica, que seus experimentos estivessem fracassando. Ela precisava estudar a maldição, mas parecia que algumas coisas estavam ocultas ainda. Ela tinha o caderno de seu pai, que mostrava as diferentes formas de preparar o cerne da árvore da vida, mas eram centenas de receitas. Ela estava focando no tópico de maldições, mas até então nenhuma tinha funcionado. Lizzie se orgulhava em ser uma botânica minuciosa, sempre preocupada em seguir as receitas corretamente. Ela imaginava que a única razão das outras esposas não terem alcançado o objetivo com as poções é que deviam ter falhado em alguma etapa do antídoto. Porém, claramente aquilo era bem mais difícil do que ela esperava. Já fazia uma semana que ela entrava limpa naquele cubículo e saía como se tivesse minerado carvão o dia inteiro. Desde o pós baile, ela não tinha mais falado com o príncipe, nem mesmo tinha tentado. Ele também não fez questão de falar com ela, o que não a surpreendeu nem um pouco.

Cecília e sua mãe já tinham voltado para casa, junto com Thiral. Agora, ela estava completamente sozinha, e as falhas no antídoto não a estavam deixando no melhor humor do mundo. Lizzie bateu as mãos na saia do vestido para tentar afastar a poeira, pegou um pano limpo e tirou a sujeira do rosto. Ainda não estava bom, mas estava melhor. Faltava um amuleto, Lizzie tinha certeza. Ela andou de um lado para o outro, coçando o nariz irritado após tantos fracassos, até que olhou pela pequena e única janela do ambiente e viu a floresta de Elah ao fundo. O único lugar que abrigava as árvores da vida, era de lá que pegavam suas brenixas. A floresta era proibida para qualquer um que não fosse sacerdote ou da família imperial. Apesar de arriscado, ela poderia se considerar da realeza, mesmo que todos soubessem que a consumação do casamento não havia acontecido.

Lizzie estava cansada dos bastidores, queria estar na ação. Pesquisar a fonte, não apenas recebê-la. Estava frustrada desde que a proibiram de fazer uma análise de campo no meio da guerra. Não poderia deixar que a proibissem de mais alguma coisa. Então respirou fundo, tirou da maçaneta a *ecobag* com a imagem de Elah bordada por sua mãe e saiu do escritório imundo. Ela faria uma pesquisa de campo.

Lizzie entrara na floresta de Elah com certa facilidade. Mesmo que os guardas não gostassem dela, permitiram que entrasse. O casamento era legítimo e a entrada de qualquer membro da realeza era autorizada. Lizzie estufou o peito, satisfeita, talvez ser princesa não fosse tão ruim. Poder entrar pessoalmente na floresta e coletar ela mesma os ingredientes? Parecia um sonho se tornando realidade.

Ela saltitava pela terra com um sorriso aberto no rosto. Tinha avistado algumas árvores, mas ainda não encontrara a que queria. Caminhou por alguns minutos até que encontrou a árvore que procurava. Quando se aproximou do tronco, foi tomada por um aroma peculiar. Então aquilo era a vida. A árvore não produzia mais frutos. Diziam que a árvore tinha sido violada havia muitos anos e, por isso, armazenava seu poder no cerne. Apenas um mago da terra poderia retirar a magia da árvore. Lizzie conseguia sentir a magia correndo por cada extremidade da árvore: a magia vinha do centro, do cerne. Apesar de ser infértil, ainda distribuía vestígios de vida nas ramificações de suas folhas arroxeadas. Essas eram as brenixas. Lizzie tentou se apoiar nos galhos para alcançar as folhas. Com a ajuda de uma tesoura, ela retirava as folhas com melhor aparência, sempre agradecendo a cada uma.

— Obrigada por compartilhar sua vida comigo.

Era o que dizia todas as vezes. Ela guardou a coleta com cuidado em um tecido de algodão, enrolou com um sisal e guardou no bolso do avental de seu vestido. Quando olhou para trás, para voltar, hesitou. De onde tinha vindo mesmo? Não poderia estar perdida, certo? Lizzie começou a andar na floresta sem rumo, tentando procurar pistas do caminho que a levara até lá. Uma luz esverdeada vindo mais a fundo da floresta lhe chamou a atenção. Não percebeu que começara a segui-la. Era como se essa luz estivesse a puxando para perto. Lizzie afastou alguns arbustos e então viu o portal de Elah. Uma enorme passagem triangular, coberta de musgo e flores, com luz irradiando com força de dentro. Ela se aproximou ainda mais, a luz a chamava. Ela levantou a mão e a fez passar pelo portal. Lizzie respirou fundo, ganhou confiança e então entrou de corpo e alma para o encontro de Elah.

— O que faz aqui?

Lizzie levantou o olhar. A passagem fora mais turbulenta do que imaginara e, por algum motivo, ela estava jogada no chão. Ao encarar o homem à sua frente, prendeu a respiração. Não tinha ninguém para segurá-lo dessa vez caso se exaltasse.

— Alteza... Eu me perdi.

— O que faz na floresta? — perguntou ele, dando um passo à frente.

A botânica não desviou o olhar.

— Pesquisa de campo. Vim coletar as brenixas para garantir a melhor qualidade delas para vossa alteza.

Nicholas olhou Lizzie de cima a baixo. Ela estava imunda.

— Elah quer te ver — disse ao pegar em seu pulso e começar a puxá-la.

— O quê? É sério? Mas como?

O príncipe não respondeu, apenas continuou a arrastando para longe do portal. Lizzie começou a reparar que a floresta por dentro era muito diferente da floresta do lado de fora. Ali parecia um santuário mágico. Tudo brilhava como cristal e tinha cores variadas que não se limitavam aos tons de verde. Borboletas brilhantes passaram por ela, e Lizzie se sentiu segura no mesmo instante. Seja lá o que fossem aquelas borboletas, sem dúvida tinham a função de acalmar qualquer coração aflito. Distraída, Lizzie acabou tropeçando. Nicholas andava rápido demais e ela não conseguia acompanhá-lo direito. Ela caiu no chão e ele parou de puxá-la.

Nicholas a ajudou a se levantar sem dizer uma palavra e, para a surpresa de Lizzie, ele a pegou no colo sem parecer fazer esforço algum.

— Não precisa disso! — disse de imediato, completamente constrangida.

O príncipe a ignorou e Lizzie engoliu em seco. Nunca tinha sido carregada como uma princesa, não sabia o que deveria fazer.

— Meu pé não machucou. Pode me colocar no chão.

Nicholas parou de caminhar e a olhou. Lizzie não percebeu que ficara corada.

— Se segure em meu pescoço, vai se equilibrar melhor.

Lizzie assentiu e, devagar, colocou as mãos ao redor do pescoço dele, que estava quente ao toque. Quando olhou de relance para o rosto do príncipe, viu que as orelhas dele estavam vermelhas. Ela deitou a cabeça em seu peito e ouviu o coração dele acelerar. Lizzie olhou de novo para seu marido. Apesar de sua expressão irritada, dessa vez, ela parecia um pouco diferente. A garota só parou de analisá-lo quando ele parou de caminhar. Lizzie olhou para frente e viu uma enorme estátua de mármore com a imagem de Elah. Ela se soltou aos poucos de Nicholas e caminhou em direção à divindade. Lizzie encarou a imagem por algum tempo sem piscar e então, em um ato repentino, ela se prostrou e fez o sinal de reverência.

— É mesmo Ele... — Afirmou com os olhos lacrimejados.

Aquela escultura tinha muito significado. Há centenas de anos, Elah vivia entre os humanos e tomava formas diferentes, mas um dia a magia entrou em conflito com o ser humano. Visando separar para sempre os dois mundos, Elah criou uma barreira mágica invisível, para que nenhum humano conseguisse ter acesso total ao mundo místico. Existem boatos de que alguns humanos já tiveram acesso a relances de magia, mas nada que ultrapassasse a barreira de fato. Elah tomou a forma de uma pantera forte e veloz, e concentrou sua magia nas presas, para criar a barreira o mais rápido possível. Foi um ato bem-sucedido, mas, para a segurança de todos, Elah decidira abandonar a forma física. Foi assim que deixou o corpo da pantera para trás, resultando na estátua de mármore. Agora, Elah vivia apenas nos corações das pessoas. Precisavam acreditar em seu sacrifício, mesmo que não pudessem mais vê-lo.

— Como sabe que Ele queria me ver? — sussurrou ela, sem levantar o rosto.

Nicholas se aproximou e a levantou com gentileza, indicando que poderia encerrar a reverência.

— A linhagem real consegue se comunicar com Elah. Apenas quando *Ele* deseja falar, é claro.

— Então eu consigo me comunicar com Ele também?

— Você não tem sangue nobre. — A resposta soou um tanto ríspida, até Nicholas percebeu, e Lizzie virou o rosto incomodada. Ele coçou a garganta e tentou se corrigir — Mas... Se tivermos filhos, eles poderão se comunicar com Elah.

Lizzie levantou o olhar surpresa. O príncipe não olhava para ela, dava a impressão de querer evitar o contato visual. O rosto dele parecia mais corado após proferir aquelas palavras.

— E o que Ele queria de mim?

— Ele não disse. Apenas mandou eu esperar alguém na entrada do portal e trazê-la. Pelo visto, era você.

— As outras esposas conseguiram falar com Ele? Afinal, elas eram da nobreza, não é?

Nicholas apertou o maxilar antes de responder.

—Você é a primeira a entrar na floresta, Lizzie.

A botânica arregalou os olhos. Ele tinha mesmo falado o nome dela?

— E somente os aprovados por Elah conseguem passar o portal — continuou. — Por alguma razão, Ele te escolheu.

Lizzie deu alguns passos à frente e encarou a estátua de novo. Cada pedaço daquela pantera era magnífico. A pelagem parecia ter sido esculpida a mão por magos artesãos talentosos; as orelhas perfeitamente alinhadas; a boca com o desenho simétrico... E, então, ela encarou um ponto específico: as presas. Duas enormes presas pontudas e brilhantes, que ficavam em cada lado da boca gigante da pantera. Era possível sentir o poder que elas irradiavam. Lizzie sentiu um leve desnivelamento, mas decidiu ignorar. De toda forma, qualquer coração fraco ficaria tentado a tomar tamanho poder para si.

— O que você quis dizer quando falou que Fergus quer as presas de Elah?

Nicholas se aproximou de Lizzie, ficando a seu lado. O calor dele fez a pele de Lizzie estremecer. Ela balançou a cabeça, tentando afugentar aquela sensação estranha.

— As presas são o cerne mais poderoso que existe. Foi com elas que Elah criou a barreira e protegeu nossa magia. As presas são o símbolo de sua proteção e aliança. Somente elas poderiam quebrar a barreira de novo. Minha mãe morreu protegendo as presas de nossa divindade. Tudo o que Fergus mais quer é poder. Agora, eu sou a única pessoa que consegue impedi-lo. — Ele torceu o nariz antes de continuar. — Mas a fera tem me atrapalhado e, se ela me dominar, perderemos as presas e Fergus terá um poder divino capaz de dominar e escravizar magos e vazilares para sempre.

Lizzie ouvira o relato com atenção. Claramente, sua missão ali era mais importante do que imaginava. Não era uma guerra só de Bardaros, ela afetava o mundo inteiro. Fergus não poderia ter acesso às presas. A garota tinha pessoas para proteger do outro lado do portal. E se Nicholas era a única força capaz de impedi-lo, ela faria de tudo para curá-lo.

— Agora que teve a confirmação de Elah... Será que poderia confiar mais em mim? — perguntou Lizzie, receosa.

Nicholas a fitou por alguns segundos e, pela primeira vez, Lizzie sentiu seu olhar relaxar um pouco. Mesmo assim, ele não disse nada. Apenas virou as costas e ela o seguiu para fora da floresta. Tinha muito no que trabalhar.

13

Ele é gente boa!
Tá, ele matou algumas pessoas.
Mas tirando isso...

"Já faz quase um mês do casamento entre a maga sul-americana e nosso príncipe herdeiro. Um recorde. Fontes confiáveis afirmaram que ela segue firme em busca da cura de nossa alteza imperial. Tamanho empenho nunca foi visto antes. É claro, algumas das esposas anteriores não tiveram tantas oportunidades. Foram afastadas antes de chegar a qualquer resultado. Mas me questiono se é, de fato, empenho? A nova princesa está mesmo interessada em ajudar nesta guerra, salvando o príncipe, ou só está usufruindo das regalias que tem em Bardaros? Não me surpreenderia se ela estivesse apenas nos enrolando e nos dando falsas esperanças apenas para passar mais dias aproveitando de nossas riquezas mágicas, pois todos conhecem o país miserável a qual ela pertence.

Pode soar maldoso de minha parte, mas temos que nos preparar, já que fui informado que ela invadiu a floresta encantada; e, mesmo tendo um título imperial, isso ainda não faz dela nossa princesa."

— Eu fui o quê? — perguntou Lizzie, confusa.

— Convidada para o jantar, alteza — repetiu Miranda ao trazer uma arara de vestidos para o quarto.

— Mas eu tenho muito trabalho ainda — murmurou ela.

— Tem avançado, alteza?

— Sim e não. — Lizzie se jogou na cama e bufou com irritação. — Estou conseguindo extrair elixires cada vez mais puros, mas ainda não estou conseguindo aplicá-los em feitiços.

— A senhora não tinha me dito que falta um amuleto? — indagou a criada enquanto tirava um vestido cor-de-rosa da arara. — Pode ser esse?

— Eu desconfio que falta, mas não sei ainda o que poderia ser — admitiu ela ao lembrar de suas últimas pesquisas. — Esse está ótimo, Miranda. Eu li muito sobre feitiços que pudessem ter relação com a fera, mas não encontrei nada concreto. Não sei que magia foi essa que Fergus usou, mas é muito poderosa.

O sol já estava se pondo quando a criada ajudou Lizzie a se vestir, arrumou seu cabelo e maquiagem. Pela janela, Lizzie viu Nicholas entrando no palácio. Ele parecia cansado, claramente tinha saído de mais um treinamento. A aproximação com ele não era fácil. Qualquer tentativa de contato era brutalmente rejeitada. Era como se ele evitasse Lizzie a todo custo. Do que ele tinha tanto medo?

— Me conte, Miranda. Quais esposas o príncipe matou?

A garota parou de ajeitar a meia de Lizzie no mesmo momento. Ela olhou para a princesa e então desviou o olhar.

— Não tenho esse tipo de autorização...

— Preciso saber com o que estou lidando.

— Bom, nosso príncipe sofre de uma maldição cruel.

— Mas ele não é uma fera sempre.

— Alguns magos criaram feitiços para que ele conseguisse direcionar um pouco a maldição, regularam para que fosse aplicada somente em batalha. Mas mexer com bênçãos e maldições tem consequências.

— Quais?

Miranda olhou para os lados, mesmo estando sozinhas no quarto.

— Parece que ele pode virar fera para sempre — sussurrou ela.

— O quê? Tipo, não conseguir mais voltar a ser humano?

— Ao tentar dominar a maldição, a fera se apossa totalmente dele e não aceita mais esse controle forçado. Levaram dias para torná-lo humano da última vez, achei que era o fim de nossa alteza imperial. Sem contar que, às vezes, os feitiços não funcionam e ele ataca o próprio exército na batalha. Então o acorrentam em seu quarto... — Miranda suspirou fundo. — Enfim, é assustador!

— Eu imagino... Faz sentido ele estar tão empenhado com os treinamentos do novo exército. Seria melhor ele não usar mais esses feitiços.

— Mas aí ele não será controlado, alteza.

— Ele não deve ser controlado. Ele deve ser curado!

— Eu entendo, mas enquanto ele não é...

— Quem ele já matou, Miranda? Você está fugindo da pergunta inicial.

A criada piscou algumas vezes antes de responder.

— Foram duas apenas, alteza.

— O normal é zero. Quem eram?

— A primeira era a melhor amiga do príncipe.

— Melhor amiga... — A informação chamou a atenção de Lizzie. Isso significava que Nicholas já tinha compartilhado afeição com outras pessoas. Algo, com certeza, havia mudado nele. — Ela era uma botânica também?

— Todas eram.

— É, isso é verdade. Me conte sobre ela.

— Timsa era filha de um duque. Nicholas e ela cresceram juntos, eram muito próximos. Mas, com o passar do tempo, o príncipe ficou mais agressivo e a cura começou a se tornar uma urgência. Começaram a pesquisar sobre o antídoto e foi quando Timsa propôs o casamento.

— Foi ela quem propôs? — perguntou, surpresa.

— Sim, ela queria salvá-lo! Mesmo ele não sendo seu tipo.

Lizzie cerrou os olhos ao ouvir aquilo. Ela não conseguia imaginar alguém não o achando atraente. A frieza de Nicholas o tornava distante, mas, feio, todos sabiam que ele não era.

— Ele gostava dela? Amava ela?

— Acho que eles nunca desenvolveram esse tipo de relação, alteza. Como eu disse, ele não fazia o tipo dela. Na verdade, homem nenhum fazia.

Lizzie arqueou a sobrancelha e suspirou.

— Entendi.

— Para manipular plantas místicas é preciso ser um nativo. Mas, para adentrar a floresta encantada, é preciso ser da realeza ou do sacerdócio. Somente homens pertencem ao sacerdócio. Então, para as garotas, só lhes restava...

— O casamento — completou Lizzie. — Bardaros é muito arcaica. Tem leis e tradições que não servem para nada.

A criada decidiu ignorar o comentário.

— Seria um casamento por conveniência, é claro. Um dia, eles foram para o campo de batalha juntos. Ele virou a fera e...

Miranda não precisava terminar a explicação para saber o que tinha acontecido. Lizzie só conseguia sentir pena, o príncipe era um homem solitário.

— E a segunda?

— Princesa Brellyn. Ela foi morta na noite de núpcias.

— Então no começo os casamentos eram pra valer.

— Como assim, alteza?

— Ah, quis dizer que eram bem sérios.

— Claro, os pais de Brellyn estavam muito animados com essa aliança. Casar a filha com o príncipe significava entrar na família imperial. Queriam garantir o casamento a todo custo. Então precisava ser consumado, entende?

— Que pais irresponsáveis! Sabiam da instabilidade da fera e mesmo assim forçaram uma situação dessas... — Murmurou Lizzie, inconformada.

— O poder é a moeda de troca de Bardaros — lamentou Miranda.

— Mas ouvi falar que a fera rejeitou a princesa, controlou Nicholas e então a matou. Depois disso, o príncipe se recusou a ter qualquer proximidade com as esposas. E foi quando ele começou a usar os feitiços de controle com mais frequência, pois já carregava culpa demais, matara sua melhor amiga e uma garota inocente com pais gananciosos. Acho que ele não queria mais peso algum. Então passou a se casar apenas por formalidade.

Lizzie se olhou no espelho enquanto processava as informações que tinha acabado de receber. Ela só conseguia pensar que Nicholas era um homem com sentimentos, que prezou pela segurança de suas esposas por saber que poderia feri-las. Ele não era totalmente fera, era um mago também. Talvez ele não fosse tão ruim assim.

Um sapato branco de salto baixo foi colocado em cima da mesa. Alguns homens e mulheres jogavam sinuca quando ouviram alguém chamá-los, pigarreando a garganta. Eles pararam o que faziam e viram Ismael com uma expressão séria. Todos reviraram os olhos querendo ignorá-lo.

— O que quer, bastardo? — falou Risdan. Ele fez mais uma jogada, dando uma tacada na bola, mas não alcançou o objetivo.

— Eu quero saber quem fez. — Ismael foi direto ao ponto.

— O quê?

O mensageiro apontou para o sapato. Alguns ali trocaram olhares enquanto tentavam segurar a risada.

— Qual é, irmão? — respondeu ele, tentando contornar a conversa. — Não vai levar a sério uma brincadeirinha, não é?

— Você sabe muito bem que nunca liguei para seus feitiços de bobeira. Eu cresci tendo que lidar com eles, esqueceu?

Ao fundo, Lassara, que acariciava a cabeça de uma serpente estranha, riu ao se acomodar no sofá. Ela lembrava muito bem de cada travessura.

— Mas feitiços deixam digitais. A arte do comando está aqui. É de vocês. — Eles começaram a ficar inquietos. — O príncipe não gostou nem um pouco.

De repente, todos pararam de jogar.

—E desde quando ele liga para as esposas? — falou Risdan entre dentes.

— Eu não sei — Ismael se aproximou, retirando o taco da mão de seu irmão —, mas ele é o futuro imperador. Evitem mexer nas coisas dele.

— Ela é o novo brinquedinho dele, é?

Ismael se curvou e fez uma jogada em cima da mesa, a bola vermelha foi encaçapada direto. Ele se levantou e ajeitou o cabelo atrás da orelha.

— Isso já não é da minha conta, só estou aqui como um mensageiro. Estou avisando para pararem com as travessuras antes que ele se zangue de verdade.

— Ele não pode fazer nada contra nós. As leis de Bardaros não permitem — lembrou um outro rapaz, irritado com a presença de Ismael.

— Hazar, o imperador é a lei.

— Isso se ele conseguir se tornar imperador... — Murmurou Risdan.

Ismael torceu o nariz ao ouvir o comentário.

— Ouvindo assim, eu poderia dizer que você é um espião de Fergus. É um traidor, por acaso? Não devo deduzir que não queira que nosso primo se torne imperador, correto?

Risdan franziu o cenho.

— Você ficou muito corajoso depois de virar amiguinho do príncipe.

Ismael foi até o minibar, abriu uma garrafa de bebida e serviu em um copo pequeno de vidro.

— Pois é. Quem diria que até um bastardo como eu estaria mais perto do trono do que qualquer um de vocês?

O mensageiro deu um único gole, colocou o copo na mesa e guardou o sapato no bolso. Toda a sua família o olhava com desgosto.

— Fiquem espertos — alertou, e enfim saiu.

Risdan jogou o taco no chão, enraivecido.

— Quem ele pensa que é? Precisamos colocá-lo em seu lugar de novo!

— Não acho que devamos dar uma lição nele — falou a mulher com a serpente. — Desta vez, o problema é a nova princesa. Vamos cuidar disso. — E sorriu para seu aterrorizante animal de estimação.

O salão de jantar era grande e suntuoso. Lizzie nunca tinha ido até aquela parte do palácio antes. Normalmente, fazia as refeições em seu próprio quarto ou no pequeno laboratório. Ela entrou timidamente e alguns funcionários a ajudaram a se sentar à mesa comprida e adornada com ouro. A princesa estava sozinha no ambiente, o que a deixou desconfortável. Seria a primeira vez que Lizzie talvez trocasse uma palavra com o imperador. Todo aquele tempo morando em Bardaros e ainda não tinha sido chamada para conhecê-lo devidamente. Ela até conseguia entender, ninguém imaginava que o casamento fosse durar tanto tempo. Não tinha por que perder tempo com apresentações quando todos já esperavam que ela partisse. Mas ali estava ela, então adiar ainda mais esse encontro era impossível. Passaram alguns minutos até que passos firmes tomaram o ambiente. Lizzie olhou para sua esquerda e avistou Nicholas. Assim que a viu, seu andar hesitou. Ele olhou de relance para os funcionários, que desviaram de seu olhar. O príncipe suspirou e tomou seu lugar ao lado de Lizzie.

Um silêncio constrangedor tomou conta do ambiente. Era possível ouvir uma agulha caindo no chão. Os sentidos estavam aguçados. Lizzie coçou o nariz e olhou para o príncipe, ela sentiu a pele arrepiar quando notou que ele a olhava também. Eles não tinham conversado mais depois do encontro na floresta. Era difícil manter qualquer tipo de comunicação entre eles. Lizzie não fazia muita questão de se aproximar dele, mas queria tornar a convivência, pelo menos, tolerável. E ela achava estar conseguindo alcançar esse objetivo aos poucos.

Lizzie estava acostumada a decifrar as pessoas pelos seus aromas, pois seu faro ficara aguçado depois de anos na estufa, mas Nicholas não tinha cheiro de nada, ela não conseguia extrair nenhuma emoção a partir de seus aromas. Lizzie estava tão distraída pelo seu olhar que não notou quando ele pegou em seu braço. O toque repentino a surpreendeu.

— O que houve? — perguntou ele com a voz baixa.

Lizzie piscou algumas vezes antes de olhar para seu braço e ver a queimadura que ele tocava.

— Ah, um acidente de trabalho — respondeu ela com um sorriso envergonhado.

Ele olhou mais um pouco a queimadura e a fitou.

— Como aconteceu?

O olhar intenso do príncipe fez o coração de Lizzie saltar um pouco mais rápido. Ela abriu a boca para falar, mas fechou de novo, sem saber exatamente o que dizer.

— Alguns experimentos causam pequenas explosões — explicou ela.

— Deveria se afastar antes de explodir.

— Eu faço isso, mas não tem muito espaço por lá...

— Não tem espaço?

— Não estou reclamando, alteza! — pontuou ela.

Ele mantinha a mão em cima da queimadura, Nicholas franziu a sobrancelha e falou com a voz cansada:

— E como está indo?

Foi quando Lizzie enfim sentiu um aroma exalar do príncipe: desespero. Com certeza, ele não aguentava mais carregar a fera.

— Estou estudando muito, alteza. Prometo que não vou parar até conseguir. — Lizzie suspirou, não é como se ela tivesse muita escolha também. — Terá que me aguentar aqui por um tempo ainda.

— Você não tem sido um peso.

Lizzie arregalou os olhos e então sorriu.

— Essa foi a coisa mais gentil que você me disse desde que cheguei.

Ele abaixou a cabeça e olhou de novo para a ferida em seu braço.

— Está doendo?

— Um pouco, só.

— Posso?

Lizzie não sabia exatamente o que aquilo significava, mas assentiu positivamente com a cabeça. Nicholas passou o dedo em cima da pequena queimadura. A lesão não desapareceu, mas a dor tinha sumido por completo.

— Você sabe usar feitiços de cura — sussurrou Lizzie. — Sabe usar a arte dos mares, então?

— Não consigo curar, mas a dor desaparece por um tempo.

— Consegue aplicar em você?

Ele acenou negativamente.

— Como é para você? — perguntou Lizzie gentilmente.

— É doloroso.

— Dói porque está usando feitiços de controle.

O príncipe se virou para ela, surpreso.

— É necessário.

— Posso te ajudar com algo mais leve, que não interfira tanto em sua saúde.

— Com suas ervas?

Lizzie sentiu o tom de sarcasmo na voz de Nicholas e não conseguiu esconder que tinha ficado extremamente ofendida.

— Eu não quis... — Ele tentou se corrigir.

— Quis, sim.

Antes que ele pudesse dizer mais alguma coisa, o imperador entrou no salão, vestindo uma túnica longa, confeccionada em seda vermelha e azul, entrelaçada com fios de ouro reluzentes. A túnica exibia bordados que contavam as histórias dos triunfos imperiais de Bardaros; todos conquistados pela grande imperatriz Alexandra. Com certeza era sua forma de homenageá-la e tê-la sempre com ele. Não era segredo que o casal de imperadores fora perdidamente apaixonado. Mas, até então, o povo ainda se questionava como um homem tão fraco havia conseguido conquistar uma mulher tão forte. Lizzie não tinha resposta para esse mistério, mas sorriu ao ver a homenagem. Na cabeça, o imperador usava uma coroa majestosa, confeccionada em ouro puro e adornada com pérolas e diamantes. Ao vê-lo, Lizzie até achou que não tinha se arrumado o suficiente para o encontro. Ele parecia mais bem-vestido ali do que no baile que ele mesmo oferecera.

— Me perdoem o atraso! — falou casualmente. — Podemos comer agora.

A imponência da roupa não escondia a aparência do imperador, que era um homem baixo e muito magro. Lizzie já tinha lido piadas a respeito dele centenas de vezes. Todos agradeciam a Elah por Nicholas ter puxado à mãe e não ao pai.

— Obrigada pelo convite, majestade imperial — disse Lizzie.

O homem pigarreou alguma coisa inaudível, sorriu e se sentou.

— Como foi a visita a Elah?

Lizzie olhou para Nicholas, que se concentrava no seu prato de comida. Era nítido que ele não fazia questão de ter uma relação com o pai.

— Ah, isso foi há um tempo já. Mas foi uma honra estar na presença d'Ele.

— Quem diria que a favorita de Elah seria justo uma não nativa. Você estava certo, filho. Fez bem em escolhê-la.

Lizzie imediatamente se virou para o príncipe.

— Você me escolheu?

A comida desceu a garganta do príncipe parecendo que estava a rasgando.

— Eu queria tentar você.

— Por quê? — perguntou Lizzie com o rosto sério.

Nicholas não respondeu. O imperador decidiu intervir.

— Eu conheci seu pai. Sabia, querida?

Lizzie olhou para o imperador, surpresa.

—É mesmo?

— Éramos amigos, mas acabamos perdendo o contato quando ele deixou Bardaros. Não o culpo, nosso mundo é bem difícil. Quem diria que nossos caminhos se cruzariam novamente através de nossos filhos. Bom, ele tinha uma dívida... Era questão de tempo, também.

— Dívida?

O imperador não queria tocar naquele assunto, então deu uma olhada em Nicholas, que permanecia calado e desconfortável. Lizzie também o olhava, mas de relance, e não conseguia acreditar que Nicholas tinha sido o principal culpado de ela estar presa naquele lugar.

— Seu filho me contou que Fergus quer as presas para dominar a magia no mundo. Mas tem como tirar as presas da estátua?

— As presas devem ser dadas por Elah. Nossa divindade escolhe quem merece tal honra, mas até hoje as presas continuam em seu devido lugar. E queremos manter assim.

— Elas podem ser tomadas à força?

— É o que Fergus vem tentando fazer todos esses anos. Usar as presas de Elah dá grande força, mas, sem os rituais certos, pode se tornar uma maldição. Ainda bem que temos meu filho, que está protegendo a estátua, seguindo os passos da mãe.

— Minha força está acabando e Fergus, mais forte — declarou Nicholas quase sem abrir a boca.

— Elah não vai te dar as presas, rapaz — disse o imperador com um sorriso sarcástico.

— Se Elah me concedesse essa honraria, poderíamos derrotar Fergus e garantir a segurança de Bardaros. Mas sempre que falo sobre as presas, Elah deixa de me responder.

O imperador soltou uma gargalhada.

— Você já tem tudo que precisa, só não percebeu ainda.

— Se eu matar Fergus, talvez acabe com a minha maldição.

— Não tente burlar os meios, garoto. Você sabe muito bem do que precisa para ser curado.

— Do que precisa? — perguntou Lizzie com desconfiança.

O imperador e Nicholas ignoraram a pergunta. Lizzie já estava cansada disso. *Por que tinha sido convidada para um jantar se ninguém parecia disposto a lhe dar algumas respostas?*

— A cura é tão urgente assim?

O imperador decidiu responder à nova princesa.

— Nicholas não pode herdar o trono nessas condições. O sangue real dele vem da mãe, não de mim. Ele deveria ter assumido o lugar da mãe imediatamente após sua morte, mas o povo não se sentiu seguro de ter uma fera no poder. Logo, eu assumi, mas não posso ficar para sempre. O conselho está no nosso pé.

— Está dizendo que podem tirar o trono do príncipe?

— Ninguém quer um imperador amaldiçoado.

— Mas quem ficaria em seu lugar?

— Os primos, os descendentes de Fergus. Eles são os primeiros na linha de sucessão caso algo aconteça com meu filho, ou se ele não me agraciar com netos.

Nicholas se levantou da mesa de imediato, pronto para se retirar quando Lizzie o segurou pela manga da roupa.

— Posso ir com você?

— O quê? — indagou ele, confuso.

— Eu gostaria de te ver lutando... Como fera. Para que eu possa fazer minha pesqui...

— Não.

— Por favor!

— Não.

— Mas eu preciso fazer pesquisa de campo! Entender como a maldição te afeta em batalha, ver como os ciclopes reagem na sua presença. Preciso ir para a trincheira com você.

— Você não vai.

— Você quer ou não ser curado?

— Você precisa estar viva para me curar! — exclamou ele.

— Prometo ter cuidado!

— Se preocupe com a cura. Eu me preocupo com a guerra!

O príncipe se retirou do ambiente, deixando Lizzie e o imperador sozinhos.

— Se continuar assim, mesmo que o antídoto funcione, ele nunca vai conseguir o amuleto — comentou o homem após um longo gole na sua taça de vinho.

Lizzie ainda estava processando todas as informações que recebera. A urgência da cura, um mago tentando roubar poder de Deus e uma família de abutres apenas esperando uma falha para tomar o trono do príncipe herdeiro. Isso explicava a intolerância da corte a Lizzie. Muitos ali queriam, sim, a troca de liderança e não desejavam o fim da maldição. O desespero de Nicholas era mais do que justificado e, talvez, ela estivesse começando a sentir uma leve empatia por seu marido.

— Irei me retirar, sua majestade imperial. Tenho muito trabalho pela frente.

— Não a vi comendo, querida.

— Acho que perdi a fome.

14

O nascimento de Vênus

ABRENIXA ERA UMA folha arrepiada e arroxeada, tinha um cheiro amargo, mas, quando bem-preparada, exalava um aroma delicioso. Isso, Lizzie sabia fazer. Seu problema era tornar a planta poderosa o suficiente para ser um cerne eficaz, capaz de criar e quebrar maldições. Na história de Bardaros, apenas um mago tinha alcançado tal feito; e esse homem era seu pai. Lizzie tinha percebido que tinha começado com um objetivo alto demais. Criar um feitiço capaz de quebrar uma maldição grandiosa como aquela, sendo uma maga ainda em aprendizado, era um pouco irreal. A botânica então decidiu começar a focar em feitiços menores, mas igualmente eficazes. Assim, ela poderia ir melhorando seu desempenho e até ajudando o príncipe a controlar a fera, nem que fosse um pouco.

Lizzie extraía o elixir das brenixas com paciência. As gotas do líquido roxo caíam pelo recipiente de vidro, e eram recebidas logo abaixo por cinco lascas de pedras do riacho da floresta encantada. As pedras começaram a ganhar cores variadas e um brilho peculiar. Ela adicionou alguns ingredientes em pó e as pedras adquiriram uma textura laminada. Seu teste estava pronto. Ela fez um sinal com as duas mãos e as cinco pedras levitaram até o centro de seu bordão e ficaram pairando ali, a comando de Lizzie. A botânica sorriu, orgulhosa e temerosa ao mesmo tempo. Estava torcendo que o feitiço básico funcionasse. Ela foi em direção aos outros dois botânicos, que continuavam trabalhando. Joffer parecia entretido com suas leituras, enquanto Ennet estava escrevendo no mesmo papel há dias. Eles não pareciam uma equipe botânica real muito produtiva.

— Com licença, posso testar um feitiço? — perguntou timidamente aos homens.

De imediato, Joffer fechou o livro e abriu um sorriso animado, se aproximando com curiosidade. Ennet a ignorou.

— O que é isso?

— Tentei fazer um pequeno contrafeitiço. Não quebra maldições, mas pode desfazer alguns tipos de magia. — Ela fez uma pausa enquanto encarava as cinco lascas de pedra pairando em seu bordão. — Pelo menos, é o que eu espero.

— Vamos testar! O que devo fazer?

— Primeiro, eu preciso lançar um feitiço em você e depois tentar retirar com isso.

No mesmo instante, Ennet parou de escrever e foi desesperado até Joffer e Lizzie. Sua cara não parecia nem um pouco boa.

— É um truque! Não deixe uma não nativa aplicar feitiços em você! — alertou a Joffer.

Lizzie arregalou os olhos, não esperava aquela reação. Irritada, ela apertou seu bordão. Não queria ser esnobe, mas assim como ela sabia seu lugar, algumas pessoas também precisavam saber o delas.

— Devo reportar ao imperador que você tem tentado impedir a cura do príncipe? — ameaçou ela, sem esboçar nenhuma emoção.

— O quê? — gaguejou Ennet.

— Preciso testar feitiços em outras pessoas antes de testar em nosso príncipe. Se quiser impedir meus estudos, devo considerar que é um traidor da Coroa.

— Eu jamais...

— Farei um feitiço simples, que obviamente pode ser quebrado por qualquer mago. Até pelo senhor. Será que devo lembrá-lo também que eu sou a princesa, e, portanto, você me deve obediência?

Ennet contraiu o maxilar.

— Não, alteza — murmurou ele.

— Ótimo, então vamos prosseguir. Tudo bem para você, Joffer?

O rapaz, que estava em silêncio, se manifestou apenas concordando com a cabeça.

— Vou lançar um feitiço de paralisia, básico da escola, mas é da vertente do comando. Não é minha especialidade já que minha arte é a terra. Mas vou tentar usar meu experimento com a brenixa para fazer um contrafeitiço. Ennet, fique de prontidão. Caso dê errado, você terá que retirar o congelamento de Joffer.

Os dois apenas concordaram. Lizzie fez um movimento rápido com as mãos enquanto segurava o bordão com firmeza, ela usava o artefato para potencializar sua magia. Um vulto branco passou por Joffer e, no mesmo instante, ele perdeu a capacidade de se mexer. Era mesmo um truque fácil de magia, o que fez os botânicos ficarem menos na defensiva. Lizzie manejou seu bordão delicadamente e fez um sinal para que uma das pedras ricas de elixir se movimentasse. A pedra alterada tocou no centro da testa de Joffer e seus olhos mostraram o relance de uma luz amarela. Aos poucos, ele sentiu seus dedos se mexerem, depois o tronco e então a cabeça. O contrafeitiço tinha funcionado. Lizzie abriu um sorriso de orelha a orelha enquanto os homens a encaravam surpresos.

— Você conseguiu, alteza! — falou Joffer, animado.

— Ainda está bem longe de ser uma cura — disse Ennet entre dentes. — Mas é um passo, algo que não tínhamos há muito tempo. Parabéns por seus esforços, alteza.

Lizzie cruzou os braços.

— Deve ter sido difícil para você admitir isso, Ennet. Então vou considerar que foi um elogio sincero.

— Foi sincero.

Lizzie se virou para Joffer e percebeu um brilho peculiar em seus olhos.

— O que é isso? — perguntou Lizzie, pegando um pequeno espelho em cima de sua mesa. — Seus olhos estão com alguns símbolos, Joffer.

O rapaz pegou o espelho e observou com atenção.

— Parece a marca do seu contrafeitiço, mas já está desaparecendo. Acho que por ter sido um exercício simples, não vai ser permanente.

— Contrafeitiços deixam marcas?

— Não são todos. Apenas os que são feitos com ingredientes específicos da floresta encantada.

— A brenixa... — ponderou Lizzie.

— Essa é a marca de um contrafeitiço temporário — observou Ennet. — Mas tem muitas marcas diferentes que significam coisas diferentes também. Eu não sei de cor.

— Tem algum lugar que eu possa pesquisar isso?

— Deve ter alguma coisa na biblioteca.

Na mesma hora, Lizzie pegou sua bolsa e caminhou em direção à porta. Antes que saísse, ela olhou para os colegas de trabalho.

— Será que o experimento de hoje poderia ter efeito no feitiço de comando dos ciclopes?

Os homens se olharam rapidamente e pensaram um pouco.

— É uma possibilidade, alteza! Podemos fazer mais testes — sugeriu Joffer, animado.

— Não podemos atrapalhar o verdadeiro objetivo da princesa — alertou Ennet. — Cuidarei disso para a senhora. Fergus é um mago da arte dos luzeiros. Vou coletar ingredientes dessa vertente para intensificar seu experimento, alteza.

— Obrigada, Ennet.

Então ela se retirou do laboratório para buscar mais informações na biblioteca imperial.

A porta da biblioteca imperial era gigantesca, pesada e adornada com ouro e bronze. Lizzie a empurrou com certa dificuldade. Quando enfim conseguiu entrar, ficou maravilhada com o espaço. Com centenas de prateleiras e vários degraus, era quase difícil ver o fim dos livros. Ao mesmo tempo que ficara encantada, também ficara preocupada. Não seria fácil achar as informações que queria. Para a botânica, restou apenas respirar fundo e ir atrás, primeiro, do catálogo. Lizzie se aproximou da estátua de bronze que ficava atrás da bancada de recepção, ela segurava um livro do mesmo material. Todos os livros que chegavam à biblioteca eram adicionados automaticamente através da magia naquele enorme livro de bronze.

— Oi, onde encontro a seção de contrafeitiços?

A estátua imediatamente se moveu. Um tanto travada, é claro. Havia muito tempo que ela servia ao império.

— Lizzie Valero... Não... Lizzie Arkalis.

A botânica apenas concordou com um sorriso. Era estranho lembrar que agora seu sobrenome principal era do marido, e não de seu pai.

— Procura que tipo de contrafeitiços? — perguntou a estátua.

— Contrafeitiços de maldição.

As folhas de bronze do livro se folhearam sozinhas. Lizzie permaneceu observando com atenção. Em dado momento, a folha parou e um brilho dourado marcou o número do corredor, o andar e a prateleira.

— Obrigada!

Os dedos de botânica deslizavam pela lombada dos livros, que eram antigos e tinham um ar misterioso. Ela olhava com atenção, procurando algo que nem sabia ao certo. Antes que chegasse ao local orientado pela estátua, Lizzie avistou um título curioso. Tirou o livro empoeirado da estante e esfregou a mão por cima da capa. Ela abriu um sorriso com os elementos ao redor do enorme título que dizia *O grande olho vidente e suas projeções: um estudo sobre os ciclopes e seus cristais*. A maga se sentou na cadeira mais próxima, apoiou o livro gigante em cima da mesa e abriu em uma página aleatória. A primeira imagem revelou pinturas dos ciclopes. Lizzie nunca tinha visto um pessoalmente, sempre achou que eles eram grandes e feios, mas os ciclopes da imagem não eram assim. Seus corpos eram adornados por cristais, principalmente na região ocular. Eram criaturas coloridas e poderosas. O livro afirmava que os ciclopes eram videntes, seus olhos revelavam possíveis futuros. Quanto mais cristais tinham nos olhos, mais precisa era a visão.

— Agora entendo por que é tão difícil derrotá-los, eles conseguem prever os movimentos de qualquer pessoa. Essa guerra é mais arriscada do que eu pensava. Como será que o príncipe age em batalha? Eu gostaria de ver.

Algumas páginas à frente, ela viu a imagem de Elah. Uma pantera branca coberta de joias e pedras preciosas, sentada na terra em frente a uma árvore. Os ciclopes faziam fila para lhe ofertar oferendas. Eram criaturas respeitadas naquela época. Agora, eles estavam havia tanto tempo presos pelo feitiço de Fergus, que muitos magos achavam que nem estavam mais enfeitiçado, mas sim que tinham mudado de lado. Lizzie fechou o livro e o guardou na bolsa que trouxera consigo. Ela olhou para os lados, procurando algo, e fechou os olhos com irritação. Havia esquecido seu bordão no laboratório. Esse era um dos maiores pecados que um mago poderia cometer dentro de Bardaros. "Nunca saia sem seu bordão, ele é o guia da sua magia." Mas como maga não nativa, que tinha crescido no Brasil, ela não possuía o hábito de carregar o bordão sempre consigo. Afinal, ele precisava ser escondido para que os vazilares não o vissem. Ela deu de ombros e decidiu voltar ao laboratório para buscar seu bordão. Ao chegar diante da porta, avistou a estátua.

—Obrigada... hã...

—Percebo que procura meu nome — disse a estátua de bronze com um sorriso.

—Você tem um?

—Nunca me foi dado um nome, sra. Arkalis. Sou um objeto que serve aos magos desse mundo, nada mais que isso.

—Posso te dar um nome?

A estátua demorou para responder. Ela tinha uma aparência feminina e a moldura de suas formas davam a entender que ela usava um tipo de terno.

—Se for de seu agrado, princesa.

—Você parece a musa de uma pintura do meu mundo.

—É de fora, não é mesmo, senhora?

—Posso te chamar de Vênus?

A estátua sorriu novamente e se curvou.

—Este é meu nome agora.

No mesmo instante, a forma de um crachá surgiu no uniforme da estátua com o nome Vênus gravado no centro. A magia fez os olhos de Lizzie brilharem. Essa era uma das poucas coisas que amava em Bardaros: a magia era normal. Em seu mundo, ela aprendera a viver sem magia no cotidiano. Mas o universo fantástico de Bardaros a estava deixando mal-acostumada. Como era incrível viver rodeada de elementos fantásticos.

—Até mais, Vênus. Logo eu volto.

Lizzie puxou a maçaneta da porta e nada aconteceu. Mais uma vez, outro fracasso. Ela imaginava que talvez fosse culpa do peso da porta e tentou com mais força. De repente, uma fumaça amarela entrou pela fechadura. Lizzie não teve tempo de fugir. A garganta fechou de imediato. Ela deu dois passos para trás, assustada, tentando recuperar o ar. Colocou as mãos no pescoço, desesperada, e caiu no chão agonizando.

—Alteza, a senhora foi envenenada — alertou Vênus.

Foi a última coisa que Lizzie ouviu antes de perder a consciência.

15

Estamos vendo alguma coisa acontecer

THIRAL VOAVA POR Bardaros com a carta das irmãs Bilger na pata. Agora que Lizzie morava no mundo mago, suas viagens começaram a ser mais frequentes. O pequeno morcego não tinha muito a reclamar, afinal ganhava uma porção de figos sempre que entregava a correspondência. Ele tinha uma conexão natural com Lizzie, conseguia rastreá-la aonde quer que ela fosse. Como hábito, ele foi primeiro ao laboratório, e estranhou ao constatar a ausência de sua mestra. Avistou apenas dois botânicos entediantes. Voou até o quarto dela e nada viu. Thiral, então, abanou suas orelhinhas para começar a rastrear e voltou a voar por onde sua audição o guiava. Era incomum, mas não conseguia ouvir com clareza o coração de Lizzie. O som das suas batidas estava estranhamente baixo. O pequeno morcego passou a voar mais rápido, preocupado com sua mestra.

Pousou na frente de uma enorme janela. Sua audição o avisava que ela estava ali, mas não a encontrava. Thiral deu alguns pequenos passinhos à frente para ver do outro lado da janela decorada com vitrais.

E então viu Lizzie desmaiada no chão da biblioteca. Ele soltou um grito agudo de desespero e começou a voar por todas as direções do palácio. O pobre morcego era minúsculo, precisava usar muito mais força que outras criaturas. Ele estava começando a ficar exausto quando viu o centro de treinamento dos guardas. Alguém lá poderia ajudá-lo. Desceu bem perto dos guardas e começou a chamar-lhes a atenção, atrapalhando os treinos de luta, até quase foi atingido por uma espada afiada. Os homens tentaram espantá-lo de lá, mas Thiral se recusava a sair sem ser devidamente notado. Até que um deles o pegou de repente, sem delicadeza alguma, o que fez o pobre morcego reclamar do susto que levou.

— De quem é esse bicho?! — exclamou o homem, sem paciência.

— Não é meu — respondeu outro.

— Também nunca vi — comentou um guarda mais adiante.

O homem olhou para as patas do morcego, que carregavam uma carta. Estava selada com um selo incomum, e ele logo percebeu a procedência.

— Sua alteza imperial! — clamou, indo em direção ao príncipe.

Nicholas enxugava o suor da testa ao sair de um duelo de treinamento, do qual, é claro, tinha sido vitorioso. Ele olhou para o homem ofegante, confuso.

— O que aconteceu?

— Esse morcego carrega uma carta do Brasil. — E entregou Thiral nas mãos do príncipe.

Nicholas o observou por um tempo, o bichinho parecia estar com medo dele. E com razão. O último encontro dos dois tinha sido um tanto quanto desastroso. O príncipe arqueou a sobrancelha e aproximou o rosto de Thiral que começou a tremer mais ainda.

— Ela está no laboratório — afirmou.

O morcego acenou negativamente com a cabeça. E então Nicholas teve um pressentimento ruim, franziu o cenho e colocou o morcego no ar.

— Me leve até ela.

Thiral imediatamente começou a voar em direção à Lizzie, e Nicholas o seguiu, junto com sua escolta. O príncipe observou que o caminho levava à biblioteca. O morcego pousou em frente à porta e começou a chacoalhar as asas sem parar. Um dos guardas da escolta se prontificou a abrir a porta, mas falhou. Nicholas, então, tomou a frente e, ao tocar na maçaneta, sentiu o feitiço de imediato.

— É um feitiço contra magos da terra — anunciou ele ao encarar a porta.

— Temos poucos desse tipo — comentou um rapaz.

— Ela é desse tipo.

Com um único golpe, Nicholas arrombou a porta com sua lança. O estrondo chamou a atenção de todos no castelo. O príncipe avistou Lizzie no chão e correu para alcançá-la. Ele a segurou em seus braços com cuidado, sua respiração estava tão baixa que já parecia morta. Ele contraiu os lábios e se virou para sua escolta.

— Eu quero um curandeiro.

Os membros da escolta demoraram um pouco para processar o pedido em meio aos escombros do que antes era a porta da biblioteca.

— Agora! — gritou Nicholas, enfurecido.

No mesmo instante, um dos guardas saiu para procurar um curandeiro. Os outros três rapazes ficaram. Pelos olhos do príncipe, perceberam que logo ele viraria a fera novamente.

Os olhos de Lizzie abriram pouco a pouco. Tudo ainda parecia embaçado demais, mas a imagem de várias mulheres à sua frente não poderia ser apenas uma ilusão. De fato, sua mãe e todas as suas irmãs estavam ao lado de sua cama com o olhar preocupado.

— Ela acordou! — disse a matriarca, aliviada, ao se aproximar da filha.

— Lizzie! — gritaram as irmãs em uníssono, e então a abraçaram.

A maga caçula estava tentando processar o que estava acontecendo. Sua última memória era de estar sufocando. Como tinha ido parar ali? Estava mesmo viva?

— O que aconteceu? — murmurou Lizzie, tentando se sentar na cama.

As mulheres do quarto se olharam com receio.

— Lizzie, vamos para casa — comunicou a irmã mais velha.

— O quê?

— Você tem inimigos aqui. Tentaram te matar.

— Me matar? Por quê? Estou indo bem com os estudos.

— Por que você acha, Lizzie? É claro que não aceitaram bem uma não nativa conseguindo resultados. Tem que ver o que falam de você nos jornais.

Lizzie coçou a cabeça antes de responder.

— Eu não ligo para fofocas.

— Pois deveria! Todos te odeiam. Venha para casa, por favor. Se o príncipe não tivesse chegado a tem...

— O príncipe? — Lizzie não conseguiu esconder o espanto. — Foi ele quem me salvou?

Cecília tomou a frente. Ela tinha em mãos o morcego branco da família.

— Na verdade, foi Thiral. Ele foi entregar nossa carta e te encontrou na biblioteca. Pensando bem, nossa carta que te salvou.

A mãe sorriu para as meninas.

— Você teve muitos salvadores, minha filha.

— Thiral avisou o príncipe e ele te socorreu — continuou Cecília.

— Bendito seja Elah — murmurou a mãe, segurando a mão da caçula. — Você está bem agora. O que acha? Vamos para casa?

Lizzie encarou as irmãs por alguns minutos. Elas estavam certas, ser uma não nativa tão perto do trono a tornou um alvo. Ela estava cercada de inimigos. Como salvaria o príncipe se fosse morta? Ele mesmo tinha lembrado isso a ela de maneira grosseira, naquele dia no jantar. Na noite do baile, ela reconheceu alguns rostos, pessoas com quem tinha estudado quando fez intercâmbio em Bardaros. Se não gostavam dela naquela época, imagina agora. Não seria fácil achar um culpado, ela tinha inimigos demais para caberem nos dedos da mão.

Em Bardaros, ela sofreria preconceito de quem a conhecia e de quem não conhecia também. Ser uma não nativa da América do Sul já a tornava indigna de fazer parte da realeza. O que ela tinha na cabeça? Realmente achou que livraria sua família da miséria? Era óbvio que muitos tentariam atrapalhá-la. Ainda mais depois que entendeu a dinâmica do príncipe com o trono. Muitos queriam o lugar dele, e os boatos de que a nova esposa estava tentando achar a cura, e até mesmo avançando, não paravam de circular. Ela já tinha durado tempo demais aos olhos das pessoas que a detestavam. Por um momento, ela esquecera que era uma prisioneira em Bardaros. Conviver com a magia a fez olhar sua realidade de outra forma, começara a ficar otimista por pensar em fazer algo que ajudasse o povo, tanto de Bardaros quanto de seu mundo. Talvez tenha mesmo sonhado demais. Às vezes, detestava ser tão parecida com seu pai.

— Tudo bem — suspirou ela. — Vamos para casa.

Lizzie estava terminando de colocar as últimas peças de roupa na mala, enquanto um oficial a aguardava na porta. Não tinha conseguido agradecer pessoalmente ao príncipe pelo salvamento. Assim que avisou que queria voltar, os funcionários começaram a organizar sua partida. Fora informada que assinaria a papelada de divórcio em breve. Não precisaria aguardar em Bardaros. É claro, quanto antes se livrassem dela, melhor. Ninguém insistiu que ficasse, ninguém fez drama algum. Mesmo que ela fosse a maga que mais avançara no tratamento do príncipe, não fazia diferença para aquele povo. Ela não era um deles e sempre fariam questão de lembrá-la disso.

Ela foi escoltada do palácio até o portal imperial. Suas irmãs a esperavam com sorrisos abertos. Lizzie queria estar sorrindo também, mas não conseguia. Por que não queria partir? Os problemas de Bardaros não faziam diferença para ela até pouco tempo atrás, nunca se importou com os magos do mundo mágico. Mas não conseguia parar de pensar no príncipe. O que lhe aconteceria sem ela ali? Continuariam a usar feitiços errados nele? Ele enfraqueceria? Ele morreria? Se ele morresse, certamente não teria mais ninguém para derrotar Fergus e os ciclopes. Ah, os ciclopes. Eles também tinham despertado sua curiosidade. Algo parecia errado e só ela estava percebendo. Será que outra esposa conseguiria ter mais avanço que ela?

— Lizzie? — chamou a mãe.

A maga levantou o olhar com os olhos lacrimejados, deu alguns passos à frente e viu a irmã mais velha entregando um documento para o oficial da passagem.

— O que é isso? — perguntou Lizzie, preocupada.

— Não se preocupe com isso — disse Daphne com carinho.

— É a escritura da pousada, não é? — indagou Lizzie com a voz embargada.

— Vamos ficar bem! Já falamos com o tio Alberto, ficaremos de favor por lá por um tempo. Vamos tentar acelerar os casamentos das irmãs solteiras para elas terem para onde ir. Já ajudamos muitas pessoas, então todos estão dispostos a nos ajudar. Vamos conseguir bons casamentos para todas.

— Tínhamos prometido que todos nossos casamentos seriam por amor.

— E você foi a primeira a descumprir o acordo.

— É diferente. Eu fiz isso para nos salvar.

— E estamos fazendo isso para salvar você. Não tem que ficar.

Lizzie olhou para trás, então para o documento na mão do guarda e, por fim, para sua mãe. As lágrimas escorreram.

— Eu não posso — conseguiu dizer. — Prometi em meu coração a Elah que salvaria ele. Elah me abençoou. — Mais uma lágrima escorreu. — Vou ficar. Sinto muito.

Lizzie conseguiu ouvir o oficial a seu lado bufar.

As mulheres se olharam preocupadas e logo Cecília saiu do meio delas, segurando uma mala de viagem.

— Eu avisei! — exclamou. — Bom, vou ficar com você, então.

— O quê? — perguntou Lizzie, confusa.

— Eu sabia que você não iria embora. Arrumei a mala como precaução. Vou estar ao seu lado. Te farei companhia.

— Mas e seu trabalho?

— Tem muito estoque lá. Se faltar, eu faço aqui e mando enviarem. Ser irmã da futura imperatriz tem que ter alguma vantagem, não é?

Lizzie esboçou um sorriso largo e abraçou a irmã.

— Obrigada, Ceci!

Cecília se virou para sua família.

— Vamos ficar bem! Cuidarei dela. Ninguém mais tentará envená-la, não vou permitir.

As irmãs correram para abraçar as que ficariam. Elas se despediram mais uma vez, depois de muito choro e preocupação. A mãe pegou o documento da pousada novamente, mesmo com o guarda estando claramente relutante em devolver. Elas passaram pelo portal e deixaram as duas irmãs caçulas em Bardaros. Cecília suspirou e se virou para o oficial.

— Me arrumem um quarto — ordenou.

— O quê? Nós não...

— Não me desacate. Se não vou falar para a princesa!

O homem torceu o nariz e se curvou.

— Sim, senhorita. Vou mandar providenciar imediatamente.

Lizzie não conseguiu segurar a risada ao ver o homem partir correndo. Cecília ficava muito à vontade quando podia mandar nos outros, e Lizzie amava isso nela.

— Uau, esse é o verdadeiro poder dos privilégios? Eu gostei. — Ela sorriu ao empurrar uma mecha loira do cabelo liso para trás. — Vamos, princesa. Você tem um príncipe para salvar.

A caçula concordou e elas deram as mãos. Lizzie ainda não estava pronta para desistir.

Risdan foi empurrado com violência contra a parede. Ismael apertava a gola de sua camiseta contra o pescoço sem qualquer resquício de delicadeza.

— Já falei que não fomos nós!

— Pode não ter sido — disse Ismael, irritado. — Mas depois da brincadeirinha idiota com o sapato, Nicholas está de olho na família!

— Parem com isso! — gritou a mulher das serpentes.

— Cale a boca, Lassara! — esbravejou Ismael. — Ela quase morreu desta vez!

— Nós não iríamos tão longe, Ismael! — berrou ela de volta.

O mensageiro encarava seu irmão enfurecido. Eles não estavam dando as respostas que ele queria, então soltou Risdan que, na mesma hora, caiu no chão, ofegante. Ismael ajeitou sua roupa e encarou seus irmãos, que não paravam de lançar olhares fulminantes a ele.

— Esse foi o segundo *strike*. Mais uma travessura e Nicholas virá pessoalmente até vocês.

— Se ele nos ferir, sofrerá nas mãos do conselho — ameaçou Lassara.

— É o conselho que deve temê-lo — falou Ismael ao dobrar a manga de sua camisa. — Foi meu último aviso. Na próxima, não serei eu a mandar recados.

Ismael então se retirou. Lassara ajudou o irmão a se levantar, ele estava completamente colérico.

— Vamos falar para o papai? — perguntou Lassara.

— Não adianta, ele não vai fazer nada. Foi você que fez? — questionou Risdan, impaciente.

— Claro que não! — A mulher pensou um pouco. — Deve ter sido o chefe.

Risdan concordou.

— Temos que tentar falar para ele tomar mais cuidado.

Lassara apertou os dentes. As cobras contornaram seu pescoço, como se quisessem confortá-la.

— Já estou cansada dessa garota. Ela acabou de chegar e já está nos causando problemas.

— Lizzie Valero — murmurou Risdan. — Você não chegou a estudar com ela?

— É, talvez esteja na hora de colocá-la em seu lugar de novo.

Miranda ajeitava o cabelo de Lizzie com delicadeza. Demorou um pouco para ela aprender a cuidar de cabelos encaracolados, estava acostumada a pentear longos cabelos lisos. Mas, com os fios da princesa, a criada aprendeu a fazer tranças, usar cremes especiais e outros óleos exclusivos para o tipo de cabelo de Lizzie.

A botânica se olhava no espelho receosa. Ficaria o tempo que fosse necessário em Bardaros para concluir a missão, mas ainda se sentia insegura. Mesmo que tivesse avançado mais que as outras esposas, ainda estava longe da cura do príncipe. Ela precisava estudar mais e trabalhar como nunca antes. Lizzie baixou o olhar, temerosa, e então avistou uma caixinha vermelha de veludo em cima de um cartão.

— O que é isso? — perguntou a Miranda.

A criada olhou na direção que a princesa apontava.

— Ah, não sei, alteza. Já estava aí quando cheguei.

Lizzie deu de ombros e abriu a caixinha. Se estava ali, só poderia ser dela. Para sua surpresa, a caixa continha dois brincos de ouro com uma pedra amarela lustrosa, muito semelhante a íris do príncipe. Os olhos de Lizzie brilharam. Era uma das joias mais lindas que já tinha visto. Miranda sorriu extasiada.

— Santo Elah, será que é...

Lizzie então pegou o cartão que carregava o selo de Nicholas. Ela sentiu seu estômago formigar, não entendia a razão. A carta era pequena, não havia enormes parágrafos a aguardando. Continha apenas uma frase, mas forte o suficiente para fazer seu coração oscilar.

"Obrigado por permanecer.

Nic"

— Ele é realmente um homem de poucas palavras — sussurrou para si mesma, sem conseguir conter o sorriso tímido.

— Vossa alteza! — exclamou Miranda. — Isso é maravilhoso!

— Calma, Miranda. São só brincos.

— Não, senhora. Aqui, quanto mais um homem ama sua mulher, mais ele a adorna com ouro e pedras preciosas.

— O quê? Não... O príncipe não me ama.

— Pode não amar ainda, mas esse é o início de sua afeição. Ele nunca presenteou uma esposa antes.

Lizzie voltou o olhar para os brincos. Ela já queria usá-los.

— Alteza... — Murmurou Miranda quase como uma canção. — Estamos vendo alguma coisa acontecer.

16

Oiii, quanto tempo! Separou já?

"A princesa ficou! Para a infelicidade de muitos, inclusive deste jornalista que vos fala, a princesa Lizzie Valero não partiu, mesmo após ter sofrido um ataque dentro do próprio palácio. Pelo visto, nem mesmo nossos portões imperiais são tão protegidos quanto imaginávamos. Isso me faz pensar: ou ela está realmente empenhada na cura de nosso príncipe ou, só de pensar em voltar para seu país, prefere correr o risco de morrer aqui. Ainda não consigo acreditar em intenções verdadeiras de uma não nativa. Mas corujas amarelas me contaram que nosso guerreiro de coração frio deu à princesa uma joia inestimável. Não se trata de ouro de tolo, ou ouro de miragem, era ouro verdadeiro. Claro que uma pequena joia não diz nada sobre o afeto do príncipe pela nova esposa, não sejamos precipitados. Mas não deixa de ser surpreendente, não acham? Ouvi falar que a princesa Lizzie é uma maga da terra, a arte mais eficaz para feitiços do amor, mas nada de semear a discórdia por aqui, só é um fato curioso, não concordam?"

Os soldados marchavam até o próximo vilarejo, segurando com fúria seus bordões, que tinham sido preparados meticulosamente para extrair o maior potencial da arte da guerra. Nicholas Arkalis seguia à frente, com sua escolta logo atrás. Tinham recebido outro chamado de ataque. Por quanto mais tempo Fergus iria atacar? Ele continuaria até que arrancasse as presas de Elah? O príncipe jamais permitiria.

Nicholas fez sinal para que o exército parasse, se voltou para os homens e começou a passar as instruções do contra-ataque daquela noite.

— Os ciclopes estão mantendo os habitantes como reféns no centro da cidade. O batalhão de Mia vai para o leste. O de Dacan, oeste. — Ele coçou a garganta antes de continuar: — Malcer, sul. E meu batalhão vai comigo para o norte. Vamos cercá-los. Como Fergus utiliza a lua para fortalecer seu poder de comando à noite, com certeza precisa de um mínimo de aproximação para ter poder sobre eles. Não pode ir muito longe. Fiquem atentos, a miragem dele é poderosa, não caiam em armadilhas. Saibam diferenciar o que é real e irreal. É uma noite sem nuvens, então seu poder não terá oscilação.

Como combinado, Nicholas seguiu com seu grupo até o norte. Todos permaneciam atentos para a presença do Grande Mago entre eles. Ciclopes formavam uma muralha no meio da praça, no centro da cidade, impedindo qualquer fuga. Em todo momento, eles entoavam a mesma frase, como se estivessem hipnotizados:

— Entreguem Elah ou seu povo sofrerá. Entreguem Elah para que Fergus possa reinar.

Nicholas levantou o bordão e lançou um rastro de luz no céu. Era o sinal para atacar. O esquadrão de Mia foi primeiro, criando miragens de si mesmos para enganar os ciclopes. Funcionou em um primeiro instante e as criaturas gigantes saíram de suas posições rapidamente. Mas, ao tocar nos corpos e perceber que se tratava de miragens, se zangaram e começaram a lançar os cristais de seus corpos em todas as direções.

— Se abaixem! — gritou Nicholas.

Os cristais eram afiados como lanças, e passaram de raspão por alguns homens. Felizmente, nenhum refém foi atingido. Os magos de Dacan atacaram em seguida. Enquanto os ciclopes estavam distraídos com as miragens, conseguiram se aproximar para manipular o que os ciclopes poderiam ouvir. Era de senso comum que o som agudo, quase imperceptível aos ouvidos humanos, era como uma tortura aos tímpanos sensíveis dos ciclopes. Não se sabia ao certo o que eles faziam, mas seja lá o que fosse, incomodava as criaturas gigantes de maneira extrema. Eles se jogavam no chão, tentando tapar os ouvidos. Mas o barulho agonizante era temporário. Sendo criaturas inteligentes, os ciclopes logo criaram cristais de proteção ao redor dos ouvidos, para que não fossem perturbados.

O batalhão de Malcer era menor. Precisavam ter cautela, pois chegariam mais perto dos reféns. Os homens usaram seus bordões para lançar um veneno que pairava acima de suas cabeças, alcançando o rosto dos ciclopes. Quando as criaturas gigantes começaram a ficar desorientadas, Nicholas agiu. Ele e seu grupo correram até o centro da praça. O chão tremia a cada passo, eles usavam o toque de seus pés na terra para fazê-la chacoalhar. O veneno fez com que os ciclopes não conseguissem se equilibrar contra o tremor, levando-os a cair no chão. Logo o efeito do veneno passaria e a força bruta seria solicitada.

Nicholas tentava manter a calma, ele precisava sempre conter suas emoções. Qualquer deslize e a fera dentro dele o tomava. Qualquer emoção extrema era um perigo. Raiva, tristeza, frustração, felicidade... Amor. O príncipe franziu o cenho enquanto corria até os ciclopes. Por alguma razão, uma imagem de cabelos castanhos enrolados passou por sua mente. Sua respiração acelerou e ele apertou o lábio contrariado. Não era o momento. Ele não tinha feito nada demais, apenas lhe entregara uma joia, isso não significava nada. Era comum presentear a esposa com uma joia, como presente de casamento. Como nenhuma esposa durava com ele, Nicholas não dava importância ao ritual. Mas, quando Lizzie decidiu ficar, ele percebeu que precisava dar algo a ela. Os brincos eram perfeitos. Eram pequenos e simples, mas de ouro verdadeiro. Não deveria chamar muita atenção, mas, para sua infelicidade, o jornal da cidade notara. Estava começando a se cansar dos comentários sobre seu casamento. Queria dar uma lição no jornalista covarde que se escondia atrás do anonimato para soltar farpas contra a Coroa e contra sua esposa. *Sua esposa...* Nic se deu conta de que quase perdeu Lizzie, e não conseguia se imaginar casando-se com outra mulher. Não entendia muito bem aquele sentimento.

O príncipe estava tão atordoado em pensamentos que demorou para notar o ciclope se aproximando dele. Um cristal afiado voou em sua direção e ele desviou por pouco, sua bochecha esquerda tinha ganhado um rastro de sangue. Ele respirou fundo para não se deixar descontrolar, então preparou o bordão, as raízes que circulavam o artefato brilharam com furor. Ele deu passos largos para alcançar o ciclope. Eles eram enormes, e, às vezes, Nicholas se sentia pequeno na presença deles. Mas aquele não era um daqueles dias. Em um rápido movimento, cortou a cabeça de um, subiu no corpo da criatura para pegar impulso e então lançou seu bordão em outro gigante. Tinha tido sucesso. Ele olhou de relance para os reféns, que já estavam sendo retirados cautelosamente do meio do caos pelo esquadrão de Malcer. Um ciclope não muito distante dali parecia calmo demais naquela batalha acalorada. Nicholas não hesitou em ir em sua direção. Ele só parou quando sentiu um cristal o atingindo, bem no meio do peito. A dor demorou para ser sentida. Ele olhou para baixo desacreditado, sangue escorria de seu corpo. O ciclope que ele caçava se aproximou devagar e tinha mais cristais em seus olhos que os outros. A imagem era bela e, ao mesmo tempo, monstruosa.

— Se virar a fera com isso em seu peito, ninguém conseguirá tirar de você.

Nicholas tentava controlar suas emoções, mas a dor era latejante. Ele já conseguia sentir a fera tomando seu sangue. Era dor demais para a maldição que o dominava. Costumavam categorizar os ciclopes em níveis, aquele sem dúvida era um ciclope de nível três. Calmo, ágil, forte e inteligente. Nicholas baixara a guarda e fora atingido.

Ele viraria a fera e então seria impossível retirar o cristal do seu corpo de maneira segura. Logo, ele viraria uma fera ferida para sempre.

17

Não confie em quem não gosta de gatos

NOS ÚLTIMOS DIAS, Lizzie obteve sucesso ao extrair elixir puro de brenixa. De fato, era muito mais fácil fazer a extração com as brenixas ainda frescas. Algo que sempre dificultava seu trabalho no Brasil, pois, quando as brenixas chegavam até ela, já estavam um pouco secas e alguns nutrientes mágicos já haviam se perdido. A jovem maga encarava o frasco com o líquido finalmente na cor exata que procurava. Estava ansiosa para testar no príncipe, mas antes queria fazer outros testes, porque sabia que seu talento seria questionado o tempo inteiro naquele lugar.

Lizzie percebeu uma movimentação diferente no palácio. Ela guardou na bolsa o elixir que havia preparado e foi até a porta verificar por que estava tão agitado do lado de fora. Cecília, que compartilhava o minúsculo espaço improvisado no laboratório, notou o movimento da irmã.

— Algo errado? — perguntou sem tirar os olhos da poção na qual trabalhava.

— Um pressentimento estranho. Nada sério — respondeu ao fechar a porta novamente.

— Magos não têm pressentimentos, Lizzie. Magos têm direcionamento. — Cecília olhou para o laboratório vazio. — Onde estão seus colegas de trabalho?

— Ennet precisava encontrar um mensageiro. E Joffer não falou nada, mas ele é meio despreocupado com o trabalho.

— O bonitinho?

— É, mas eu nem reclamo. Ele é o único que me trata bem.

— Então, alteza, para onde seus instintos estão te levando?

Lizzie suspirou fundo e se sentou na frente da irmã.

— Nos ciclopes... E no príncipe... E nos cristais.

— São muitos caminhos.

— E todos parecem ser o mesmo.

— Como assim?

— Bom, será que os ciclopes são mesmo nossos inimigos?

— Lizzie? — Cecília não entendia aonde sua irmã queria chegar. — Eles estão matando magos.

— Sim, mas são controlados.

— Tenho minhas dúvidas. E o príncipe?

— Bom, fiquei sabendo que a maldição da fera é controlada por meio de feitiços ilegais, que podem fazer a fera aprisioná-lo para sempre. Só brenixas podem controlar isso do jeito certo. Eu queria que ele testasse meu elixir, mas, se ele ficar mais forte, matará mais ciclopes. Estou balançada quanto a isso.

— Se é o direcionamento que recebeu... Vá falar com o príncipe.

— O quê?

— Use o brinco como desculpa. Vá agradecer pessoalmente e fale que gostaria de testar o elixir nele. Você tem inimigos demais aqui, precisa de um aliado. E ter seu marido como um é a decisão mais inteligente.

Lizzie passou a mão na orelha, tocando no brinco dourado que carregava a cor dos olhos de seu marido. Não tinha por que hesitar. Ela precisava agradecer, de fato.

— Tudo bem. Irei falar com ele.

— Boa sorte.

A maga estava prestes a sair quando Cecília a chamou.

— Ei!

Lizzie se virou de repente.

— Faça ele ficar do seu lado.

Ela sorriu.

— Eu farei.

Lizzie andava pelo corredor despretensiosamente, mas a sensação angustiante em seu peito não mudava. Algo não parecia certo. Ela conseguia sentir cheiros... Cheiros que ela não estava mais acostumada. Lizzie já estava tempo suficiente em Bardaros para ter se acostumado com todas as peculiaridades dali. O aroma da manhã era semelhante ao orvalho e à grama molhada, junto com uma pitada de manteiga, que provavelmente vinha da cozinha e do café da manhã que era preparado para a realeza todos os dias. À tarde, o local tinha cheiro de cansaço, cheiro de pressa, um cheiro ansioso de quem está doido para acabar seu turno. À noite, o palácio tinha cheiro de sujeira, de suor, de adrenalina e de sangue. Esse era o aroma de sua alteza imperial quando voltava da guerra, ou quando ficava preso no quarto por ter virado a fera. Era manhã, então por que o cheiro de seu marido ficava mais forte a cada passo que dava?

Os olhares aflitos dos funcionários que passavam por ela revelavam que escondiam algo. Lizzie seguiria o aroma do seu esposo, porque algo a estava preocupando e, sem dúvida, ele estava em perigo. O cheiro de sangue estava mais forte que o comum e ela tinha uma dívida com ele.

Alguns passos a mais pelo enorme palácio e Lizzie estava bem em frente ao quarto do príncipe. Nunca tinha chegado tão perto dali.

Ela tocou na porta e conseguiu sentir o feitiço, que estava abafando qualquer som que saísse de lá. Pena que esqueceram de abafar o cheiro de angústia. Era agoniante e fedia como carne podre. Lizzie precisava entrar naquele quarto. A princesa olhou para todos os lados, verificando se ninguém a estava observando, e tentou abrir a porta à força. Mas de nada adiantou. Com certeza estava muito bem selada, mas os aromas... Não dava para selar os aromas.

Lizzie bufou em frustração até que ouviu a porta sendo aberta. Ela se escondeu atrás da entrada e avistou dois curandeiros saírem do quarto, discutindo entre eles.

— Vamos ter que aplicar de novo.

— Se fizermos isso com ele fragilizado assim, será ainda mais difícil de torná-lo humano de novo. E ele sofre, é doloroso!

Essa informação era nova para Lizzie. Nicholas sentia dor? Isso explicava seu mau humor constante.

— Deixá-lo como fera será um favor para Bardaros! Os primos assumirão.

— Fale baixo! Pode ser preso por conspiração contra o trono.

— De qualquer jeito, a fera está agitada agora. Ele vai nos devorar se tentarmos tirar o cristal. Mas, se aplicarmos esse feitiço, pelo menos acalmaremos a fera. Depois descobrimos como trazer o príncipe de volta.

O curandeiro relutante desistiu e concordou. Eles abriram o selo da porta mais uma vez, porém, antes de entrarem, desmaiaram no chão. Lizzie os encarava, tampando o nariz com os dedos, enquanto segurava um frasco cor-de-rosa. O aroma do sono nunca falhava, era a vantagem de sempre carregar apetrechos variados em seu avental. Ela segurou a respiração até passar pela porta e a fechar. Ela não sabia selar o feitiço da porta, então não conseguiu fazer muito. Quando enfim se virou, ofegante, Lizzie viu todos os guardas apontando os bordões para ela. A princesa olhou para o canto do quarto e viu a fera pela primeira vez. Ela arregalou os olhos, surpresa. Era magnífica. Uma pantera gigante de pelos escuros, presas afiadas, unhas cortantes e um olhar cansado, mas era possível identificar Nicholas ali. Sem dúvida estava em sofrimento. Todas as patas do felino estavam presas. O cristal preso em seu peito parecia mesmo fatal. Vários lençóis brancos de seda espalhados pelo quarto estavam repletos de manchas de sangue. Lizzie fungou o ar com força.

— Eu posso parar isso.

— Saia daqui! — esbravejou um dos guardas.

— Não. — Lizzie queria parecer confiante, mas nem sempre seu personagem funcionava, sua voz estava trêmula.

Um guarda furioso foi até Lizzie e segurou seu rosto com tanta violência que ela se sentiu quase sem ar. Para tentar se proteger, Lizzie mordeu a mão do homem toda a força que lhe restava. Foi o suficiente para fazê-lo se afastar gemendo de dor. Outro guarda se aproximou e lhe deu um tapa no rosto. Lizzie caiu no chão desnorteada. Ela choraria em uma situação como aquela, admitia que era uma garota chorona, mas, dessa vez só conseguiu ficar irritada. Um oficial, que estava atrás dos guardas, os empurrou desesperado. Ele foi até Lizzie e ajudou a levantá-la. Era Dacan.

— Vocês perderam o juízo? — gritou ele. — Ela é a princesa!

— Tivemos muitas princesas já! — rebateu o guarda.

Dacan colocou o cabelo de Lizzie atrás de sua orelha, revelando os brincos que ganhara do príncipe.

— Mas ela é a favorita — disse cerrando os dentes.

Os guardas deram alguns passos para trás e se olharam inquietos. Então era verdade, pela primeira vez o príncipe tinha presenteado uma esposa. Lizzie, na verdade, não esperava que o príncipe se importasse de alguém ter batido nela. Mas concordava em usar a joia a seu favor. Ela se soltou de Dacan, tentando ignorar a dor em seu rosto, e começou a caminhar até seu marido. A fera rugia para ela, não queria ninguém perto, preferia sofrer sozinha. Lizzie tirou do bolso o elixir que tinha preparado e se acomodou no limite de onde Nicholas estava acorrentado.

Ela espalhou o elixir em suas mãos e as esfregou bem. Com as mãos levantadas, deu um passo de cada vez, fazendo pequenos movimentos circulares para que o aroma da planta exalasse por completo. A fera ainda rosnava para ela. Estava assustada, era óbvio. Ninguém a tratava com gentileza, era de se esperar que fosse desconfiada. Mais um passo à frente e a fera deu um passo para trás. Ela era gigante. Lizzie ultrapassara a linha de segurança. Se perdesse a confiança do animal, estaria morta. Mas a botânica gostava de arriscar, vivia na linha do perigo. A fera moveu o focinho, sentindo o aroma, e o perfume da brenixa a acalmou. Lizzie se aproximou um pouco mais e conseguiu o enorme feito de tocar no nariz da fera. Todos que a observavam prenderam a respiração, assustados, esperavam vê-la sendo devorada naquele exato momento. Dacan, Malcer e Mia olhavam para a cena atônitos.

Com o elixir em mãos, Lizzie fez com que a fera aspirasse todas as propriedades mágicas da planta. O animal se deitou em cima da coberta no chão, como se fosse tirar um cochilo, enquanto Lizzie o acariciava como um gatinho inofensivo. Aos poucos, seu tamanho foi diminuindo, os pelos desaparecendo, as presas e garras voltando a serem dentes e unhas de um ser humano. E então o príncipe era homem novamente. Ele abriu os olhos com calma, as íris redondas como de um humano deve ser. Mas o cristal ainda estava lá o ferindo, e agora que ele havia mudado de forma duas vezes, o sangue havia aumentado. Seria difícil que sobrevivesse àquele ferimento, mas pelo menos agora ele tinha uma chance. Lizzie se levantou orgulhosa.

— Funciona — sussurrou para si, e então se voltou para os homens.

— Tragam os curandeiros para retirar o cristal. Agora está seguro.

Os homens não saíram do lugar.

— Rápido! É temporário. Não é a cura ainda!

Imediatamente eles se retiraram às pressas e encontraram os curandeiros desmaiados perto da porta. Os guardas começaram a usar magia para retirar o feitiço que a princesa lançara. Lizzie observou o príncipe fechar os olhos mais uma vez, era nítido que se transformar em fera tomava muito de sua energia. A jovem maga guardou o restante do elixir, pronta para se retirar, mas sentiu seu pulso sendo segurado.

— Fique — murmurou o príncipe, ainda sem parecer completamente consciente.

Lizzie não sabia bem o que fazer, mas se sentou de novo. Nicholas apertava o pulso da esposa com força. A princesa se soltou rapidamente e então pegou sua mão, entrelaçando os dedos aos dele. Um frio subiu em sua barriga.

Os dois curandeiros entraram atordoados. Eles viram o príncipe com a maldição controlada e, em vez de mostrarem gratidão, ofereceram um olhar rancoroso à princesa.

— Como fez isso? — questionou um deles, sem querer parecer surpreso.

— Brenixas têm um poder calmante, toda boa bênção contém essa erva em seu ritual. É a erva dos primeiros filhos de Elah. Se bem trabalhada, pode abençoar o que foi amaldiçoado.

— É uma erva muito instável. Se feita do jeito errado, pode intensificar a maldição — advertiu o homem.

— Por isso sou eu que faço. — Lizzie sorriu.

— Você acha que sabe demais, não é? — O mago bufou.

— Sim, sei. Porque meu pai sabia. Só ele. Em toda Bardaros. — Lizzie se levantou mais uma vez. — Por isso estou aqui, por isso fui chamada para ser sua princesa. Agora, retirem o cristal do meu marido imediatamente! — finalizou com raiva.

Os homens se olharam de canto, coçaram a garganta e se puseram a trabalhar. Lizzie precisou soltar a mão do príncipe, que ainda a apertava com força. Uma cirurgia mística seria feita naquele momento e a princesa teria que se retirar do aposento. Ela passou correndo pelos amigos de Nicholas, que ainda não conseguiam esconder o olhar surpreso. Lizzie fechou a porta e deixou os oficiais sozinhos dentro do quarto. Agora que estava do lado de fora, podia desabar em sua tristeza. Lizzie se sentou no chão, encostada na parede. Ela colocou a mão na bochecha, que ainda doía, e se pôs a chorar. Lizzie queria ir embora.

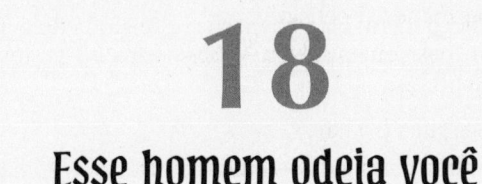

18

Esse homem odeia você

NICHOLAS ACORDOU COM os olhos pesados. Ele olhou para o peito, que estava enfaixado, o cristal não estava mais ali. Provavelmente fora removido e levado aos magos pesquisadores. Ele levou um tempo para se levantar e se sentar na beirada da cama, tentava se lembrar dos acontecimentos do dia anterior. Foram mesmo no dia anterior? Ou será que havia passado mais tempo do que ele imaginava? Ele cambaleou para fora da cama. Estranhamente, se sentia bem. O dia seguinte era difícil para o príncipe. Ele sentia seu corpo enfraquecer aos poucos sempre que voltava de alguma batalha ou missão em que virava a fera e os curandeiros usavam seus feitiços nele. Mas não se sentia fraco depois das ervas de Lizzie. *Lizzie*. Ele se lembrava, ela o tinha curado. Temporariamente. Ele ainda podia sentir a fera em seu coração, mas não o incomodava mais. A fera parecia em paz, por enquanto.

O príncipe se vestiu com cuidado e foi ao encontro de seus colegas. Estavam treinando na arena, assim como ele tinha previsto. Quando o viram, pararam o que estavam fazendo e foram em sua direção.

— Alteza! — exclamou Malcer. — Como está se sentindo?

— Melhor do que esperava.

— Achamos que não passaria daquela noite.

Malcer levou uma cutucada de Dacan, e grunhiu com a dor. Todos sabiam que morrer não era possível ao príncipe.

— Quantos dias se passaram? — perguntou Nicholas, temeroso.

— Mais ou menos uma semana, alteza — falou Mia, enxugando o suor da testa.

Nicholas permaneceu pensativo.

— Foi sua esposa que o salvou — observou ela, garantindo que o príncipe soubesse disso.

O príncipe ergueu o olhar.

— Dará alguma coisa a ela? — indagou Dacan. — Imaginamos que gostaria de agradecer.

— Na verdade, eu quero. Mas... Não sei como. — Com o olhar confuso, Nicholas suspirou fundo.

— Um ato grandioso! — sugeriu Mia com animação. — Algo que mostre esforço. Com certeza, a princesa Lizzie é a que mais merece isso de sua alteza. Não concorda?

— Sim — afirmou Nicholas. — Irei providenciar. Obrigado.

E se retirou da presença deles. Todos se olharam surpresos.

— Impressão minha ou ele agradeceu? — perguntou Malcer, chocado.

— Essa garota é realmente diferente — falou Mia com um sorriso ao limpar a lâmina de sua espada.

— Engraçado. Ela não me parecia assim tão diferente das outras, todas eram bonitas e tinham conhecimento — observou Dacan.

Mia se sentou em uma mureta antes de dizer:

— Ouvi dizer que é coisa de mago latino. Ela é persistente. Nenhuma maga daqui aceitaria o tratamento que ela está recebendo. Mas ela insiste, apesar de tudo.

— Não desiste, não é?

— E tudo que o príncipe precisa é de alguém que não desista dele. De maneira alguma.

— Por que ele não morre? — gritava Fergus, enfurecido, jogando no chão tudo que estava em cima de sua mesa. — Já fizemos de tudo! Lanças, espadas, feitiços... Nem mesmo o cristal de um ciclope foi capaz de matá-lo!

Hazar e Risdan se encararam, retraídos. Ninguém gostava de ficar no caminho do mestre quando ele estava alterado.

— Ele certamente não é imortal, meu senhor. — Hazar tentou acalmá-lo. — Deve haver uma forma. Talvez exista algo específico capaz de tirar sua vida. E o feitiço de morte?

— Eu já o usei uma vez! — exclamou ele.

— Funcionou?

— Se o desgraçado está vivo, é claro que não, seu idiota! — vociferou.

— Não entendo. Como uma maldição de morte não funciona?

O Grande Mago dava passos rápidos de um lado para o outro enquanto pensava. Ele usava uma túnica azul comprida e um capuz que cobria todo o seu rosto. Fergus não tinha a resposta para aquele problema.

— Meu senhor, preciso alertá-lo — balbuciou Risdan. No fundo, ele tinha medo do Grande Mago. — Nicholas está começando a desconfiar de nossa família.

— Não são todos que vieram para o meu lado. Trate de o despistar com os familiares fracos. Eu os recompensarei.

— Se meu pai ficar sabendo que estamos colaborando com o senhor, ele pode nos deserdar...

— Seu pai é o meu filho mais fraco — resmungou Fergus. — O que você quer? Alguma compensação pelo seu serviço?

Risdan não disse nada, mas o Grande Mago entendeu que sim. Ele deu uma olhada em Hazar, que desviou o olhar. O homem suspirou, inconformado, ele sentia que estava lidando com crianças.

Mas, infelizmente, não podia escolher muito. Ele tinha poucos espiões na corte, apenas alguns de seus netos mais ambiciosos tinham aceitado a missão. Risdan, Hazar e Lassara eram alguns deles, e Fergus precisava mantê-los se quisesse garantir a vitória. Com calma, foi até suas gavetas e pegou um pequeno baú. Procurou pela chave certa no meio do molho infinito. Quando encontrou o símbolo, colocou o objeto na fechadura e abriu o baú. Uma luz amarela foi emitida de imediato. O mago colocou os dedos no pequeno fragmento de sol que guardava e entregou ao rapaz ansioso.

— Este é o cerne para meu feitiço de comando nos ciclopes. Na arte dos luzeiros, nada é mais poderoso que o poder do sol, por isso é tão difícil desfazer o que eu fiz. Use isto para fortalecer seu bordão, poderá comandar o corpo de alguém por alguns minutos para ganhar vantagem em alguma batalha, ou se quiser aplicar travessuras, sei que você e sua irmã gostam disso. Mas pegue leve, idiota.

O rapaz aceitou o presente de seu avô e o guardou consigo, Hazar abriu um sorriso malicioso para seu parente, Risdan tinha muitas pessoas a quem gostaria de ferir, mas a primeira da lista com certeza era seu irmão bastardo.

Lizzie abriu a porta de seu quarto, bocejando alto, estava um pouco sonolenta. Agora que o ferimento em sua bochecha já havia sarado por completo, poderia voltar ao trabalho. Ela não teve coragem de retornar com o rosto ferido. Lizzie era vaidosa, e muito. Ela aceitava andar parcialmente coberta de musgo por conta dos seus experimentos desastrosos, mas aparecer em público com o rosto inchado? Não, isso já era passar dos limites. Ela aproveitou a semana para deixar a ferida cicatrizar. Lizzie poderia, sim, usar um feitiço de cura imediato, mas todo feitiço rápido tinha consequências físicas, a decisão mais sábia era esperar com paciência a cura do hematoma.

Seu coração já estava machucado demais. Ser uma princesa estrangeira era muito difícil. Tentava levar um dia de cada vez, e agora, na companhia de sua irmã, os dias ficaram um pouco mais leves. Ela ficara sabendo que o príncipe havia sobrevivido, mas não esperava encontrá-lo tão cedo. *Como ele não tinha morrido?* Depois de tomar café, talvez pudesse pensar melhor sobre isso.

A botânica deu um passo preguiçoso e esbarrou em uma caixa enorme de madeira, parada na frente de seu aposento. Ela olhou um pouco confusa e chamou a irmã.

— O que será isso? — perguntou Lizzie.

Cecília se aproximou, igualmente sonolenta. Ela deu uma olhada na caixa e encontrou algo interessante.

— Achei um selo! Veja, é o selo do príncipe! Deve ser um presente de agradecimento.

Sem notar, Lizzie sorriu ao ouvir a resposta da irmã e se adiantou para abrir logo a caixa, estava curiosa. Sentia até o coração saltar um pouco por conta da empolgação. Ela abriu a última fechadura e então a enorme caixa se abriu para todos os lados, revelando a cabeça decapitada de um javali gigante. Ainda era possível ver um pouco de sangue. Lizzie deu um grito e saltou para trás, correndo até Cecília que também estava espantada.

— CECIIIII! — berrou ela. — ELE ME ODEIAAAAA!

A irmã tentava acalmá-la enquanto a levava para o quarto de novo. Ao longe, o príncipe e os amigos assistiam à cena escondidos. Eles se viraram para Nicholas, inconformados.

— É sério que você deu a cabeça de um javali morto para sua esposa? — indagou Mia, indignada.

— É um animal difícil de caçar — respondeu sem expressão. — Me esforcei muito, é grandioso.

— Um animal morto com sangue.

— É uma honra lavar o sangue de um javali. Deixei o sangue para ela apreciar minha dedicação.

— Alteza! — exclamou Mia, irritada. — Deveria ter dado enfeites, roupas ou joias.

— Ela poderá enfeitar o quarto com a cabeça do javali.

— Santo Elah...

— E então lembrar da caça que fiz por agradecimento a ela.

— É, ela parece bastante agradecida.

— Não compreendo a insatisfação.

Os amigos se olharam com certo temor.

— Alteza... Sei que não apreciará essa sugestão, mas talvez precise falar com seu pai — sugeriu Dacan.

Nicholas fechou a cara de imediato.

— Por que eu faria isso?

— Seu pai pode não entender de batalhas e estratégias de guerra, mas entende de romance. Não foi à toa que conquistou sua mãe, mesmo com tão poucos atributos.

— Ele deve tê-la enfeitiçado.

— O amor é um tipo de feitiço, de certa forma. É o mais inexplicável dos poderes, nada é mais forte que isso... Mas, se quiser a afeição de sua esposa, precisará ser mais romântico. E talvez um pouco menos bruto. Isso é coisa que seu pai entende, não você.

Nicholas detestava ter que concordar com isso, mas não tinha outra escolha. Teria que falar com seu pai se quisesse um pouco do carinho de Lizzie.

19

Bota medo neles!

O IMPERADOR NÃO ESPERAVA visitas naquele dia, muito menos de seu filho. O príncipe nunca aparecia em seu palácio sem que o imperador precisasse o convidar centenas de vezes. Por livre e espontânea vontade, qualquer visita seria improvável. Mas ao ver o olhar carrancudo do filho bem a sua frente, o chefe de Bardaros começou a pensar que realmente alguma coisa estava começando a mudar por lá. E ele tinha um forte pressentimento que tinha relação com a não nativa que estava vivendo entre eles.

O homem de certa idade se ajustou em seu trono e deixou os relatórios de guerra de lado. Apesar de não conseguir participar ativamente das batalhas, sempre tentava organizar os recursos de acordo com os conselhos dos generais. O imperador colocou a mão no queixo e lançou um sorriso suspeito para seu filho.

— O que te trouxe aqui?

Nicholas abriu a boca para falar, mas nada saiu. Ele coçou a garganta constrangido, não sabia como pedir o que precisava. Os pequenos sinais de insegurança deixaram claras as intenções do príncipe. O rapaz sempre fora muito confiante, só existia uma coisa no mundo que poderia abalá-lo: uma mulher. O imperador abriu um sorriso travesso.

— Vejo que está tendo problemas com sua esposa — disse ele, tentando parecer despretensioso.

— Não é isso! — respondeu Nicholas de imediato. — Quer dizer... Mais ou menos. Eu estou tentando me aproximar um pouco dela, mas não sei como fazer isso. Tudo que eu faço a assusta.

O imperador continuou olhando atentamente para seu filho e pensou um pouco.

— Está gostando da garota?

Nicholas não queria responder aquilo. Na verdade, não tinha certeza se saberia responder.

— Eu só quero garantir que ela não vá embora. Lizzie... — Era estranho dizer o nome dela assim. — Foi a que chegou mais perto de uma cura. Acredito que seja ela que procurávamos. Não posso errar com ela, preciso acertar. Preciso que fique, não importa o que aconteça.

— Podemos obrigá-la a ficar, é claro.

O príncipe apertou os lábios.

— Ela precisa me amar.

— É, eu sei.

— Lizzie é, de fato, a botânica mais talentosa que já tivemos. Mas, se ela não me amar, viverei dependente de seus remédios, que não sabemos por quanto tempo funcionarão. Mas se ela me curar através do amor... — Hesitou, não conseguia acreditar nas suas próprias palavras — se ela me amar, estarei livre.

O imperador soltou uma risada abafada, e Nicholas abaixou a cabeça, envergonhado. O homem estava começando a entender aonde seu filho queria chegar, mas queria ouvir diretamente dele. Queria provocá-lo.

— E o que isso tem a ver comigo?

Nicholas apertou o punho. Queria ir embora, mas precisava tentar. Claramente suas demonstrações de afeto não estavam funcionando.

— Preciso saber...

— O quê? — perguntou com um tom ácido.

— Eu preciso saber como um perdedor como você conseguiu o amor da maior guerreira que Bardaros já teve! — exclamou Nicholas com irritação.

O imperador arregalou os olhos e começou a gargalhar alto. Ele segurava a barriga com a mão e até soltou um ronco durante a risada. Após alguns segundos de choque, suspirou fundo e limpou os olhos lacrimejados.

— Você pode conhecer da arte da guerra, garoto. Admito, você tem o dom, herdou isso de sua mãe. Mas tem coisas que a guerra não ensina. E amor, definitivamente, é uma delas.

— Como eu aprendo isso? — Nicholas contraiu as sobrancelhas.

— Mostre à botânica algo que ela não tem, mas que você consegue dar.

O príncipe o olhou confuso. O imperador prosseguiu.

— Sua mãe sempre esteve rodeada de homens fortes, guerreiros muito talentosos... Mas, acima de tudo, brutos. Então, dei a ela sensibilidade. Os homens que a queriam competiam entre si com lutas na lama, enquanto eu levava flores após seu treinamento. Quando saíamos em grupo para beber, os colegas dela arrumavam briga com qualquer provocador. Eu a protegia tentando acertar as coisas de maneira pacífica. Admito que uma vez dei um soco em um cara insuportável, e sua mãe cuidou de minhas feridas a noite toda. Óbvio que perdi a briga. Ela estava acostumada com a violência da guerra, portanto eu seria sua paz no lar. E ela seria minha paz também.

Nicholas notou os olhos marejados do pai. Pela primeira vez, sentiu que talvez eles tivessem se amado verdadeiramente. Talvez, se a mãe fosse viva, ele teria aprendido a admirar a sensibilidade de seu pai tanto quanto sua mãe. Nicholas lembrava que ela era extremamente protetiva com ele e presenciou brigas constantes dos pais a respeito de sua criação. Mas ele não teve tempo de entender o amor deles. O príncipe já tinha ouvido falar da história de amor dos pais, mas custava a acreditar na veracidade dela. Tudo que ele conseguia enxergar ao olhar para o imperador era um homem fraco, magricelo e covarde. Mas mesmo tendo tão poucos atributos, ele tinha conquistado a garota.

— O que eu deveria fazer então?

— Você sabe muito bem como sua esposa é tratada na corte. Não conseguimos controlar esse preconceito, mas podemos controlar o medo e o respeito. Eles devem ter medo de mexer com sua mulher. Não digo que você precisa ser sensível como eu, tem que ser você mesmo. Use isso para impor limites em como os outros devem tratá-la. Todos a tratam como uma não nativa, por isso a trate como...

— A futura imperatriz — completou o príncipe.

O imperador sorriu.

— Viu? Já está aprendendo.

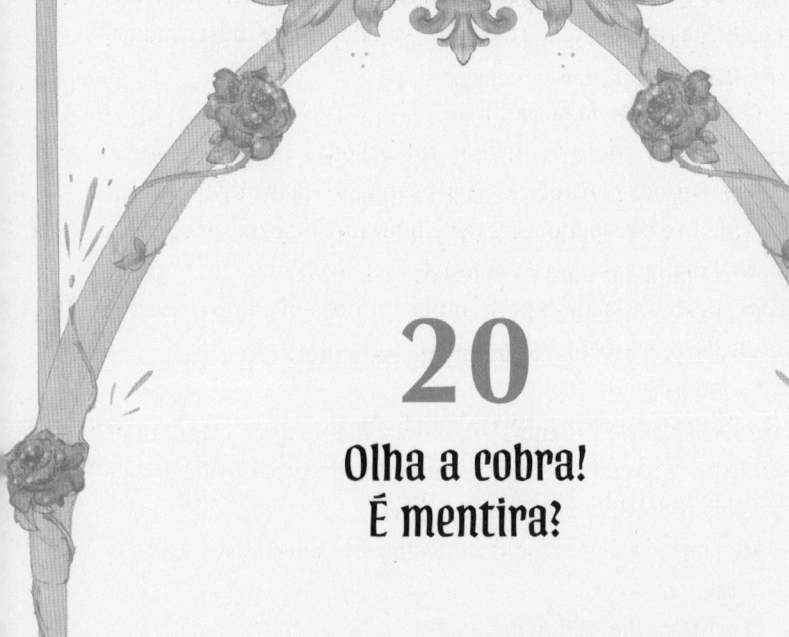

20

Olha a cobra!
É mentira?

L IZZIE SE ARRUMAVA para o baile daquela noite, mais um oferecido pelo imperador. Ela já tinha percebido que bailes eram
comuns ali. Cecília assistia a alguma coisa no celular, usando
um fone de ouvido com fio. Ela se espreguiçava na cama enquanto
esperava a irmã ficar pronta.

— Você tome cuidado para ninguém te ver usando isso — alertou Lizzie.

— Eu sei — resmungou Cecília com um sorriso. — Mas eu precisei baixar todos os episódios da série que eu estava assistindo antes de vir pra cá. Estou ansiosa para terminar.

— Eu só quero evitar confusão. Já foi difícil ficar com nossos
celulares, imagina ser vista com eles? Vai pegar mal.

— Por que será que aqui não tem tecnologia?

— Tem tecnologia, mas nada de vazilares. Você sabe como eles
são. E já temos magia, cristais de comunicação, cartas mágicas que
chegam na velocidade da luz... Eles têm transportes à base de magia

também. Acho que só não querem perder isso. Se pararem de usar magia para usar tecnologia, ficarão igual aos vazilares. Então é obvio que serão mais atrasados em relação a isso.

— É, faz sentido. Mas é esquisito como eles pararam no tempo de certa forma. Tudo aqui é com vestidos, bailes, monarquia etc.

— Não funcionaria no Brasil. Lá é quente demais para tantas camadas. — Lizzie riu mostrando as diversas saias do vestido.

— Ainda bem que aqui é um pouco mais frio.

— É... Faz jus à população.

Cecília largou o celular após ouvir o comentário da irmã.

— Você está bem?

Lizzie suspirou enquanto finalizava a maquiagem. Mas, antes que pudesse responder, Miranda entrou no quarto. Cecília escondeu o celular depressa embaixo da coberta.

— Me perdoe a demora, alteza. Fui buscar seus presentes.

— Presentes?

— O príncipe lhe enviou mais.

Lizzie apertou a garganta com medo de ver a cabeça de outro animal morto bem na sua frente. Porém, ao abrir as caixas, viu apenas colares, pulseiras e uma tiara de ouro e esmeralda.

— Ah! — Ela sorriu. — São lindas!

— Sim! — respondeu a criada com animação.

A princesa se olhou no espelho, para o tecido cor-de-rosa que a enfeitava.

— Esse vestido não combina. Temos algum vestido verde?

— Claro, alteza. Irei buscar!

Enquanto a criada se retirava, as irmãs se olharam trocando risinhos.

— Acho que ele está se esforçando — comentou Cecília.

A garota concordou e então olhou para a caixa vazia, que antes carregava a cabeça do animal. Tinham enviado o javali para o depósito gelado antes que começasse a apodrecer. Lizzie ainda não sabia muito bem o que deveria fazer com aquele presente.

— Ele deveria tomar cuidado. As pessoas vão fofocar sobre isso.

— E qual o problema?

Lizzie não tinha resposta para aquilo, mas falou a primeira coisa que veio à sua cabeça.

— Bom, vão começar a achar que serei a futura imperatriz de verdade.

— E qual o problema?

— Ceci... — murmurou Lizzie enquanto tirava outro presente das caixas. — Nunca me farão imperatriz de Bardaros. Sou uma não nativa.

— Mas você quer ser imperatriz?

Se essa pergunta tivesse sido feita há algumas semanas, ela saberia o que responder imediatamente. Mas, depois de tudo o que viveu, não tinha mais certeza.

— Eu conheço meu lugar.

— Seu lugar?

— Não vou ficar imaginando o que obviamente nunca terei. Ele só está tentando me agradar porque estou avançando na cura, então quer garantir que não vou desistir. Mas achei gentil da parte dele.

— Você sabe que uma imperatriz não nativa mudaria a vida dos magos em nosso mundo consideravelmente, não é?

— Ceci, vamos falar de outra coisa. — Não foi um pedido. — Vou aproveitar esses pequenos privilégios até curar o príncipe, aí ele estará livre para me trocar por outra princesa nativa.

— Não sei se ele está a fim de fazer essa troca — sussurrou a irmã enquanto observava os presentes mais de perto.

— O que disse?

— Nada, irmãzinha. Já que você não vai mais usar o vestido rosa, eu posso usar?

Lizzie sorriu. Cecília sempre pegava as roupas dela, muitas vezes sem nem pedir. Ela só descobria o desaparecimento de uma peça quando via sua irmã já desfrutando dela. Claro que em Bardaros não seria diferente.

— Claro.

A entrada da princesa imperial fora anunciada, juntamente com a chegada da irmã. Lizzie havia sido avisada que o príncipe chegaria mais cedo para cumprimentar algumas famílias importantes. Ela já estava observando o movimento havia um tempo, o cheiro era muito característico. Lavanda, perfume de rosas... Essas famílias estavam trazendo suas filhas. As notícias sobre uma possível cura do príncipe estava alcançando as casas nobres. Parece que enfim o trabalho estava surtindo efeito.

Todos tinham certeza de que o príncipe não permaneceria casado com uma não nativa após a cura. Sem dúvida, ele se divorciaria. Se já tinha se separado de meninas da nobreza, facilmente cancelaria um casamento com alguém de fora. Era o que todos esperavam, na verdade. Lizzie conseguia sentir o cheiro de esperança junto com o amargor do desgosto. Não era o perfume mais agradável de se usar, mas era o que ela usava. Ela era a esperança mais desagradável para aquele povo. Lizzie faria seu trabalho e iria se retirar para que então uma família nobre se erguesse ao lado de Nicholas no império. A botânica olhou com atenção para todos os nobres. Eles carregavam presentes caros, quase como se fosse aniversário do príncipe. Mas ela sabia que não era, tudo aquilo não passava de pais desesperados para casar suas filhas com o futuro imperador.

Quando Lizzie entrou no salão, ninguém disfarçou os olhares de desprezo. Todos a encaravam como se dissessem "O que faz aqui? Não atrapalhe, apenas faça seu trabalho e vá embora". Apesar do incômodo, Lizzie tinha chegado até onde nenhuma outra esposa esteve antes. E ela faria com que Nicholas valorizasse isso. Não. Ela faria com que *todos* reconhecessem isso. Para sempre, eles seriam lembrados de que o império havia sido salvo por uma não nativa. Ela não permitiria que os filhos de Nicholas se esquecessem desse fato.

Cecília procurava um lugar entre as mesas para se acomodar quando avistou os amigos do príncipe acenando para ela. Ismael estava de cara emburrada junto a eles. A garota abriu um sorriso travesso e foi em direção à mesa, deixando Lizzie sozinha enquanto Nicholas caminhava até ela. A ação de seu marido a pegou de surpresa, não esperava que ele fosse a seu encontro de imediato. O príncipe parou em frente à esposa e se curvou. Ela fez o mesmo movimento, ao que ele lhe estendeu a mão e ela a aceitou. Juntos, foram até o meio do salão para a primeira dança. Os dois começaram a dançar sem dizer uma palavra sequer. Era como se nenhum dos dois soubesse o que dizer. O príncipe também parecia perceber o clima do lugar, se sentia sufocado pela corte. O restante das pessoas presentes no baile foi se juntando no meio do salão para acompanhar o príncipe. Lizzie olhou para o marido de relance e começou a prestar atenção em suas vestes.

— Estamos combinando. — Ela sorriu, sem graça.

— O quê? — perguntou Nicholas nervoso ao perceber que tinha se dirigido a ele.

— Estamos de verde — respondeu ela.

O príncipe usava uma vestimenta cinza-claro com muitos detalhes em tons verde-esmeralda. O cabelo estava penteado para trás e ele tinha brincos dourados na orelha e uma pequena argola no nariz. Seu delineado colorido estava mais grosso abaixo dos olhos, e ele usava muitos anéis de ouro nos dedos. Era a roupa de um príncipe imperador. Lizzie combinava com ele ao usar a coroa de esmeralda e as várias joias que ele tinha dado a ela de presente. Era engraçado lembrar que no começo ela não possuía joias. A cada baile, ela se sentia mais pesada com o ouro que carregava. Então se lembrou das palavras de Miranda: "Quanto mais um homem ama sua mulher, mais ele a adorna com ouro e pedras preciosas". Isso era um status, é claro. Todas as mulheres no salão estavam cobertas de joias, mas Lizzie conseguia sentir o cheiro de ouro de tolo. Muitos ali não eram verdadeiros.

— Sim, estamos mesmo. Uma coincidência agradável — concordou Nicholas.

— Em meu país, os casais usam roupas combinando, como blusas e camisetas.

— Por quê?

— Ah, para mostrar que são um casal.

— Eles fazem de propósito? Não é acidental?

— Não, eles combinam de maneira intencional. Não são todos que fazem, mas acho fofo. É a primeira vez que saio combinando com um namorado.

A palavra namorado pegou forte no coração de Nicholas, que a rodopiou no salão enquanto pensava no peso da palavra. Esposas, ele teve muitas. Mas... Namoradas? Não, nunca tinha tido uma. Ele sentia também que era a primeira vez que estava namorando. Pela primeira vez, provava o gosto da conquista. Algo em seu estômago o incomodava, mas não sabia o que aquele embrulho significava. O desconforto aparecia sempre que estava com Lizzie. Ele não lembrava dessa sensação com as outras esposas. Era como se a fera ficasse confortável com a presença de Lizzie.

— Po-podemos combinar mais vezes — gaguejou ele.

— Podemos, né? — Lizzie sorriu.

Nicholas acenou, retribuindo o sorriso. O príncipe estava começando a sorrir um pouco mais. Lizzie se aproximou dele durante a dança.

— Obrigada pelos presentes.

— Fico feliz que tenha apreciado.

— Todos os presentes.

O príncipe entendeu.

— Eu já me certifiquei de mandar funcionários para cuidar do animal.

— Eles vão limpá-lo?

— Sim, irei me livrar disso para você.

— Se livrar? Mas eu o quero.

Nicholas arregalou os olhos, coçou a garganta e ajeitou a postura.

— Claro, pedirei que enviem seu presente assim que estiver pronto.

— Obrigada, não sou boa limpando javalis. Mas gostaria de apreciar sua caça.

O príncipe não conseguiu responder. A música finalizou junto com a dança. Lizzie e Nicholas se curvaram novamente um para o outro e foram cumprimentar os nobres. Um som familiar fez a pele de Lizzie gelar por alguns segundos. Ela se virou e uma mulher alta e loira carregando nos ombros três serpentes gigantes a aguardava ao lado do príncipe. As serpentes eram geneticamente modificadas com feitiçaria, havia uma cabeça em cada ponta da criatura. Era assustador. Lizzie não odiava serpentes. Ela, na verdade, as apreciava muito, mas daquelas... Lizzie tinha pavor.

— Alteza — disse a mulher ao se curvar. — Quanto tempo.

Lizzie apertou o braço de seu marido sem perceber. Nicholas sentiu a tensão não só por conta dos dedos de sua esposa cravados em seu braço. O toque intenso o fez sentir o que ela sentia. Lizzie estava com medo.

— Creio que já conhece minha esposa, Lassara — respondeu Nicholas por eles.

— Certamente — confirmou a mulher ao levantar o olhar, as serpentes acompanharam seu movimento. — Estudamos juntas quando éramos jovens. Se recorda, alteza?

A botânica apenas sorriu e concordou com a cabeça.

— Era tão divertido! — continuou Lassara. — Vossa alteza era um pouco tímida, não interagia muito com os outros alunos. Mas a gente conseguia se divertir com ela de vez em quando.

— Eu imagino — murmurou Nicholas.

— Quem diria que hoje estaria aqui, tão perto do trono. Ficamos sabendo que ela teve avanços significativos em sua cura, alteza. Conte-nos, Lizzie. Qual o seu segredo?

Mais pessoas se aproximaram para ouvir o que a princesa tinha a dizer.

— Bom... As brenixas são plantas místicas poderosas para guiar bênçãos e maldições por conta de sua origem. São como o cerne de um antídoto. Se for bem-preparado, conseguimos um elixir como remédio temporário. — Ela olhou para Nicholas. — Foi o que consegui fazer para meu marido, até agora.

— Então somente as brenixas são suficientes? — perguntou Lassara com um sorriso de canto.

— Não, antídotos precisam de categorias básicas de ingredientes. São três, normalmente. Mas tudo depende do feitiço aplicado e da intenção do mago, é claro.

— E quais seriam suas intenções, alteza?

Nicholas e Lizzie se olharam.

— Acredito que minha missão aqui é bem clara — balbuciou Lizzie. — Encontrar a cura o mais rápido possível para que nosso príncipe derrote Fergus e os ciclopes. Mas admito que estou de coração partido por ter que me livrar da fera.

Todos a olharam surpresos, até mesmo Nicholas.

— O que está dizendo, alteza? Gosta da fera assassina do príncipe?

— Ela parecia gentil. Parece que faz parte do Nic, como se estivessem conectados. Eu me sinto um pouco mal de tirar isso dele.

— Nic? — ironizou a mulher.

Foi quando Lizzie percebeu que o chamara por um apelido. Ela olhou para Nicholas e viu que ele estava corado.

— Está dizendo que quer manter a fera?

Lizzie apertou os lábios quando notou o que falara, era perigoso dar a entender que tinha afeição pela fera. Afinal ela era uma maldição de Fergus e o motivo de Bardaros ter duas princesas mortas. Estar do lado da fera era estar contra o império.

— Mas ainda estou estudando. Sinto que estou perto de entender a maldição, e então poderei livrar o príncipe deste fardo. As brenixas têm funcionado bem.

— Tenho certeza de que está ansiosa pela cura. Afinal, ficará livre para voltar para casa — apontou Lassara sem sorrir.

Todos ao redor concordaram e Lizzie baixou a cabeça, constrangida. Nem sempre conseguia ser confiante, era difícil performar o tempo todo. Ela sentiu uma mão pesada na sua e levantou o olhar para o marido.

— Ela já está em casa — respondeu ele com o olhar afiado.

Lassara ajeitou suas cobras no ombro, se curvou e então se retirou, junto com todas as outras pessoas que também ficaram escandalizadas com a fala do príncipe. Lizzie se virou para o marido com os olhos marejados.

— Não precisava ter feito isso. Vai gerar um efeito negativo no trono.

— Você vai partir quando me curar?

A pergunta pegou Lizzie de surpresa. Desde o início, ela tinha visto toda essa missão como uma grande oportunidade de melhorar a vida dos magos em seu país. Ela iria cumprir seu papel e então partir. Sabia que estava presa a Nicholas, ela não teve escolha, e Nicholas sabia disso muito bem. Jamais poderia partir sem perder tudo que seu pai tinha lutado tanto para conseguir. O pai de Lizzie tinha chegado ao Brasil com a promessa de um casamento com a filha do representante, uma viúva com outras cinco filhas. Não era um casamento favorável a ele, mas era extremamente favorável à viúva e às suas filhas. O homem nativo de Bardaros levara muitos recursos consigo, inclusive o direito de manipular plantas místicas. Mesmo que de maneira pequena, esse casamento ajudou os magos do país, mas Lizzie sabia que seu pai queria muito mais. E talvez essa fosse a missão dela. A botânica sentia que, ao cumprir sua missão, ela libertaria a alma de seu pai, que morreu procurando algo que nem ela sabia o que era. Lizzie começara a desconfiar que tinha a ver com o príncipe. Mas até lá, ela estava presa. Então, como dizer ao príncipe que ela só queria terminar a cura e então partir em segurança para casa? Ela sabia que não teria chances como princesa ali. Para que causar desconforto à corte?

— Sabe a resposta dessa pergunta, alteza.

Nicholas não conseguiu dizer mais nada, apenas a conduziu de novo para a pista de dança. A próxima música estava prestes a começar. Ao longe, Cecília observava sua irmã. Ela estalava os dedos sem parar e pedia uma bebida atrás da outra.

— Vai com calma, princesa! — disse Malcer ao retirar a taça da mão dela.

— A única princesa aqui é minha irmã — rebateu ela, rindo.

— Qualquer garota com sua beleza é uma princesa para mim — respondeu ele.

Ismael coçou a garganta. Ceci olhou para ele com um sorriso de satisfação. O mensageiro estava quieto.

— Então, como minha irmã tem sido? Eu adoraria ouvir o lado dos amigos do príncipe. Ela tem feito um bom trabalho aos seus olhos?

— Lizzie tem sido surpreendente — falou Mia. — Não consigo imaginar dando certo com outra esposa. Se ela não conseguir, com certeza Nicholas perderá as esperanças.

— O que vocês fazem exatamente pelo príncipe?

— Somos a escolta oficial.

— Então a função de vocês é impedir que o príncipe se meta em encrenca?

— Temos que protegê-lo — explicou Dacan. — Admito que viramos a escolta oficial por conveniência. Somos amigos de infância, cuidamos dele desde sempre. A fera é uma arma poderosa, mas pode ameaçar seu próprio povo se não for controlada. Então, estamos sempre a postos.

— A primeira esposa era amiga dele também, não é?

Os amigos se olharam desconfortáveis. Era sempre difícil falar sobre Timsa.

— Ela sabia dos riscos — disse Dacan, enfim. — Não foi culpa dele. Estávamos todos tentando entender a fera ainda. Ela foi avisada.

— Ele sofreu?

— Como nunca na vida.

— Isso explica ele ser tão cauteloso. Aposto que não quer passar por isso de novo.

Ninguém disse mais nada. Cecília percebeu que tinha tocado num assunto delicado demais. Talvez fosse melhor trocar a direção da conversa.

— E qual a função de Ismael aqui?

O homem a olhou de canto e então se ajeitou na cadeira. Malcer respondeu no lugar dele.

— Ele é o mais próximo do príncipe dentre nós. É o primo de sua alteza imperial.

Cecília arregalou os olhos, surpresa.

— Por que trabalha como mensageiro?

— Em Bardaros, os nobres também trabalham, sabia? — retrucou ele, arqueando a sobrancelha. — Sou um homem atento aos detalhes. Um traço útil para verificar quem está do lado da corte.

— Então você é um espião nas horas vagas.

— Sou um verificador — corrigiu ele, abrindo um sorriso. — Todo cuidado é pouco. A maldição pode ser vista como uma fraqueza. Então temos que manter ouvidos atentos para possíveis golpes. Sem dúvida, existem seguidores do grande mago por nós. Já mandei prender três.

— Ouvi falar que se o príncipe não for curado, o seu lado da família assumirá o poder. Qualquer pessoa um pouco mais maliciosa diria que o certo seria não ficar do lado do príncipe.

Ismael apertou o maxilar.

— Eu estaria bem longe do trono de qualquer forma. E não sei se quero minha família no poder.

Cecília não entendeu bem o que ele queria dizer, mas Mia chegou perto dela para sussurrar:

— Ele é um bastardo, um filho fora do casamento oficial. Sua mãe era uma criada.

— Mas ele é cheio de privilégios por exercer esse papel para o império — pontuou Malcer. — Vive melhor que muitos outros nobres.

Cecília ia perguntar mais alguma coisa quando ouviu as pessoas começarem a ficar mais agitadas. Ela se virou para a pista de dança e viu Lizzie caída no chão. Ismael apertou os dentes e começou a procurar seus irmãos. Ao avistar Lassara, foi até ela com impaciência.

— O que você fez agora? — perguntou, irritado.

— Nossa! Mas agora até se a garota espirra é culpa minha, é?

— Não tente me enganar, Lassara. Onde estão suas cobras esquisitas?

— Por aí — murmurou, dando de ombros.

— Esse foi o *strike* três. Depois não diga que não foi avisada.

— Ele não pode tocar em mim — ela se defendeu com um sorriso amargo.

— Você, não. Mas talvez em coisas que você aprecia.

A mulher engoliu em seco.

— Você é muito estúpida mesmo.

Cecília viu de relance a discussão dos dois irmãos, mas não tinha muito tempo para ficar bisbilhotando. Ela se levantou e correu até a irmã. O príncipe a segurava, tentando levantá-la.

— Lizzie! O que houve? — questionou ela, preocupada.

A princesa suava e se sentia com falta de ar.

— É só aquilo — respondeu ofegante.

Nicholas olhou para Ceci confuso.

— O que ela quer dizer com isso?

Cecília levantou o vestido de Lizzie até a canela e viu a marca. Ela fechou os olhos, irritada. Então olhou para os irmãos que ainda discutiam e respondeu ao príncipe:

— Vamos tirá-la daqui primeiro.

21

Fala pouco,
mas quando fala...

"Parece que nossa princesa passou por algum desconforto durante o baile oferecido por nossa majestade imperial. Testemunhas alegam que ela caiu no chão enquanto dançava com nosso príncipe. Parece que a srta. Lizzie tem a saúde fragilizada e tem andado com o emocional muito abalado esses tempos. Fui informado de que ela começou a se sentir indisposta após ficar sabendo que não permaneceria em Bardaros quando curasse o marido. Admito que senti pena da pobre garota. Ela deve ter acreditado que não seria descartada como as outras foram. Mas, se isso servir para colocá-la em seu lugar, então foi um mal que veio para o bem."

Lizzie fora colocada em sua cama por Nicholas, que a segurava com cuidado. Ela não parecia melhorar. Seu rosto ficava cada vez mais vermelho e a garganta, seca. A voz já saía rouca e suor escorria pela testa. O príncipe não entendia o que estava acontecendo, mas pela naturalidade de Cecília, imaginou que isso já tinha acontecido antes. Agora bastava saber se era algo da própria Lizzie ou se havia sido causado a ela.

Nicholas já havia mandado chamar curandeiros para avaliá-la. Os homens a analisavam com cuidado, afinal, o príncipe os supervisionava e a história dos presentes já havia se espalhado. Estavam tentando tomar cuidado para não ofender a esposa favorita, que era como a estavam chamando. Eles analisavam a marca em sua perna, mas não conseguiam solucionar o problema. Alguns minutos depois, Cecília entrou no quarto segurando um frasco de vidro com um espesso líquido verde. Nicholas a observava com atenção. Ela havia se retirado um pouco impaciente assim que os curandeiros chegaram. Não parecia gostar dos médicos do palácio.

— Eu trouxe o remédio dela — disse a irmã sem esboçar emoção alguma.

Os curandeiros a olharam com desgosto.

— Abram espaço para ela — ordenou Nicholas.

Mesmo relutantes, os homens obedeceram. Cecília se aproximou da irmã que parecia ficar cada vez mais ofegante. Ela curvou a cabeça de Lizzie e a ajudou a beber o líquido verde. Pela careta que Lizzie fez, com certeza não era um antídoto agradável. Parecia ter uma textura gosmenta na boca e o cheiro era de arrepiar. Após tossir um pouco, Lizzie se acomodou na cama novamente. A cor de seu rosto estava voltando ao normal e a respiração começou a desacelerar. Os olhos de Lizzie fecharam como se estivesse exausta e Cecília a acomodou para que descansasse bem.

— Ela vai melhorar — afirmou ela, olhando para o príncipe.

Nicholas fez sinal para que os curandeiros se retirassem. Assim que ficaram sozinhos, ele decidiu esclarecer algumas coisas com Cecília.

— O que foi isso?

— Acho que ela só ficou indisposta.

— Não. Você sabia o que fazer, isso já aconteceu antes.

Cecília torceu um pouco o nariz.

— Ela não está segura aqui, alteza.

O príncipe soltou uma risada abafada.

— Bardaros é a terra mais segura do mun...

— Quando você é um nativo, pode ser — respondeu Cecília com firmeza. — Para pessoas como nós, Bardaros é um ninho de cobras.

— Ela está protegida aqui. As pessoas a respeitarão.

Cecília revirou os olhos.

— Alteza, você sabia que minha irmã foi ferida no dia que te salvou?

— O quê?

— Os guardas não queriam permitir que ela entrasse. Ela entrou mesmo assim, pois acreditava que o elixir poderia fazer bem a você. Lizzie passou dias trabalhando naquele elixir. Apenas para você — frisou ela. — Os homens não gostaram da ousadia dela, e lhe deram um tapa tão forte no rosto dela, que a fez se queixar de dores por dias.

Nicholas cerrou os punhos e chegou mais perto de Cecília.

— Quem? — perguntou ele, quase sem abrir a boca.

— Mesmo ferida, ela insistiu em ajudá-lo! — continuou a irmã. — Eu não preciso nem dizer o quanto ela chorou naquele dia. Por você! — exclamou como um desabafo desesperado.

— Quem fez? — gritou Nicholas.

Cecília deu um passo para trás.

— Pergunte à sua esposa.

Nicholas olhou para a cama e viu os olhos de Lizzie se abrindo devagar. Cecília se reaproximou do príncipe e sussurrou baixinho.

— Ninguém a está protegendo aqui. Ela nunca foi tratada dessa forma e está aceitando tudo isso porque está presa a você por um contrato. Não sei quais são suas intenções, mas se pretende fazê-la ficar, terá que mostrar a ela que aqui é seguro. Caso contrário, ela voltará correndo para nossa casa, onde todos a tratam com respeito e amor.

A irmã se retirou, deixando Lizzie e Nicholas sozinhos. A princesa estava começando a recobrar a consciência quando viu a imagem embaçada de Nicholas se aproximar de sua cama. Ele se sentou ao lado dela e verificou seu calcanhar. A marca havia sumido.

— Me perdoe ter te preocupado, alteza — disse Lizzie, com a voz ainda um pouco rouca.

— Eu agradeceria se me contasse o que aconteceu.

Lizzie virou o rosto incomodada, ela conseguiu ouvir o suspiro do marido.

— Eu não sou bom com palavras. Você sabe disso. Mas eu sei agir quando necessário. Me diga então, minha esposa. Dê-me uma lista, se necessário. Quem eu preciso matar para aliviar seu coração ferido?

A botânica se virou para ele novamente com o olhar assustado. Ela se ajeitou na cama para conseguir se sentar a seu lado.

— Eu estou bem, alteza. Foi só...

— Quem a feriu?

— Eu não posso denunciar nobres...

— Você é da nobreza agora.

— Eu conheço meu lugar — pontuou ela.

— E eles precisam reconhecer o deles.

Lizzie baixou a cabeça. Estava começando a se sentir à vontade com Nicholas, mas não queria se apegar a sua gentileza. Sabia que, no fundo, ele só fazia isso por querer a cura.

— Eu... — Começou a falar com a voz embargada — ... Estudei aqui no ensino médio.

Nicholas não disse nada, apenas permaneceu ouvindo. Lizzie entendeu que deveria prosseguir.

— Tive o privilégio de estudar aqui graças ao nome do meu pai, mas eu ainda era apenas uma não nativa... Tinha uma garota mais velha, de outra turma, suas cobras me machucavam às vezes. Eram diferentes, elas não deixavam as marcas comuns de cobras. Seu veneno era expelido através da pele tóxica. Era só implicância de veterana contra novata. — Lizzie tentou sorrir, mas seus olhos entregavam sua dor. — Já passou, nem lembro mais.

— Você mente.

Ela levantou o olhar, confusa.

— Eu consigo sentir... — Murmurou Nicholas ao tocar com a ponta dos dedos na perna de Lizzie. — Quando toco sua pele, sinto seu medo, o choro entalado na garganta. Consigo até acessar algumas memórias quando toco em sua ferida. Você lembra muito bem o que te feriu.

Uma lágrima escapou do rosto de Lizzie. Nicholas se levantou, pronto para se retirar. Mas, antes de partir, ele se virou para a esposa uma última vez.

— Eu te prometo que isso não voltará a acontecer. Você pode não se sentir segura em Bardaros, mas está segura comigo.

Lizzie não tirava os olhos dele.

— E sobre a fera... — Acrescentou ele ao colocar a mão em seu peito — ... Ela gosta de você. Se eu falhar, a fera te protegerá.

E então ele fechou a porta, deixando Lizzie sozinha, surpresa. Não sabia o que ele queria dizer com aquilo, mas uma sensação de conforto acabou tomando conta de seu coração. Talvez ela pudesse confiar na sua promessa.

22

Bênção ou maldição

O ESPAÇO DOS EXPERIMENTOS parecia ficar mais apertado a cada dia. Ela olhava para os colegas com mesas compridas e estantes de sobra. Estava começando a ficar irritada com seu laboratório improvisado. Apenas Ennet estava presente naquele dia. Como sempre, ele não falava com ela. Joffer tinha ido coletar os ingredientes que Lizzie solicitara. Todo dia ela precisava tentar algo novo. Apesar de ter conseguido extrair o elixir com perfeição, faltavam muitos ingredientes para criar o antídoto. Os complementos pareciam não combinar entre si e ela ainda não sabia como conseguiria o amuleto.

— Como está indo? — perguntou Cecília, notando a preocupação da irmã.

— Sinto que estou regredindo.

— Sério? Por quê?

— Falta muita coisa ainda. Os complementos não estão funcionando. Eu ainda não faço ideia do que pode ser. Preciso urgentemente descobrir, mas os complementos deveriam ser a primeira coisa a dar certo. Na verdade, comecei pelo fim, pois o elixir das brenixas costuma ir por último, já que é uma planta fortalecedora. E como é uma maldição grande, precisamos de um amplificador. Mas os complementos nos dariam o caminho para o amuleto, entende?

— Acho que entendi. Você precisa que os complementos funcionem para encontrar o amuleto.

— É isso! Mas todas as combinações possíveis falharam.

— De onde você está tirando os ingredientes?

— De um livro sobre maldições.

— Será que é o livro errado?

— Impossível, Ceci. Estou seguindo corretamente os ingredientes sobre maldições de transformações. Não há mais onde procurar.

Cecília se aproximou da mesa de Lizzie para verificar o livro também. Ela deu uma olhada nas imagens de referência e pensou um pouco.

— Deve ter alguma armadilha — murmurou Cecília.

— Como assim?

— Fergus não faria algo fácil assim. De certa forma, pelo que o livro diz, quebrar essa maldição não deveria ser difícil. Ela nem exige brenixas, só estamos usando para potencializar a cura.

— E eu acho que é porque eles sabem que funcionou uma vez.

— Está falando de quando ele quase te atacou quando vocês eram adolescentes? Daquele seu pesadelo?

— É, eu lembro que depois daquilo me fizeram centenas de perguntas sobre meu cerne. Eu apenas expliquei que era algo que só meu pai sabia fazer, eu estava usando os restos de brenixas que ele tinha deixado antes de morrer. Acho que guardaram essa informação.

Cecília olhou mais um tempo para o livro.

— A fera dele é mesmo tão assustadora?

Lizzie acenou negativamente.

— Não... Quer dizer... Sim, era gigante e assustadora, mas ela parecia mais assustada do que assustadora. Era como se estivesse procurando algo, como se tentasse completar algo em seu coração.

A botânica olhou para sua irmã que a encarava confusa.

— Você acha que estou doida.

— Não! — respondeu Cecília de imediato. — Tá... Um pouco. Você parece mesmo estar ficando mais maluca a cada dia que fica aqui. — Lizzie riu da observação da irmã, mas não conseguia discordar. — Eu só não esperava que você tivesse alguma empatia pela fera. Até onde sabemos, ela é bem perigosa.

— Eu sei, deve ser só coisa da minha cabeça. Quanto antes nos livrarmos da fera, melhor para o império. — Lizzie fez uma pausa.

— E para nós! Finalmente esse pesadelo vai acabar.

— Você parece frustrada.

— Senti que tive apenas um falso avanço, e agora estagnei.

— Talvez você precise de outra perspectiva.

— O que quer dizer?

— Você está tentando fazer o que os outros fizeram. Faça do seu jeito! Com seu olhar, sua percepção sobre a maldição.

— Mas como você acha que eu...

Um alarme alto soou. Lizzie e Cecília largaram o que seguravam por conta do susto. Quando olharam pela pequena janela, avistaram soldados correndo em direção à entrada do palácio. Ao se virarem para a mesa de Ennet, perceberam que ele havia desaparecido, deixando a porta do laboratório aberta. Elas saíram correndo e viram funcionários fazendo o mesmo. O alarme ficava cada vez mais agudo e estridente.

— O que está acontecendo? — perguntou Lizzie, gritando com um dos funcionários que passava esbaforido.

— Ataque de ciclopes! — respondeu ele, ofegante.

As duas irmãs se olharam preocupadas. Imediatamente pegaram seus bordões e correram para onde as pessoas se protegeriam. Seguiram pelos corredores abertos do terreno imperial até que Lizzie avistou Nicholas ao longe, correndo junto de seus colegas. Ele estava indo em direção aos ciclopes. Seria um ataque perigoso e arriscado que certamente liberaria o pior dele. E então Lizzie percebeu.

— Ele pode virar a fera — sussurrou com um sorriso.

— Vamos Lizzie! — chamou Cecília. — O bunker fica nessa direção.

Lizzie se voltou para a irmã.

— Vá se proteger, Ceci. Eu preciso fazer uma coisa.

— Não! Não faça isso. — Cecília agarrou sua mão.

— Eu preciso ver a transformação, Ceci! Isso pode me ajudar a entender melhor a maldição. Você me disse para procurar meu próprio jeito!

— Estando viva, de preferência! É muito perigoso, Lizzie. Minha função aqui é te proteger. Não me desobedeça, por favor.

— Eu preciso!

Cecília apertou com força o pulso de Lizzie.

— Está me machucando, Ceci!

— Você não pode ficar no meio de feras e gigantes. Para de se meter em encrenca, vai acabar morrendo!

Lizzie se soltou da irmã e fez o sinal da divindade.

— Elah vai me proteger.

Então saiu correndo, deixando Cecília sozinha.

— Ela está mesmo enlouquecendo — murmurou a irmã preocupada.

Lizzie seguiu os sons estrondosos. Ao longe, conseguiu avistar três ciclopes enormes perto do palácio. Ela se escondeu em meio a escombros e tirou o celular da bolsa. A princesa conseguiu ver um ciclope se aproximando com velocidade, ele atirava os cristais com força que se fincavam fundo no chão. Lizzie engoliu em seco. Talvez realmente tenha sido uma ideia precipitada, mas agora já estava ali. Ela viu Nicholas ser preso por um ciclope. De repente, a criatura gigante atirou o corpo de Nicholas para longe, o colocando atrás de destroços. Assustada, Lizzie colocou a mão na boca. *Como ele não morria?* Um rugido alto e grosso tomou conta do ambiente. Era a fera. Lizzie apontou o celular na direção do príncipe e começou a gravar.

— Será que a fera é imortal? — ponderou ela. — Mas isso não tem cara de maldição.

Um ciclope gritou com uma voz robotizada.

— Entreguem Elah!

A voz era grossa e gerava um eco estrondoso. Lizzie se arrepiou ao ouvir. *Então eles realmente queriam as presas.*

Nicholas saiu de onde estava, empurrando os escombros com violência, o que fez com que caíssem para todos os lados. Um quase atingiu Lizzie. Mesmo assim, ela não parava de gravar. Precisava vê-lo em batalha. A fera, que já era quase da mesma altura que um ciclope, correu com velocidade e atingiu o inimigo bem no pescoço com as presas. Tinha sangue por todo o lado. Lizzie lembrara das palavras de Nicholas no dia do casamento. Sangue de ciclope tinha, de fato, um cheiro azedo.

— Parece que ele fica bem mais agressivo também — murmurou ela, temerosa, aproveitando para fazer o relatório no vídeo.

— Então foi disso que Ismael reclamou. A fera começou a se voltar contra seu próprio povo, e lutar contra ciclopes e feras não é uma opção. Mas... quem mais teria força para derrotar os ciclopes? Por que Fergus faria uma maldição que o prejudicaria?

A botânica continuou a gravação, tentando acompanhar os movimentos rápidos do marido, até que um cristal gigante passou raspando em seu braço. Um corte profundo se formou e Lizzie soltou um grito de dor. Ela tentou estancar o sangue, mas não teve sucesso. Ainda assim, se recusava a deixar de gravar. De repente, Lizzie avistou um ciclope vindo em sua direção com agilidade. Por que ele estava mirando nela? Antes que o gigante a alcançasse, a fera pulou nele, impedindo o ataque. Após matar o ciclope, a fera foi na direção de Lizzie. A botânica ficou paralisada de medo. No celular, a notificação de bateria fraca surgiu. Mas Lizzie não conseguia se mexer, apenas manteve a câmera apontada para a fera que se aproximava cada vez mais. Ela olhou diretamente nos olhos de Lizzie, que acabou deixando o celular cair por conta do choque.

A fera carregava em seus olhos a marca de um contrafeitiço. Era discreto, mas, pela proximidade, Lizzie conseguiu ver com atenção. A fera bufou para ela, irritada, e então voltou para a batalha. Lizzie respirava de maneira ofegante. Aproveitou a deixa e pegou seu celular, saindo correndo em direção à biblioteca. Tudo parecia tremer a seu redor. Os passos fortes dos ciclopes faziam a terra oscilar, mas Lizzie não iria parar por isso. Ela não demorou a encontrar a biblioteca, mas o sangue de seu braço só aumentava. Então parou por um instante e rasgou seu vestido, enfaixando o braço às pressas. Ela sabia que aquilo estancaria o sangue por um tempo. Lizzie foi recebida por Vênus quando passou pela porta, mas não teve tempo de cumprimentá-la. Ela estava perto de descobrir alguma coisa, talvez a informação que faltava, e começou a procurar desesperada pela seção de contrafeitiços. Outro tremor fez livros caírem em cima de Lizzie. Ela estava torcendo para que nenhuma estante caísse nela também.

— Senhora Arkalis, a biblioteca não está segura agora — alertou Vênus com a mesma voz de sempre, neutra e calma.

— Só mais um minuto, Vênus! — gritou Lizzie enquanto comparava a imagem do celular com as do livro.

Lizzie deu zoom na imagem com os dedos trêmulos e pausou no momento que a fera revelou seu olhar. Ela continuou folheando até encontrar a sequência de sinais que indicavam a procedência do contrafeitiço.

— A-mérica — gaguejou ela, tentando conter o nervosismo.

— América do Sul! Esse contrafeitiço foi originalmente criado na América do Sul! Minha casa!

Então correu para a seção de feitiços do continente. Era um setor pequeno e abandonado, uma pequena estante de três prateleiras continha todo o acervo que Bardaros fazia questão de guardar. Lizzie achou a situação ridícula. Ela lembrava que quando visitara a biblioteca real do Rio de Janeiro, os magos tinham acesso à passagem secreta para os livros de feitiços. O espaço subterrâneo era quase tão grande quanto a própria biblioteca, e era recheado de diferentes livros sobre bênçãos e maldições. Ela lembrava de já ter estudado alguns daqueles livros. Seu pai a ensinara sobre os feitiços que eram mais bem potencializados ao utilizar as brenixas.

Um pedaço do teto da biblioteca desabou, quase atingindo Lizzie.

— Senhora Arkalis, a senhora está em risco de morte aqui.

Lizzie ignorou Vênus completamente.

— Achei! — exclamou, entusiasmada.

As páginas continham várias sequências de sinais e o que os contrafeitiços realizavam. Lizzie sempre se orgulhara que seu país, mesmo com tão poucos recursos, era o melhor quando se tratava dessa arte. Sempre ganhavam prêmios de Bardaros, mas eram conquistas pouco valorizadas pelo mundo mago.

Lizzie continuou com o olhar atento enquanto comparava a imagem dos olhos da fera com as imagens do livro, até que ela chegou a uma seção curiosa.

"Contrafeitiços de morte."

Lizzie arqueou as sobrancelhas surpresa. Os símbolos do livro eram exatamente iguais aos de Nicholas.

— Morte?

Ela leu mais do parágrafo seguinte.

— Para reverter um feitiço de morte, é necessária uma criatura poderosa que protegerá a vida do receptor. Advertências... — Lizzie engoliu em seco. — Se o contrafeitiço não for cumprido corretamente, a criatura pode se tornar instável. Em caso de falha, refazer o contrafeitiço antes que a criatura domine por completo o corpo do receptor.

Lizzie arregalou os olhos, sua respiração estava ainda mais acelerada.

— É a fera que mantém Nicholas vivo. Se retirarmos a fera, ele morre!

De repente, a tela do celular de Lizzie desligou. A bateria tinha acabado.

— A fera não é uma maldição... É uma bênção! Um contrafeitiço de proteção!

Antes que pudesse se levantar, outro estrondo balançou o chão.

Para o terror de Lizzie, uma estante caiu bem em cima dela.

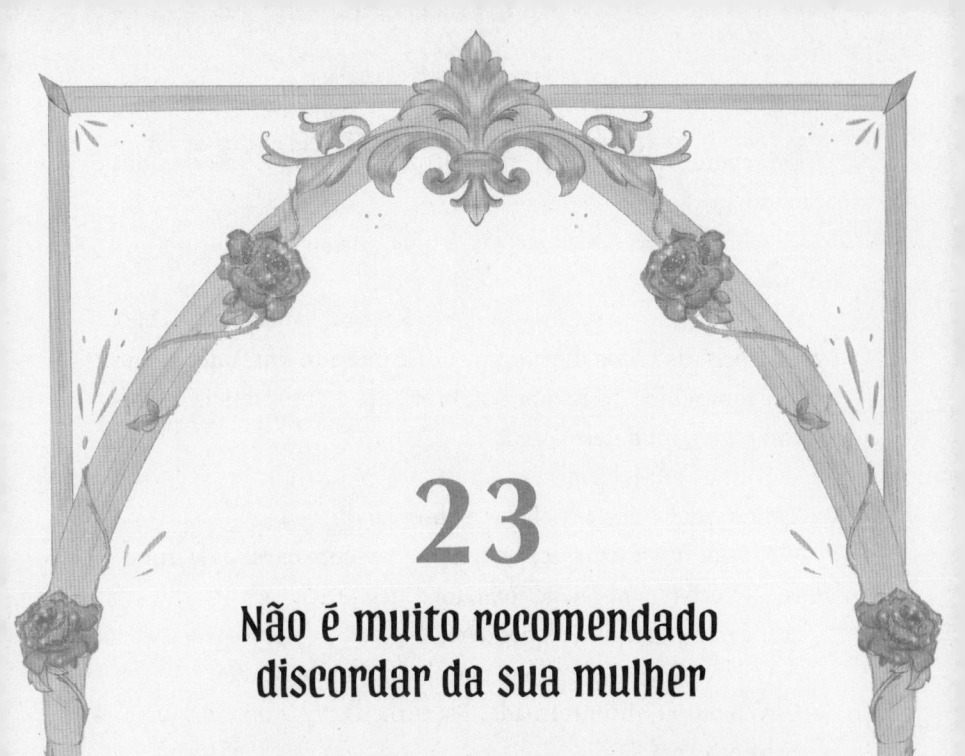

23

Não é muito recomendado discordar da sua mulher

"Nosso palácio foi invadido! Há tempos venho alertando que os ciclopes não param de avançar. Começaram em pequenas vilas, depois foram para as grandes cidades. Agora, até o palácio foi atingido. Nem mesmo o local mais seguro de Bardaros permaneceu imune a esses ataques. Vemos claramente que nem mesmo a fera está sendo capaz de conter os ciclopes. Fui informado de que um ciclope de categoria três esteve à frente do ataque. Parece que o maior entre eles. Para ser honesto, estou cansado de esperar por uma possível cura. Talvez não devêssemos perder a fera. Até onde fiquei sabendo, a princesa não conseguiu avançar muito mais. Também chegou aos ouvidos deste humilde jornalista que ela foi vista no campo de batalha, colocando o príncipe em perigo ao tentar protegê-la. Não preciso nem dizer o quão desastrosa é essa decisão. Não sei o que ela estava pensando, mas se a princesa acha que alguém pequeno como ela irá derrotar um gigante, está muito enganada."

Lizzie abriu os olhos devagar, ainda tentando entender o que tinha acontecido. Ao recobrar totalmente a consciência, se levantou e exclamou desesperada:

— É uma bênção! Uma...

E então viu Cecília e Nicholas a observando.

— Lizzie... Você é maluca? — gritou Ceci com os olhos lacrimejados. — Você tem noção de como foi difícil te achar?

Lizzie não conseguiu responder.

— O livro, Ceci. Cadê o livro que eu estava segurando?

A irmã bufou, inconformada. Ela tirou da bolsa o livro e jogou em cima da cama.

— Tá aqui, essa merda! — E então se retirou batendo os pés com força.

Lizzie começou a folhear o livro, um pouco estabanada.

— Alteza, eu sei como te curar agora. Eu...

— Lizzie! — bramou Nicholas, chamando sua atenção.

A botânica levantou o olhar, ainda um pouco perdida.

— O que eu te falei sobre me acompanhar em batalha?

— Eu entendo! Mas veja que foi por uma boa raz...

— SE VOCÊ MORRER, JÁ ERA! — gritou ele.

Lizzie fechou o livro com força.

— Você conseguiria outra prisioneira, alteza.

— Não! Tem que ser você!

— POR QUÊ? — berrou Lizzie de volta.

— Porque eu quero que seja você!

Os dois se olharam em silêncio por um tempo.

— Eu descobri que sua maldição, na verdade, é um feitiço de proteção — conseguiu dizer.

Nicholas andou de um lado para o outro, incomodado.

— Você está ouvindo o que estamos tentando te dizer? Você quase morreu! Essa busca pela cura está te deixando louca!

Lizzie então jogou o livro no chão com raiva, fazendo até o príncipe sanguinário dar um passo para trás.

— Se eu estou louca é por sua causa! — exclamou ela em meio ao choro. — Eu só quero te curar e ir para casa como me prometeram. Sim! Eu estou louca para entender a sua maldição e acabar logo com isso! Estou dando tudo de mim aqui. Por que ninguém reconhece meu esforço?

— Lizzie, eu reconheç...

— Não! Você só sabe mandar e desmandar em mim. Então agora vai me ouvir! Você está sob um feitiço de proteção, que foi criado originalmente por uma maga brasileira há centenas de anos. Mas, como é muito perigoso, não é muito utilizado. Contrafeitiços de morte são superdifíceis de fazer, por isso sua fera é tão instáv...

— Fergus jamais usaria um feitiço da América do Sul.

— Não foi Fergus! Fergus tentou te matar e alguém te salvou com esse contrafeitiço. É a fera que te mantém vivo!

Nicholas não queria aceitar.

— Você está errada.

Lizzie abriu a boca para falar e então se calou. Ela fungou um pouco e enxugou as lágrimas.

— Sim, alteza. Eu me enganei.

— Lizzie, também não precisa...

— Alteza, estou me sentindo indisposta. Pode me deixar descansar, por favor?

Nicholas apertou os lábios, inconformado, e então se retirou. Lizzie esperou ficar totalmente sozinha e se levantou com cuidado para pegar o livro que jogara com tanta violência no chão. Ela abraçou o livro junto a seu peito.

— Eu achei. Vou nos levar para casa.

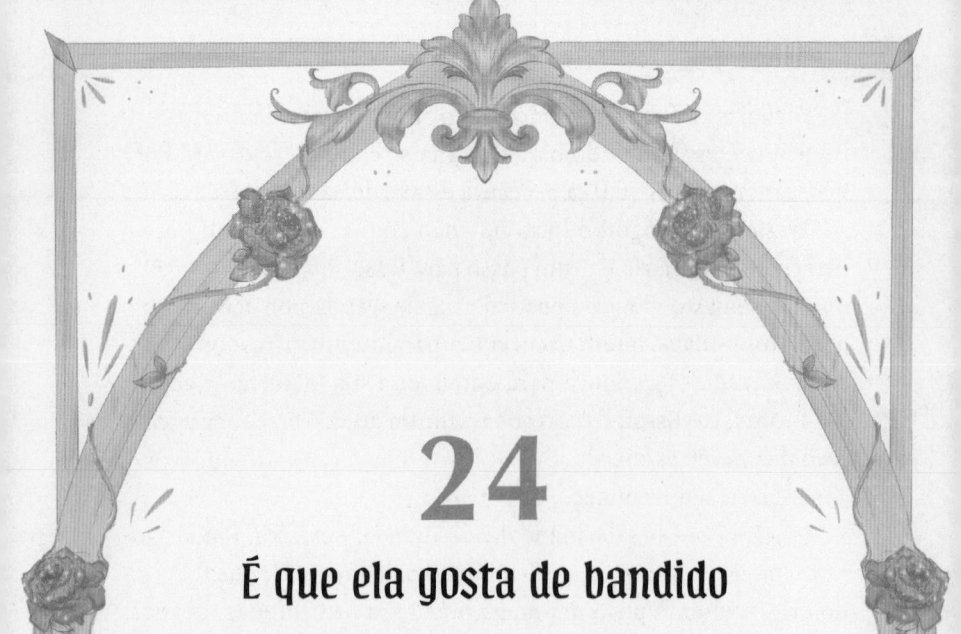

24
É que ela gosta de bandido

O SUOR ESCORRIA DA testa da maga da nobreza. Ela sempre teve plena convicção de que seu sobrenome real a protegeria de qualquer ataque repentino ou planejado. Mas agora temia por sua vida. Ele não seria capaz, seria? Lassara olhava para o corpo dos dois soldados mortos bem na sua frente. Ela já tinha ouvido falar que alguns homens tinham machucado a esposa de seu primo, mas nunca imaginou que Nicholas levaria isso a sério. Ele sempre fora do tipo que não se importava com nada, deixando todos aprontarem o que quiserem na corte. Por que ele estava se importando tanto agora? Não podia ser por causa da garota não nativa. O príncipe permanecia de costas para ela, olhando para todas as suas cobras horrendas, presas em um tipo de aquário de vidro.

— Mais uma vez, obrigado por aceitar meu convite, prima.

Lassara não conseguiu dizer nenhuma palavra, tinha medo de ser morta antes de terminar a frase. Tinha recebido uma carta do palácio pedindo para comparecer a um banquete e levar as cobras para apreciarem. Agora se sentia tola por ter acreditado nas palavras de seu primo. Tinha começado a se sentir valorizada, mas era tudo enganação. Foi pega pelo seu orgulho. Ela viu garras crescendo na mão de Nicholas e as roupas ficarem mais apertadas para dar espaço aos pelos crescendo. Ela nunca tinha visto a fera, e não queria ter que ver agora.

— Meu estimado primo Ismael me notificou que vocês foram avisados a respeito das travessuras. Ouvi falar que esse foi o *strike* três.

A jovem maga começou a chorar silenciosamente, angustiada com a situação.

— Mas, como não pudemos confirmar sobre o segundo incidente, te darei vinte segundos para se esconder. É claro que o preço são suas estimadas criaturas rastejantes.

Lassara não se moveu, suas pernas não paravam de tremer.

— Agora — falou Nicholas ao enfim olhar para ela, revelando a pupila felina no meio de sua íris.

A mulher sentiu a pele toda arrepiar. Em meio a tropeços desengonçados, fugiu o mais rápido possível. Em poucos segundos, a fera surgiu, destruindo tudo que estava a seu redor.

Lizzie demorou alguns dias para se recuperar totalmente dos ferimentos. O braço ainda estava dolorido, mas pelo menos não precisava mais de curativos. O ferimento na cabeça havia sido leve, então, mesmo com o acidente, ela não parou de estudar a maldição do príncipe. Cecília não aparecia mais no laboratório. Lizzie sentia sua falta, mas queria lhe dar espaço. Ao mesmo tempo que não via a irmã, ela também não encontrara o marido, nem mesmo nos campos de treinamento. Lizzie folheava o livro enquanto fazia anotações sobre sua nova descoberta. Joffer se aproximou da botânica, que se mantinha concentrada.

— Oi.

Lizzie deu um pequeno pulo com o susto.

— Ah, esqueci que vocês estão aqui também.

— Estamos preocupados. Sempre tem tanto barulho vindo do seu espaço, mas hoje está tão silencioso.

— Estamos? Eu sei que Ennet está nem aí — disse ela com um sorriso constrangido de canto.

— Na verdade, para minha surpresa, ele pareceu preocupado mesmo. Ennet não é uma pessoa muito carismática, mas não gosta de ver ninguém ferido.

Lizzie não sabia o que dizer. Os últimos dias tinham sido bem silenciosos mesmo. No dia seguinte ao acidente, ela tinha aparecido no laboratório completamente enfaixada. Não proferiu uma palavra sequer, e ninguém se sentiu à vontade para perguntar. Alguns resmungos no meio do dia mostravam que ela ainda sentia dor. Quem diria, até o rabugento do Ennet conseguia sentir compaixão às vezes.

— Eu parei os experimentos porque estava fazendo errado. Descobri algumas coisas...

— O que foi?

A botânica coçou a nuca. Não sabia se estava confortável para falar, já tinham a desacreditado o suficiente. Mas o olhar de Joffer lhe deu um pouco de confiança.

— A fera não é uma maldição — sussurrou.

— O quê? Como assim?

— A fera é um contrafeitiço de morte. É o que o mantém vivo.

Joffer não disse nada, e Lizzie pensou que ele estava duvidando dela também.

— Até que faz sentido.

Lizzie levantou o olhar surpresa.

— Sério?

— O príncipe já esteve em centenas de situações que certamente morreria. Mas, por alguma razão, ele nunca morre. A fera é imortal, então?

— Não, todo feitiço de proteção tem uma brecha. Alguma coisa pode matá-lo, com certeza — suspirou a botânica. — Mas não importa. Fergus não sabe o que pode matar a fera, nem a gente.

O importante é mantê-lo vivo. Enquanto Nicholas viver, Fergus não colocará as mãos nas presas.

— Então tem que deixá-lo como está?

Lizzie acenou negativamente.

— Eu não sei quem fez o feitiço, mas não ficou perfeito. Faltou algum ingrediente, o que tornou a fera perigosa. Mas, se eu conseguir refazer o feitiço, posso estabilizá-la. E então Nicholas será capaz de controlar a fera plenamente.

— Fergus não terá chances contra isso — murmurou Joffer, e logo em seguida sorriu. — Você é mais inteligente do que eu imaginava.

Lizzie sorriu de volta, tinha ficado ligeiramente contente por alguém valorizar os estudos dela. Talvez se Nicholas não fosse tão receoso quanto a fera, ele teria reagido melhor à notícia.

Batidas na porta chamaram a atenção de Lizzie. Ennet foi até ela enquanto enxugava as mãos com um pano de algodão, ao abri-la, ele se deparou com Cecília. A garota pediu licença e foi em direção à irmã. Joffer entendeu a situação e voltou para seu lugar, dando mais privacidade a elas.

— Está melhorando? — Cecília decidiu começar a conversa.

— Estou praticamente cem por cento — respondeu Lizzie sem muito ânimo e se voltou para o livro que estava lendo.

Cecília observou a irmã com cuidado, ela estava claramente cansada. Os olhos tinham olheiras fundas. O belo cabelo cacheado comprido estava emaranhado num coque nada bonito. O esmalte das unhas estava descascando, algo que Cecília sabia que Lizzie se importava muito. E ela usava apenas um short jeans e camiseta velha surrada. Definitivamente, sua irmã não parecia uma princesa. Não só isso, Cecília conhecia a vaidade de Lizzie. Ela era o tipo de garota que amava estar arrumada mesmo para ficar em casa. Sempre dizia que não existe ocasião certa para um vestido, pois vestidos se encaixam em todas. Ver a irmã usando camiseta e short não a deixou muito satisfeita. Cecília pensou que talvez tenha sido insensível demais. Sua irmã carregava um peso que mais ninguém entenderia.

Estava tão preocupada com a integridade física de Lizzie que se esqueceu de verificar a integridade de seu coração. Claramente ela estava adoecendo de tristeza.

— Então, eu fui ler sobre os contrafeitiços. E você está certa — falou Cecília.

A garota viu Lizzie abrir um sorriso genuíno, e então percebeu que a única forma de a fazer feliz em meio àquele caos era garantindo que a ajudaria em sua missão. Ela precisava mostrar para Lizzie que se importava com seu trabalho.

— Foi na biblioteca?

— Sim. Foi você que deu o nome para a Vênus, não é?

Lizzie apenas sorriu.

— É sua cara. Ela me mostrou a seção que você foi, então peguei outros livros para estudar. Passei todos esses dias tentando entender sua cabecinha.

— E entendeu?

— Acho que sim. Quem você acha que fez o contrafeitiço para salvar o príncipe?

Lizzie olhou para trás discretamente. Queria ter certeza de que Ennet e Joffer não estavam ouvindo.

— Ceci, eu acho que foi o papai.

— Pois eu também acho — concordou Cecília de imediato.

— O que eu faço?

— Se é um feitiço originário do nosso país, as respostas só podem estar lá.

— Acha que papai recebeu ajuda?

— Não tenho dúvidas. Se tem alguém que sempre sabia sobre todos os feitiços do papai era o...

— Tio Genório — completou Lizzie. — Ele deve saber alguma coisa. Temos que perguntar.

— Não podemos ir embora, Lizzie. Se você for, o império considerará traição. E eles não vão permitir que a gente saia. Teríamos que explicar que a fera foi feita pelo papai e então...

— Já era nossa pousada, de qualquer jeito. Eles vão entender tudo errado. Vão achar que nosso pai o amaldiçoou, e isso só vai piorar nossa imagem em Bardaros.

Cecília suspirou.

— Talvez mandar uma carta pro tio através de Thiral?

— Muito arriscado. Alguém pode ler.

— Podemos selar para só ele ter acesso.

— Não temos nada do tio pra selar a carta. Nem um fio de cabelo, unha, sangue... Nada. Temos que falar com ele pessoalmente. Se ele sabe desse feitiço, deve ter alguns ingredientes complementares que podem me ajudar.

— Então no que está pensando?

— Vamos escondidas. Ninguém precisa saber que fomos rapidinho ao Brasil e voltamos. Ninguém vai sentir minha falta.

— Como vamos voltar sem o selo imperial?

Lizzie encarou sua irmã com sarcasmo.

— Aham... Você vai me dizer que não roubou o selo de Ismael no dia que o conhecemos, né?

Cecília abriu a boca para se defender, mas a fechou logo em seguida.

— Era um selo muito bonito. Sabe que gosto de coisas bonitas.

— Eu sei que suas mãos ligeiras não resistem a um pequeno roubo. Só estava esperando uma oportunidade para usar isso a nosso favor, se necessário.

— Acha mesmo que o príncipe não vai perceber que você saiu?

Lizzie abaixou a cabeça.

— Não vai — murmurou. — Eu não sou ninguém para ele.

— Então por que se esforçar tanto? Deixa ele assim! A fera é instável, mas pelo menos está mantendo ele vivo. Não tem que se arriscar por quem você não acha que se importa. Vamos deixar isso pra lá? Eu prometo até devolver o selo do engomadinho.

A botânica não sabia o que falar. Sua irmã estava certa, por que se esforçar? Ela não tinha a resposta, apenas um desejo muito forte em seu coração para que descobrisse mais sobre a fera. O que era esse sentimento? Uma forma de se aproximar mais do pai? Realização pessoal? Será que ela estava começando a se importar com o príncipe? Lizzie não sabia o que seu coração estava tentando dizer a ela, mas talvez precisasse ser mais cautelosa. Suas feridas já eram justificativas suficiente.

— Você tem razão. Não tem por que nos arriscar dessa forma.

Antes que Cecília pudesse dizer alguma coisa, um rugido estrondoso tomou o lugar. Foi tão forte que fez todo o local estremecer. Seriam os ciclopes de novo? Não, aquele barulho era um pouco mais familiar. Lizzie e Cecília saíram correndo do laboratório junto com os botânicos, que estavam igualmente assustados. Ao chegarem no corredor do pátio, avistaram a fera. Vários funcionários observavam curiosos, escondidos entre as colunas. A fera começou a caminhar devagar até Lizzie assim que a avistou. Cecília e os botânicos recuaram, mas a princesa permaneceu imóvel, encarando a enorme pantera à sua frente, que carregava algo em sua boca. Ao alcançar a princesa, a fera soltou o que carregava e sangue foi atirado para todos os lados. Lizzie ficou toda manchada, encarando os destroços de carne e pele sem conseguir falar nada. A fera então partiu correndo, fazendo o chão tremer mais uma vez. Cecília foi até sua irmã desesperada.

— Lizzie, isso é...

Três cabeças sem vida de serpentes e dois uniformes oficiais da guarda se misturavam em uma confusão de sangue.

— Por Elah... — murmurou Cecília horrorizada.

Os amigos do príncipe apareceram ao longe, correndo preocupados. Precisavam ter certeza de que a princesa estava a salvo.

— Estão todos bem? — perguntou Mia tentando recuperar o fôlego.

— Sim! — respondeu Cecília. — Ele apareceu e deixou isso.

— Não acredito... — disse Malcer inconformado.

— O que aconteceu?

— Nicholas começou a nos questionar sobre quem poderia ter machucado Lizzie. Tentamos evitar a conversa por um tempo porque quando suas emoções afloram, a fera... — Pausou — bom, você sabe.

Cecília concordou enquanto acariciava os braços da irmã, que permanecia atônita, sem tirar os olhos da carcaça.

— A fera foi à caça e trouxe seu presente. Igual a um gatinho trazendo um rato morto para o dono — resmungou Dacan enquanto tentava avistar para onde a pantera poderia ter ido.

— Ele precisa parar com isso! — exclamou Mia, furiosa.

Lizzie enfim saiu do transe e se mexeu. Todos encaravam seus movimentos sem dizer nada. Ela se agachou e pegou uma das cabeças de cobra. A gosma do cadáver escorria pelo seu braço. Era tão fedorento que não entendiam como Lizzie conseguia se manter tão perto. Então ela sorriu, para a surpresa de todos.

— Este é o presente mais romântico que já ganhei em toda minha vida — sussurrou.

Cecília arregalou os olhos. Os amigos do príncipe não esperavam aquela resposta. Nicholas tinha mesmo acertado dessa vez?

— Você está falando sério? — indagou Cecília, confusa.

A irmã mais nova se virou para a mais velha ainda sem perder o sorriso. As olheiras fundas davam um ar tenebroso a seu sorriso cansado. Ela deu uma olhada nos criados que as observavam com atenção. Fora constatado, a fera gostava de Lizzie. Logo, se não quisessem acabar iguais às serpentes mortas no chão, precisavam tratá-la como a princesa que realmente era.

— Todos saiam daqui! — ordenou Dacan. — Ele pode voltar! Vão para os bunkers por precaução. Nossa escolta irá capturar o príncipe para que ele volte ao normal o quanto antes!

Os botânicos e os funcionários obedeceram de imediato. Apenas Cecília e Lizzie continuaram no local encarando uma à outra. A irmã mais velha já sabia o que sairia da boca da caçula.

— Vamos para o Brasil — disse sem conseguir tirar o sorriso do rosto.

25

Olha, mamãe! Sem as mãos!

NICHOLAS ESTAVA EM uma mesa comprida e oval com vários conselheiros do império. Ele estava em uma ponta e seu pai na outra. Havia uma boa distância entre eles, mas não o suficiente que não pudessem se ouvir. O príncipe tentava conter sua dor de cabeça, querendo esquecer os acontecimentos do dia anterior. Ele não se lembrava de muita coisa, mas a imagem de Lizzie não saía de sua cabeça. Junto com a de seus amigos brigando com ele por alguma razão, enquanto tentava se vestir depois de voltar à forma humana. Tudo o que ele se lembrava antes de virar a fera era de estar questionando sua escolta sobre os oficiais que agrediram Lizzie. Não tinha sido uma conversa agradável, talvez ele já estivesse abusando demais da boa vontade de seus amigos. Eles não poderiam protegê-lo para sempre. Nicholas se lembrou das palavras de Lizzie sobre sua maldição. Ele teria que ficar com a fera? Não era o que tinha planejado. Talvez por isso tenha reagido com tanta rispidez à esposa, ele não sabia ao certo. Tudo que o príncipe sabia é que ele esperou a vida inteira para se livrar da fera. Quando enfim achou que estava chegando perto dessa conquista, soube, por meio de Lizzie, que é a fera que o mantém vivo? Era mais frustrante do que esperava. Nicholas suspirou, um pouco pensativo, e voltou a atenção para a mesa.

O conselho debatia a respeito do último ataque. Era a primeira vez que os ciclopes tentavam invadir o palácio. Como podiam evitar que isso acontecesse novamente?

— Se vossa alteza imperial se livrar da fera, estaremos perdidos! — opinou um dos nobres conselheiros. — Talvez precisemos parar com a cura temporariamente. Até ter certeza de que Fergus partiu, pelo menos.

O comentário fez Nicholas franzir o cenho.

— O que está dizendo?

— Alteza, se não fosse a fera impedindo o ataque, os ciclopes teriam destruído o palácio. Sem essa arma, perderemos.

— Estão dizendo que querem usar uma arma que Fergus me deu?

Nicholas já começara a duvidar de que a fera fora feita por Fergus, mas estava curioso para saber até onde a conversa iria. Muitos nobres estavam do lado da segunda opção ao trono. Se o príncipe fosse curado, seus primos não assumiriam. Essa era a desvantagem de ser um mago da arte da guerra: toda a sua experiência estava na batalha. Nicholas admitia que tinha pouco conhecimento sobre estratégias políticas. Ele entendia bem a dinâmica de poder, mas, para ele, tudo poderia ser resolvido apenas com um corte no pescoço. Infelizmente, não poderia agir assim com políticos. Apesar desse fato não dito, Nicholas queria ver se alguém deixaria escapar as verdadeiras intenções. Então ele continuou:

— Se eu ficar com a fera, não poderei assumir o trono. Mas imagino que ninguém aqui esteja propondo algo assim.

— De maneira alguma, alteza — falou um nobre, temeroso. — Só estamos pedindo que adie um pouco a cura até nos livrarmos de Fergus completamente. — Ele engoliu em seco. — Ficamos sabendo que sua esposa tem avançado no seu tratamento. Talvez não precise mais dela por enquanto.

O comentário não o agradou.

— Talvez minha mulher esteja conseguindo fazer algo que me permita controlar a fera. Isso será muito mais eficaz, não concordam?

Nicholas percebeu os olhares. Se fosse capaz de controlar a besta que vivia dentro dele, sem dúvida seria invencível. Nem Fergus nem o outro lado da família teriam chance.

— De qualquer forma, até conseguirmos uma resposta mais concreta sobre minha maldição, acho melhor evitar me transformar na fera o máximo que eu puder. Muitos dos nossos soldados foram feridos por mim. Quanto mais eu a uso, mais ela se apossa do meu corpo. Vai chegar o dia que não conseguirei sair desse estado. E então vocês terão um problema novo se derrotarmos os ciclopes, porque só restará minha fera e eu.

— Quais nossas opções, então?

— Me livrar da fera com a cura ou conseguir controlá-la.

— Mas a fera é uma arm...

— Não! — exclamou Nicholas. — Quando vocês tentaram domar a minha fera, ela se revoltou contra nós. Só eu posso controlá-la! E ainda estou tentando entender como fazer isso.

— Mas e se os ciclopes retornarem?

— Então usaremos a habilidade do exército. Eles são bons. Alexandra venceu Fergus apenas com a arte da guerra. Não existia fera.

— Eram outros tempos, alteza. Os ciclopes estão mais fortes.

Nicholas lançou um olhar para seu pai que os observava com atenção. O imperador não costumava falar nada nos encontros sobre estratégias de guerra. Todos sabiam que ele estava ali apenas para aprovar as decisões do filho. Para a infelicidade do príncipe, o conselho parecia firme em usar a fera mesmo assim.

— Homens do nosso exército morrerão se seguirmos esse plano.

— São tempos de sacrifício.

Todos se voltaram para o homem que estava sentado ao lado do príncipe. Era um conselheiro na faixa dos quarenta e cinco anos, que tinha a fama de ser mais ríspido e direto. Como a maioria, detestava não nativos em Bardaros. Era Hazar, ele estava presente no dia que Ismael interrogara seus irmãos pela primeira vez.

— Alteza, o povo não se sente seguro sem o senhor. É só olhar os jornais. A única esperança de Bardaros é a fera.

— Eles podem gostar da minha maldição agora. Mas irão se arrepender quando sair completamente do meu controle. É muito arriscado.

O homem bufou e todos permaneceram em silêncio. Uma voz rouca e um tanto miúda chamou a atenção. Era o imperador e, quando ele falava, todos deveriam ouvir.

— Acredito que meu filho esteja tentando dizer que deve haver outra forma. De fato, conseguimos muitos alistamentos para nosso exército. Com todos os benefícios, era de se esperar algo assim. É perceptível a melhora dos nossos magos na arte da guerra. Agora, é apenas com essa arte que vamos trabalhar?

— Aonde quer chegar, majestade? — perguntou um dos conselheiros com curiosidade. O imperador não costumava falar muito durante as reuniões.

— Temos outras artes. Estamos tentando vencer gigantes com outros gigantes. Talvez... Para vencer um gigante, a gente só precise de alguém pequeno, mas estratégico. Alguém que descubra como Fergus está manipulando os ciclopes. Essas criaturas sempre foram as mais devotas de Bardaros. Se quebrarmos o encanto, podemos vencer também.

— Majestade, até hoje há dúvidas se existe de fato um feitiço de controle ou se eles apenas traíram a Coroa.

— Não acredito que os ciclopes trairiam Elah.

Os homens na mesa não conseguiam levar as falas do imperador a sério.

— Meu pai está certo. — Todos os olhares se voltaram para o príncipe novamente. — Mesmo que não seja um feitiço de controle, precisamos saber a motivação dos ciclopes. Fergus está disposto a conseguir as presas de Elah. Se ele conseguir, será o fim do mundo humano. E o mundo dos magos seria tomado por sua tirania.

— Até que não seria ruim — declarou Hazar entre dentes.

— Como disse? — questionou Nicholas, quase sussurrando.

— Pelo menos não teríamos mais não nativos nojentos por aqui. E então poderíamos nos livrar daquela vadia brasileira.

O movimento foi tão rápido que só foi possível prestar atenção no grito de desespero de Hazar, o sangue espirrado na mesa e a espada que separava a mão do conselheiro do restante de seu corpo. Nicholas retirou a espada da mesa devagar, deixando o homem agonizar de dor, sem acreditar que havia perdido um de seus membros de súbito.

— Mais alguém... — Nicholas cerrou os dentes enquanto limpava a espada em seu manto — tem algum comentário pertinente a fazer a respeito de minha esposa?

Todos negaram com a cabeça, olhando para baixo, menos o imperador, que encarava o filho sem se mostrar surpreso com a atitude.

— Me perdoem — comentou Nicholas com o olhar sério. — A cada dia, a fera tem estado mais poderosa sobre mim. — E então se voltou para o homem, que não parava de agonizar. — Vá ao curandeiro, ele deve consertar isso aí. Vai ficar apenas uma cicatriz. Um lembrete, talvez.

Risdan, que também estava presente na reunião, se levantou e foi ajudar o colega a chegar até a ala curandeira. Todos permaneciam chocados com o que acabara de acontecer, não sabiam o que dizer. Um limite havia sido traçado naquele momento. Depois do basta dado pelo príncipe, estava claro que não dava mais para mexer com a esposa dele. Todas as brincadeiras, travessuras e feitiços contra a princesa não nativa deveriam parar ali. O conselheiro atrevido se retirava sorrateiramente nas sombras, por isso não conseguiram ver o sorriso que ele tentava esconder. Finalmente, encontraram a fraqueza da fera.

26

Aduaneira, devolve minhas blusinhas!

NICHOLAS ANDAVA PELOS corredores procurando por Lizzie. Ela não estava em seu quarto, então só poderia estar na oficina de trabalho. O príncipe estava angustiado, precisava entender melhor a teoria de Lizzie sobre sua maldição. Se ela estivesse mesmo certa, a cura poderia estar mais próxima do que ele imaginava. Mas agora tudo estava diferente. Todos pareciam querer segurar sua fera o máximo possível. Nicholas já estava farto dessas decisões sobre sua vida. Ele estava no comando de um exército, mas era impedido de comandar suas próprias vontades. A fera o cansava com regularidade, ela era grande e poderosa demais para seu corpo. Mas uma coisa era certa: desde que se casara com Lizzie, sentira a fera se acalmando em seu coração. Nicholas tinha mais capacidade de controlá-la. Pensando assim, talvez não fosse mesmo tão ruim ficar com a fera. Entretanto, ele se recusava a ficar com uma maldição de Fergus. Ele iria se livrar daquilo.

O príncipe foi até o laboratório de sua esposa, bateu à porta e o botânico Ennet o atendeu. Ele o tinha visto poucas vezes, mas sabia que era um servo antigo do palácio. Pelo que lembrava das fofocas que ouvia dos outros funcionários, o pai de Lizzie trabalhara com Ennet por muitos anos antes de abandonar Bardaros. Parecia que o homem guardava certo ressentimento por ter sido abandonado em meio a tanto trabalho a fazer.

Ennet se curvou assim que viu que o homem à sua frente era o príncipe.

— Alteza, a que devo a honra?

— Onde está minha esposa?

Ennet levantou o rosto e piscou algumas vezes.

— Sua esposa? Ela não veio trabalhar hoje, alteza.

O príncipe deu uma olhada de relance por cima do ombro de Ennet. Tinha um grande espaço no centro com duas mesas. Atrás de tudo, havia prateleiras com ingredientes variados.

— Onde é a mesa dela?

Ennet engoliu em seco e conduziu o príncipe até o canto improvisado onde Lizzie esteve trabalhando todo aquele tempo. Um espaço pequeno, abafado, que possuía apenas uma janela minúscula pela qual passava um leve rastro de luz. Duas mesas estavam coladas uma na outra, com muitas marcas na parede de explosões de cores diferentes. Agora entendia por que era tão frequente que Lizzie aparecesse com algumas feridas na ponta dos dedos e pequenas marcas de queimadura no braço. Apesar do ambiente enxuto, era nítida a preocupação de sua esposa em deixá-lo pelo menos organizado. Era claro que se tratava de uma missão impossível, mas o esforço estava ali. Nicholas apertou o punho.

— Por que minha mulher foi deixada em um canto como esse?

O homem não conseguiu responder. No mesmo instante, Joffer apareceu para tentar salvar seu colega de trabalho.

— Nos perdoe, alteza — tentou justificar. — Nós realmente não achamos que ela duraria tanto tempo, então não quisemos mudar todo o laboratório por algo temporário.

— Temporário? — falou o príncipe com o olhar cortante.

Joffer se arrependeu de suas palavras na mesma hora.

— Vamos providenciar algo melhor para ela imediatamente.

Nicholas tocou em alguns cadernos em cima da mesa e desviou dos homens constrangidos.

— Não, eu faço isso.

E então se retirou do laboratório, batendo a porta bruscamente. Antes que continuasse sua busca por Lizzie, passos apressados e uma respiração ofegante chamaram sua atenção. Seu primo, o mensageiro Ismael, chegara até ele com suor escorrendo em sua testa.

— Nic! — gritou ele. — Elas fugiram!

Nicholas arregalou os olhos e correu com Ismael até o portal. Os soldados de guarda estavam desmaiados. O príncipe se ajoelhou no solo e colocou a mão na grama, seus olhos brilharam ao sentir a magia.

— Feitiço do sono. Simples, mas eficaz. É melhor quando feito com...

— Plantas — completou Ismael. — E meu selo imperial sumiu. Acho que foram elas.

— Então foi um plano de fuga — disse cuspindo as palavras, irritado com a situação.

— Mas e agora, Nic?

O que fazer? Nicholas também não sabia. De repente, uma sensação desesperadora tomou conta dele por completo. O príncipe sentiu a respiração acelerar. *Perdi minha mulher.* O coração saltava com velocidade. *Perdi minha mulher.* As veias de seu braço e pescoço pulsavam com o sangue fervendo. *Perdi minha mulher!* Sua mente estava a mil. Não era possível dizer quem estava se sentindo mais traído, o príncipe ou a fera.

— Nicholas — sussurrou Ismael. — Cuidado, a escolta não está aqui para te segurar. — Ele deu um passo para trás. — E eu não sou forte o suficiente para fazer isso sozinho.

Era tarde, Nicholas virara a fera de maneira tão violenta que Ismael foi jogado no chão, aterrorizado. Nic rugiu alto. O mensageiro achou que morreria, mas viu apenas a fera atravessar o portal com tanta força, que quase o destruiu. Ismael fez o movimento de dar meia-volta e então se segurou. Ele não poderia deixar o primo sozinho, ainda mais naquele estado. Os vazilares ficariam escandalizados. Uma pantera gigante sem dúvida despertaria o pavor na sociedade. Precisava impedi-lo antes que Nic fosse capturado por humanos. Ele se lembrava das palavras de Lizzie quando foi buscá-la da primeira vez, todos sabiam que humanos nunca foram gentis com magos. Ismael socou a grama, inconformado, e correu até o portal. Não teria tempo nem de buscar seus bordões. Seria uma viagem bem desprotegida, mas com certeza o histórico do caminho das garotas estava registrado, era só segui-las.

Nicholas estava em seu formato de fera perambulando pelo trem mágico enquanto rugia com força. Ismael marcara o caminho das irmãs, mas estranhou quando viu a direção. Elas não haviam voltado para São Paulo, estavam no sul do Brasil.

— Curitiba?

"Última parada: Portal Curitiba. Todos os passageiros devem desembarcar. Cuidado com furtos no interior do veículo."

— Chegamos, Lizzie — anunciou Ceci ao cutucar a irmã que tirava uma soneca encostada no vidro do trem.

Lizzie coçou os olhos enquanto observava o local.

— Que engraçado. O trem virou um ônibus ligeirão.

— É, a magia do trem faz isso, ele se adapta ao local. Não esqueça que temos que abrir a porta com cuidado.

— Sim, eu sei.

As irmãs abriram o portal com calma, e um pacote voou até elas. Lizzie conseguiu segurar antes que voltasse com o trem. Mais pacotes começaram a voar e uma mulher apareceu do outro lado, desesperada, segurando tudo. As meninas entraram correndo e fecharam o portal. A mulher carrancuda as encarava com irritação.

— Desculpe — falou Ceci com um sorriso torto.

— Seria bom mandarem um recado quando forem usar esse portal. Assim eu tiro as encomendas internacionais daqui! — reclamou a mulher. — Mas não adianta! Eu falo e falo e ninguém me escuta, só fazem o que querem. E aí levo semanas procurando as encomendas pelos vagões dos trens!

— Pode chamar a Vanessa, por favor? — perguntou Lizzie, tentando sorrir.

A mulher saiu batendo os pés. As duas se olharam segurando o riso.

— De quem foi a ideia de jerico de fazer um portal justo numa agência dos correios?

— Ouvi dizer que não fizeram, mas parece que, muitos anos atrás, os humanos construíram uma agência bem ao redor do portal. Por isso todos que trabalham aqui são magos. São os guardiões do portal do sul. Mas aí o trabalho da agência veio junto, então precisam se infiltrar cuidando das encomendas.

— Que azar. — Cecília riu.

— Gurias?! — exclamou com animação uma mulher alta, de cabelo liso e castanho, animada.

— Vanessa! — Lizzie correu para o abraçá-la.

— O que estão fazendo aqui? Eu achei que nunca mais te veria depois que se casou com o filho do imperador.

— Ah, as notícias chegaram aqui também.

— Claro, todos leem o jornal de fofocas de Bardaros.

— Estou evitando ler esse jornal.

— É melhor mesmo, amiga. Então, o que vieram fazer aqui?

— Preciso falar com seu pai. Acho que ele tem algumas coisas de que preciso.

— Paizinho tá na feira do Largo da Ordem, vendendo capistel e capixinha.

— Vai estar cheio hoje, então.

— É, hoje os correios não funcionam. Só estamos aqui porque somos os guardiões, aí aproveitamos para adiantar serviço. O pessoal ama pedir coisas da China, e vêm tudo pra cá primeiro. Acredita?

Lizzie olhou para Cecília que também sorria.

— Vamos então, Lizzie? — perguntou Cecília.

— Vamos. Obrigada, Vanessa!

— Capaz, guria. Venha mais vezes, por favor.

— Pode deixar.

Antes que pudesse se retirar do local, o chão junto do portal tremeu. Um rugido alto estremeceu todos que estavam na agência, assim como todos os pacotes internacionais. A fechadura do portal foi arrombada e uma pantera preta gigante saiu dela. Lizzie segurou na primeira coisa que viu pela frente para se proteger do vento forte causado pelo urro da fera. A mulher carrancuda correu até o local, desesperada, vendo todos os pacotes internacionais se perdendo para dentro do portal.

— Guria do céu! — gritou Vanessa. — O que é isso?

— É meu marido! — explicou Lizzie, um tanto assustada.

A fera rugia irritada para ela. Ismael estava atrás, tentando segurá-lo. Lizzie se recompôs e se aproximou do rosto da pantera. Ela conseguiu ver a decepção em seus olhos, parecia até que ele estava prestes a chorar. Olhava para Lizzie quase implorando que ficasse.

— Fera, querida, eu não fugi — disse com doçura. — Só vim estudar a condição do seu feitiço. Deixei um recado no seu quarto.

A fera arregalou os olhos e abaixou as orelhas.

— Eu não te deixei. Eu prometo que vou cumprir meu contrato, só então eu vou embora.

O felino pareceu ter ficado ainda mais triste ao ouvir a última frase e se deitou no chão enquanto miava mais baixo. Lizzie se aproximou dele e começou a acariciá-lo. Seu tamanho foi diminuindo até ficar do tamanho de uma pantera normal. Os pelos começaram a sumir, assim como as garras.

— Me passa aquele lençol! — pediu Lizzie a Vanessa, que correu para atender o pedido.

Lizzie o cobriu com cuidado enquanto ele voltava a ser humano. Nicholas abriu os olhos devagar e a primeira imagem que viu foi sua esposa.

— O quê? — murmurou.

— Você me seguiu, alteza. — Lizzie tentou disfarçar seu sorriso.

— Mas você tinha fugido.

— E você me encontrou.

O príncipe deu uma olhada em todos que o encaravam.

— Eu não faria isso — falou Nicholas com certeza.

— Não — concordou Lizzie, perdendo o pequeno sorriso em seu rosto. — Mas a fera faria. Parece que sua pantera é honesta em relação a seus desejos, pelo menos.

Nicholas se ajeitou, ficando sentado e se cobrindo com o lençol branco.

— Vamos para casa.

Lizzie negou com a cabeça com o olhar aflito.

— Não posso — afirmou com firmeza.

O príncipe pensou um pouco.

— Eu vou com você.

— O quê? — falaram todos em uníssono.

— Vamos pegar o que você precisa e então voltamos. Certo?

— E se você virar a pantera no meio dos vazilares?

— Eu não vou.

Lizzie assentiu, mesmo um pouco contrariada, e então o ajudou a se levantar.

— Antes, vamos comprar umas roupas pra você.

— Tem uma loja aqui na esquina — pontuou Vanessa.

— Nos perdoem a bagunça.

— Vou pedir que enviem recursos para este portal, para reparar os danos que causei — comentou o príncipe.

A senhora carrancuda e Vanessa abriram um sorriso largo.

— Nossa, alteza, agradeceríamos muito!

Nicholas assentiu e se retirou junto das irmãs. Ismael o seguiu.

As duas mulheres se olharam ao ficarem sozinhas no local.

— E agora? Perdemos quase todas as encomendas da China dessa semana — indagou Vanessa preocupada.

— Vamos fazer o de sempre. Coloca no sistema que todas essas encomendas estão retidas na alfândega. Isso até a gente recuperar os pacotes perdidos nos vagões.

— Mas e o que a gente não encontrar?

— Aí é só taxar tudo. Eles sempre devolvem quando é taxado.

Vanessa suspirou.

— Ok, vou registrar os pedidos na *aduaneira*. Esses pacotes ficarão presos em Curitiba por semanas.

A senhora deu de ombros.

— Os *lookinhos* terão de esperar.

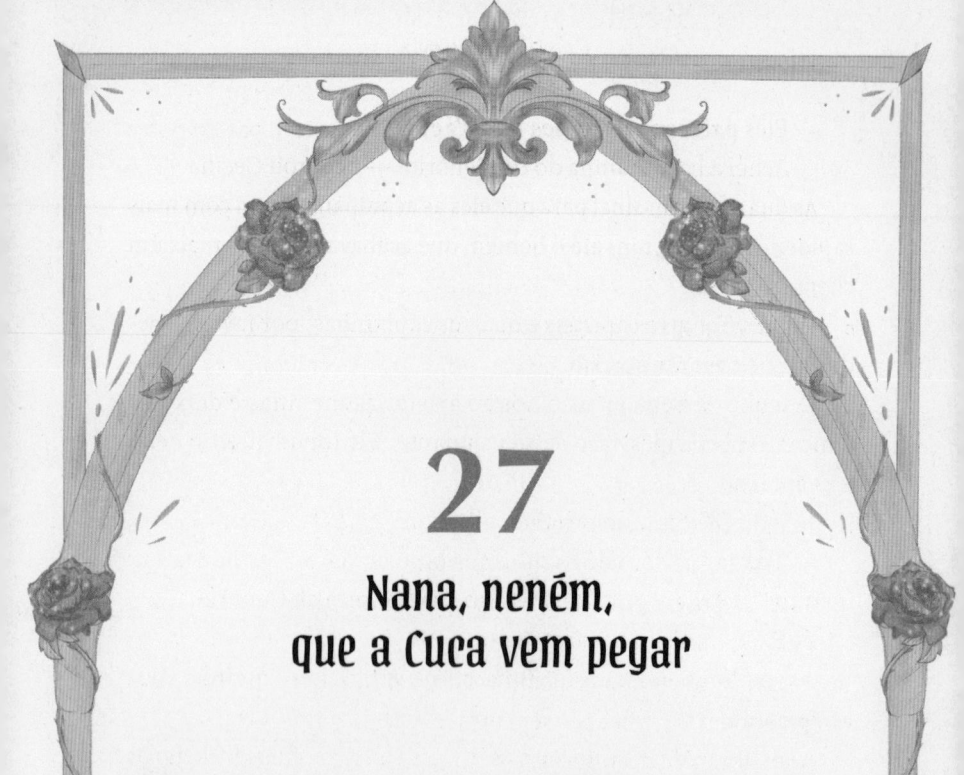

27

Nana, neném,
que a Cuca vem pegar

NICHOLAS ANDAVA PELAS ruas de Curitiba um tanto desconcertado. Era muito diferente de Bardaros. Ele nunca havia visto tantos humanos juntos. Aquele era, de fato, um mundo vazilar, completamente vazio de magia. Era totalmente perceptível a falta desse elemento no meio deles. Em uma barraquinha ou outra, ele avistava um vislumbre de magia, como se estivesse ali para trazer um pouco de conforto para corações vazios. Era Elah agindo. Nicholas se perguntava como O chamavam naquele mundo. Ele e o mensageiro seguiam as irmãs que pareciam bem à vontade na cidade. Lizzie se virou para Nicholas e notou sua expressão perdida.

— Por favor, não se distraiam. A feira está muito cheia, podem se perder.

Os dois rapazes apenas concordaram sem dizer nada e Lizzie sorriu.

— O bom é que agora eles sentem um pouco o gosto de estar fora de casa — comentou Cecília.

— Eles parecem peixinhos fora d'água.

— Achei a barraquinha do tio Genório! — apontou Cecília.

As duas fizeram sinal para que eles as acompanhassem com mais rapidez. Elas correram até o homem que acabava de servir mais um cliente.

— Me vê quatro capisteis e quatros capixinhas, por favor — pediu Lizzie com um sorriso.

O senhor arregalou os olhos ao avistar as meninas e deixou a bancada sob a supervisão de seu ajudante. Ele foi na direção delas e as abraçou.

— Achei que não voltariam mais aqui!

— Demoramos, né? Admitimos esse erro. — Cecília ria enquanto tentava respirar em meio ao abraço forte de Genório.

— E quem são os rapazes?

As irmãs se soltaram rapidamente e Lizzie se ajeitou para apresentar.

— Esse é o príncipe de Bardaros, vossa alteza imperial Nicholas Arkalis. E o primo dele, o mensageiro imperial Ismael Arkalis.

Ismael tentou corrigi-la.

— Não sou Arkalis — sussurrou.

— Ué, mas eu achei que toda sua família tinha o sobrenome...

— Sim, todos têm. Eu, não.

Lizzie entendeu o que ele queria dizer. Genório encarava os rapazes com curiosidade.

— É uma honra conhecer o príncipe pessoalmente. As notícias de Bardaros demoram mais para chegar no nosso país, me perdoe não estar tão atualizado a respeito de sua política. Já temos nossos próprios problemas por aqui também.

Nicholas apenas assentiu. Ele sabia que cada país fora de Bardaros tinha sua própria dinâmica política, e sempre lhe fora recomendado não opinar nesses assuntos.

— Tio Genório, precisamos falar com o senhor sobre o papai — falou Lizzie, enfim.

O homem arqueou a sobrancelha, encarou Nicholas de novo e tirou a toalha do ombro.

— Meu amor, dá conta da nossa barraquinha, por favor. Provavelmente não volto hoje mais — gritou o homem para a esposa, que estava do outro lado.

— Poxa, Genório. Tá bom, né? — reclamou.

— Prometo te compensar.

— É bom mesmo!

Ele riu e levou o grupo com ele. Nicholas observou a conversa do casal com atenção. Era assim que era um casal normal? Tratar tudo com naturalidade? Parecia confortável ter sempre alguém para contar. Será que ele merecia esse conforto?

Todos entraram dentro de uma caminhonete preta alta, Cecília se prontificou de imediato para ir na frente. Lizzie explicou rapidamente a Nicholas como funcionava o automóvel. Ismael estava mais familiarizado com a tecnologia humana, vivia de enviar e receber informações imperiais pelos países do mundo todo. Mas Nicholas era completamente ingênuo. Por conta de sua maldição, nunca quis sair de Bardaros. O príncipe entrou primeiro, Lizzie em seguida, se apertando no meio, e Ismael ficou na outra ponta, para fechar a porta.

— Lembra quando vocês iam brincar lá em casa com Vanessa e Gustavo? — perguntou Genório, sorrindo para Cecília enquanto dirigia.

— Eu amava, tio. — A irmã sorriu de volta.

— Então, minha Lizzie — falou a olhando pelo retrovisor. — O que está procurando?

Lizzie tentou se acomodar no banco. Estava apertado e seu corpo estava praticamente colado ao de Nicholas. Era nítido que ele estava nervoso com a situação.

— Tio, por um acaso, quando papai ainda estava vivo, ele conversou com o senhor sobre algum contrafeitiço de morte?

O homem pensou um pouco e sorriu de novo.

— Falou muito. Você quer tentar fazer o feitiço também? Seu pai ficou anos estudando isso e nem sei se conseguiu.

Ela olhou para o príncipe de relance. Ismael e Nicholas estavam começando a entender o motivo delas estarem ali.

— Eu acho que conseguiu, tio. Saberia me dizer a base desse feitiço?

Genório deu a seta e virou para a direita antes que respondesse à pergunta de Lizzie.

— Edric estava estudando o contrafeitiço de nossa feiticeira Maria Aparecida. É muito antigo, mas usado para reverter maldições de morte. Ela foi a única que conseguiu fazer algo assim.

— Como ela fez?

— Parece que ela usou para salvar o marido que tinha sido amaldiçoado por um mago traiçoeiro. Para reverter a morte dele, ela precisou coletar os ingredientes que dão origem à vida. E então selar a vida do marido em alguma criatura mágica, para o proteger da morte.

— Então ele se tornou imortal?

— Não, apenas era impossível matá-lo. Mas a idade chega para todos, ele morreu de velhice. Até mesmo antes da esposa. Isso, a dona Maria Aparecida não conseguiu evitar. Não tem como fugir da natureza, no final das contas.

— E quais são os ingredientes da vida? — perguntou Cecília.

— Era isso que seu pai estava tentando descobrir ainda. Ele já tinha achado um: Origem.

— As brenixas! — exclamou Lizzie.

— Isso mesmo! As brenixas são o cerne das primeiras árvores da vida. Com a sua magia, Elah originou nosso mundo. Normalmente, os ingredientes principais são três. E você pode usar ingredientes complementares para fortalecê-los. Acho que foi o que nossa feiticeira fez. Então nós temos Deus, Origem e... O outro, eu não sei.

Nicholas e Ismael se olharam preocupados. Eles sabiam muito bem qual era o terceiro ingrediente: amor verdadeiro.

— Ela fez uma aliança com Elah, então?

— Acho que sim, viu. No mundo de Maria Aparecida, capaz que Elah era outra coisa, devia de ter outra forma. Então Ele deu a ela um símbolo de seu poder. Sem isso, não tem como o feitiço dar certo. Agora, sem os outros dois até dá. Mas fica instável, sabe? Eles sabiam muito bem.

— Mas como consigo o último elemento do feitiço?

— Eu não sei, menina — disse ele ao puxar o freio de mão, tinham chegado. — Eu só sei que seu pai estava desesperado para aprender esse feitiço. Parece que a imperatriz o estava pressionando bastante.

O príncipe arregalou os olhos.

— A imperatriz? — repetiu ele.

— É, ué. Quem encomendou essa magia foi ela. Não sei o que ela fez com aquilo, mas quem recebeu esse feitiço deve carregar o fardo até hoje.

O homem abriu a porta e então parou. Ele encarou Nicholas por alguns segundos.

— Era para você o feitiço — murmurou.

Nicholas não conseguiu falar nada. Ainda estava perplexo com a informação.

— Mas pelo jornal de fofocas de Bardaros, o feitiço não deu muito certo. A fera te domina, não o contrário.

Ele apenas assentiu.

— Precisa refazer, então?

— Isso mesmo! — respondeu Lizzie no lugar.

O homem pensou um pouco e então chamou a todos para entrarem em sua casa. Aparentava ser simples, um sobrado de esquina, algo totalmente normal para o mundo humano. Mas Nicholas conseguia sentir uma magia poderosa concentrada naquele lugar. Ismael viu um pássaro azul em uma gaiola e foi apreciá-lo.

— Já tinha visto uma gralha-azul antes? — perguntou Genório enquanto tirava o casaco.

— Não — afirmou Ismael de imediato. — Ela é linda.

— Diz a lenda que, um dia, Deus pediu ajuda a todas as aves do céu para espalharem as sementes da árvore da vida pelo mundo. Mas apenas um pequeno pássaro cinza se voluntariou para o serviço. Como agradecimento, Deus o abençoou com lindas penas azuis, para que se diferenciasse das demais aves e mostrasse sua gratidão. E assim nasceu a gralha-azul do Paraná.

Genório se aproximou da gaiola e retirou o animal com as mãos, suas penas brilhavam mais que o comum. Uma delas havia caído e pairava na base da gaiola. Mas o homem a pegou.

— Essa é minha Ágata, uma das aves originais. — Mostrou o bichinho que se mantinha comportado em sua mão. — Ela esteve lá no dia que Elah a abençoou. Essa pequena foi passada de geração em geração na nossa família. Várias famílias de magos no Paraná receberam algumas aves originais para proteger. É uma honra receber essa função. E como elas foram as protetoras da árvore da vida, suas penas são o ingrediente perfeito para fortalecer as brenixas. Uma bênção para outra bênção. — E então entregou a pena azul brilhante para Lizzie.

A botânica sorriu, quase com lágrimas nos olhos. Enfim estava chegando à resolução da maldição da fera. Maldição? Na verdade, não era mais isso. A fera era a proteção de Nicholas, mas também não deixava de ser a maldição de Lizzie. Ela a prendia ao palácio, era como um pássaro em uma gaiola.

— Recomendo que você vá até sua avó — sugeriu Genório.

— Vovó Ziel? — indagou Cecília, curiosa.

— Ela é boa com feitiços de transformação. E, na época, seu pai tinha falado que iria até ela para conseguir executar o feitiço do jeito certo.

— Ceci, você tem um bilhete para o portal de Salvador? — perguntou Lizzie.

— Tenho um só, precisamos comprar para o restante.

— Tudo bem. Vamos para a rodoviária, então.

— Três passagens para o portal da Bahia, por favor — pediu Cecília, retirando a moeda de Bardaros do bolso. Ela encarou Nicholas, emburrada. — É bom que me reembolsem. Levei anos para conseguir essas moedas.

— Tem minha palavra — garantiu o príncipe.

Ceci bufou com uma risada e olhou para Lizzie.

— Seu marido é tão formal.

Lizzie concordou com um sorriso. Ali, no mundo normal, vendo Nicholas com vestes normais, agindo de maneira normal e falando de modo normal, fez o casamento deles parecer bem... Normal. Ela achou a sensação de normalidade confortável. Começava a não se sentir mais incomodada por estar a seu lado, estava mais agradável do que esperava. Será que, sem todos os conflitos de Bardaros, eles conseguiriam ter um casamento feliz? Lizzie chacoalhou a cabeça, incomodada. Claro que não. Se não fosse pela fera, ela nunca teria sido convocada para a missão de esposa.

O balcão de venda de passagens de Bardaros ficava no meio dos outros postos de venda. Várias companhias rodoviárias espalhadas no terminal de Curitiba. O quiosque de Bardaros tinha o nome de uma empresa de fachada e estava sempre vazia. Com certeza os humanos criavam teorias de que aquela empresa só podia ser lavagem de dinheiro. O mago idoso deu as passagens para o grupo e a rodoviária tomou a forma mágica, exatamente como acontecera em São Paulo. Logo eles encontraram o ônibus que constava no papel e seguiram a direção indicada. Cecília ficou ao lado de Ismael e Lizzie, ao lado de Nicholas.

— Peguei o ônibus leito, hein. — Cecília se gabou.

Todos se acomodaram em seus lugares. Logo o ônibus dourado e cintilante deu partida. Ele ia muito mais rápido que o normal, passava por entre os carros e fazia caminhos próprios.

Não demoraria o tempo que um ônibus convencional levaria para fazer a viagem, mas, ainda assim, passariam ali algumas horas.

— Por que demora tanto? — Nicholas tentou perguntar à Lizzie enquanto ela se ajeitava a seu lado.

— Bom, temos poucos recursos mágicos no Brasil. Nossos transportes são mais lentos que o normal. Tentamos deixá-los o mais veloz possível, mas Bardaros não nos deu suporte.

— Eu vou mudar isso.

— Eu sei.

Os dois se olharam por um tempo.

— Não vai se deitar? — falou Lizzie, constrangida. — Pode cochilar um pouco. Chegaremos em umas seis horas.

Nicholas tentou agir com naturalidade, mas seu corpo estava travado. Todas as suas ações estavam extremamente robotizadas. Ele se ajeitou na poltrona e ficou com o rosto virado para Lizzie. Seria a primeira vez que dormiria ao lado dela, ele conseguia sentir a fera se agitar. Nicholas tentava respirar devagar para controlar a ansiedade de sua pantera.

— Posso te chamar de Nic? — perguntou ela sem jeito.

— Sim!

Ele respondeu tão prontamente que Lizzie deixou escapar uma risada.

— Nic, quando você foi amaldiçoado por Fergus? — Sussurrou ela.

— Se manifestou quando eu tinha doze... — Respondeu ele da mesma forma.

— Dezessete anos atrás...

Ele assentiu.

— Então Fergus lançou uma maldição de morte em você e sua mãe procurou meu pai para fazer um contrafeitiço.

— Parece que foi isso.

Lizzie coçou a garganta, seus olhos marejaram.

— Eu acho que meu pai morreu servindo à sua mãe. Eu lembro que, na época, tinha recebido uma missão de Bardaros.

Ele sempre recusava todas, nunca entendi por que aquela ele tinha aceitado. Agora faz sentido, foi um pedido da imperatriz.

Nicholas pensou um pouco, tentando lembrar dos acontecimentos.

— Ele morreu no mesmo dia que minha mãe, foi um ataque de Fergus. Depois disso, a fera nasceu dentro de mim. Parece que tudo está se encaixando agora.

— Como Fergus te enfeitiçou?

— Com uma rosa venenosa. Era para minha mãe. Ela a recebeu, apreciou seu aroma e foi tomada pela maldição.

— Como foi parar em você?

— Ela estava grávida, o feitiço acabou dando errado por isso. Eu peguei a maldição dela, mas acabou ficando inativa em mim. Fergus ficou confuso por não ter funcionado, não é o tipo de feitiço que ele erraria. Mas parece que ele acabou descobrindo que era eu quem carregava a maldição. Então a ativou.

— Como ele descobriu?

— Provavelmente por espiões. Minha mãe deve ter começado sua busca para me salvar a partir do momento que Fergus ativou a maldição. Nesse tempo todo, eu achei que a maldição era a fera. Não a própria morte.

— Maldições de morte têm uma semana para se manifestar depois de ativadas. Foi assim que aconteceu?

— Sim, acredito que foi o tempo que minha mãe deu para seu pai resolver o meu problema.

Lizzie deixou uma lágrima escapar. Nicholas a encarava sem saber o que fazer.

— Ele se foi tentando te salvar... Não vai acontecer o mesmo comigo, não é?

— Eu não vou deixar — respondeu com firmeza.

— Estou com medo — disse ela com os lábios trêmulos.

A botânica fechou os olhos, temerosa, suas mãos tremiam por conta dos pensamentos conflitantes. De repente, sentiu um carinho felpudo. Ela abriu os olhos e a fera a encarava. Nicholas tinha se transformado tão sorrateiramente que ela nem havia percebido. O corpo ocupava uma boa parte do corredor, deixando apenas a cabeça apoiada na poltrona. Sem dúvida, Nicholas não tinha usado todo o potencial da fera no espaço. Seu tamanho estava semelhante ao de uma pantera comum, as roupas ainda o serviam, mas, ainda assim, era um animal grande.

A fera deu a Lizzie uma sensação de segurança, e ela desconfiava que Nic sabia disso. Então Lizzie se acomodou na pata da fera e ficou cantarolando uma canção de ninar até que pegasse completamente no sono.

28

O primeiro fora, a gente nunca esquece

CLICK.

O barulho incomum junto com uma luz branca acordou o casal.

— Esqueci de desligar o flash — reclamou Cecília enquanto olhava para a foto que tirara no celular.

Lizzie e Nicholas abriram os olhos praticamente na mesma hora. Ficaram um tempo se encarando até perceberam que estavam de mãos dadas. Eles se soltaram com o susto e se levantaram sem entender o que estava acontecendo.

— Chegamos — anunciou Ismael, já descendo do ônibus.

Nicholas saiu correndo, um tanto desengonçado. Lizzie deixou escapar uma risada surpresa. Era engraçado ver aquele homem guerreiro e confiante na batalha ficar completamente desconcertado por ter dormido ao lado de sua esposa.

— Isso é novo — brincou Cecília.

— É um lado que eu não tinha conhecido ainda — comentou Lizzie. — Que foto era essa, hein? — perguntou, tentando pegar o celular da irmã.

Cecília levantou o braço, impedindo o roubo.

— Só um registro do momento. Sinto que ainda pode ser útil.

Lizzie só aceitou seu destino e saiu do ônibus também. Cecília deu uma última olhada na foto, soltou um risinho de satisfação e saiu do veículo mágico que chegou em sua última estação, dentro da Basílica do Senhor do Bonfim.

A igreja não estava vazia, algumas pessoas tiravam fotos e trocavam pulseiras. Estava nítido que eram turistas só pela empolgação. Lizzie não os julgava, tinha ficado do mesmo jeito quando conhecera o lugar pela primeira vez com sua avó. As paredes eram brancas com ornamentos em dourado ao redor de portas, colunas e janelas. No corredor, um tapete vermelho mostrava a saída da igreja também. Nicholas observava os humanos com curiosidade. Era esquisito imaginar que tanta gente não fazia ideia de que a vida deles poderia ser arruinada a qualquer momento se Fergus colocasse as mãos nas presas de Elah. O grupo se retirou do local e aguardou mais informações encostados na grade com fitinhas do Senhor do Bonfim.

— Muito bem. Onde a vovó pode estar? — murmurou Lizzie enquanto olhava a seu redor.

— Não sabem onde ela mora? Não têm o endereço? — perguntou Ismael com preocupação.

As irmãs se olharam, desconcertadas.

— Claro que sabemos — se pronunciou Cecília. — Mas ela nunca está em casa, sempre está por aqui. Ela é um pouco misteriosa e gosta de se esconder. Só aparece se quer ser encontrada.

— O que fazemos até lá, então?

— Tenho certeza de que vovó vai aparecer a qualquer momento. Ela sempre consegue sentir quando estamos aqui.

Lizzie pensou um pouco.

— Vamos esperar na praia. Normalmente, ela nos encontrava lá.

— Boa, Lizzie! — concordou Cecília.

As irmãs deram alguns passos e os rapazes as seguiram. De repente as duas pararam ao mesmo tempo para alertá-los de algumas possíveis inconveniências.

— Espera! — falou Lizzie, preocupada. Eles a olharam confusos. — Já foram para a praia antes?

Nicholas acenou negativamente com a cabeça. Não existia praia em Bardaros, apenas lagos, riachos e cachoeiras. Ismael, apesar de conhecer um pouco do mundo exterior, nunca tinha tocado em um grão de areia sequer. As meninas se olharam apreensivas.

— Olha, rapazes — tentou explicar Cecília —, sei que estão acostumados com as centenas de camadas de roupas de Bardaros, os costumes e tal... Mas aqui é um pouco diferente.

Eles não entendiam o que ela queria dizer.

— Para vocês, será inapropriado. E até um pouco escandaloso — disse Lizzie enfim. — Mas aqui é normal, não tem nada demais, ok? Precisam agir com naturalidade.

Os dois apenas concordaram, ainda sem entender a preocupação delas. As irmãs acenaram e seguiram em frente.

Nicholas estava escandalizado. Aquilo não poderia ser apropriado de maneira alguma.

Lizzie chegou no trecho de areia onde ele estava sentado segurando um guarda-sol que ela alugara em uma barraquinha ao lado.

A princesa abriu o objeto e ofereceu sombra a seu marido. Ela estendeu uma toalha e se acomodou ali. Lizzie olhou para o lado e Ismael parecia igualmente chocado.

— Vocês não estão conseguindo disfarçar. — Ela riu.

— Desculpa — conseguiu dizer Ismael. — Eu só não estava esperando por isso. Você também se veste assim aqui?

Nicholas o fitou com um olhar que dizia "não tente imaginá-la seminua" e o mensageiro logo se arrependeu da pergunta.

— Me visto, sim. Tá superquente! Vocês não estão com calor? O clima aqui é bem diferente do de Bardaros.

Nicholas puxou o colarinho da camisa que vestia.

— Está um pouco abafado. Obrigado pela sombra, aliás.

— Imagina não morrer nas mãos dos ciclopes, mas com o calor de Salvador? Eu não poderia permitir isso.

O príncipe demorou um pouco para entender que era uma piada, mas sorriu assim que percebeu, o que surpreendeu Lizzie, ele tinha um lado meigo que ela estava gostando de conhecer.

— Galera, fiz compras! — gritou Cecília ao fundo.

Todos olharam para trás, mas logo os magos desviaram a atenção. O chão nunca tinha parecido tão interessante. Cecília usava um biquíni vermelho e uma canga laranja da cintura para baixo. Ela carregava três sacolas e dois cocos com canudinhos, um em cada mão. Lizzie olhou para Nicholas, que estava claramente corado, e riu mais uma vez.

— Comprou as roupas?

— Sim, sra. Arkalis.

Nicholas olhou de relance para Lizzie. Ouvir o sobrenome dele para se referir a sua esposa lhe soou agradável pela primeira vez. Lizzie se levantou já puxando o marido pelo braço.

— Vamos nos trocar. Podemos aproveitar a praia um pouco enquanto esperamos. Vai junto com Nic, Ismael.

Eles não discordaram, apenas seguiram o fluxo da situação, entrando no banheiro público que tinha por perto para vestir as roupas que Cecília tinha escolhido para eles.

Entre Feras & Corações Feridos

O primeiro a sair foi Ismael. Ele usava um calção de praia com estampa de patinhos, aquilo não parecia certo. Logo em seguida, Nicholas saiu, um tanto constrangido. Seu calção era branco com estampa de corações vermelhos.

— Cecília aproveitou para zombar um pouco da gente — comentou Ismael, irritado.

— Com certeza — concordou Nicholas. — Onde está Lizzie?

— Não sei, deve estar... — Pausou e então sorriu. — Sua garota está ali.

Nicholas olhou para trás e sentiu todo o seu corpo enrijecer. Lizzie usava um maiô azul estampado de alcinha, ela calçava um chinelo branco e segurava uma sacola de pano na qual guardava suas outras roupas. Era uma versão dela que o príncipe ainda não tinha conhecido. Era deslumbrante de tantas formas que ele não saberia colocar sua admiração em palavras. Não demorou para Nicholas perceber que mais homens olhavam para ela.

— Acho que Ceci esqueceu da minha canga. Vou lá pedir pra ela — reclamou enquanto conferia a sacola.

— Não! — exclamou Nicholas, sem perceber. Ele olhou para trás e viu que Ismael encarava sua esposa. — E você também!

Ismael desviou o olhar imediatamente.

— Vou me encontrar com Cecília — disse, tentando fugir para deixar os dois a sós e evitar ser morto pelo primo.

Nicholas correu até Lizzie e enrolou sua camisa ao redor do quadril dela.

— O que está fazendo? — perguntou Lizzie enquanto ria.

— E-eu... — Gaguejou ele. — Eu não sei!

— Já te falei que aqui é normal — tentou explicar.

— Esse é o tipo de roupa que se usa em lua de mel, Lizzie!

O comentário fez a princesa corar. Aquilo parecia mesmo a lua de mel que eles não tiveram. Ela não conseguia deixar de achar a situação engraçadíssima.

— Só não está acostumado, alteza.

Nicholas ainda não conseguia desviar o olhar de sua mulher. Ela com certeza ficava ainda mais bela quando se sentia em casa. Lizzie sorria muito mais em seu país do que em Bardaros. Era algo que o príncipe não queria admitir, mas precisava ceder. Durante quase todo o tempo em Bardaros, Lizzie tentou respeitar os costumes do local. Nem sempre ela conseguia, mas era certo seu esforço. Estava na hora dele respeitar o país dela também. Aos poucos, ele retirou a camisa dela e aceitou a situação.

— Me perdoe — falou em um sussurro.

Lizzie sentiu os olhares nela e também começou a se sentir desconfortável.

— Posso pegar em sua mão? — indagou ela.

— O quê?

— Me sinto mais segura — falou timidamente.

Nicholas concordou em silêncio e segurou a mão de sua esposa. No mesmo instante, notou alguns homens desviando o olhar. Ele estava começando a entender como funcionava a marcação de território ali. Tinha achado um pouco tosca, na verdade. Mas se evitava olhares que faziam Lizzie se sentir insegura, ele faria sem hesitar. Os dois foram ao encontro de Cecília e Ismael. O mensageiro já parecia bem à vontade no local. Ele tinha conseguido um óculos escuro em algum lugar e estava rindo com Cecília enquanto bebia água de coco.

— Olha só, ele está até parecendo um não nativo brasileiro — disse Lizzie, sorrindo.

Dizer isso em Bardaros sem dúvida seria uma afronta sem tamanho para qualquer um. Mas até mesmo Nicholas entendeu aquilo como um elogio. Por fim, o casal se sentou e apreciou a vista por alguns minutos, enquanto dividia a água também.

A Praia da Ribeira era linda. A água do mar era bem azul e vários guarda-sóis se espalhavam pela faixa de areia. Todos se divertiam com familiares e amigos. As crianças corriam para todo o lado. E logo atrás era possível avistar as construções da cidade que eram igualmente bonitas. O príncipe parecia feliz por estar conhecendo lugares além dos portais mágicos de Bardaros. O mundo era muito maior do que ele imaginara.

— Vamos para o mar? Preciso de um banho! — sugeriu Lizzie à irmã.

— Precisamos! — concordou Cecília ao se levantar. — Aí tomamos uma ducha fria. — Ela se voltou para os magos. — E vocês façam o mesmo depois. Aqui, higiene é coisa séria. Banho é todo dia, ouviram?

Os dois concordaram com a cabeça, não eram loucos de discordar da irmã mais velha. Eles ficaram admirando enquanto elas foram correndo juntas para a água. Nicholas olhou para Ismael de relance.

— Cecília parece adequada — falou.

Ismael quase cuspiu a água que bebia, mas revirou os olhos logo depois.

— Você ficou tagarela depois que se casou com essa, hein?

Nicholas deu de ombros, ainda sem tirar os olhos de Lizzie.

— Todas as minhas netas são adequadas, senhores.

Eles olharam para trás, assustados. Uma senhora de saia florida, sandália de couro e camiseta branca os observava com um sorriso. Cecília e Lizzie avistaram a mulher ao longe e saíram correndo do mar para irem a seu encontro.

— Vovó Ziel! — chamou Lizzie ao correr para o abraço. — Sabia que viria até nós.

— Eu sempre sinto a presença de vocês, meus amores. Mas meu joelho me impede de chegar mais rápido — brincou.

— Vovó é uma maga mestre da arte das emoções — sussurrou Cecília para Ismael enquanto enxugava o cabelo na toalha de praia.

— É uma arte rara. Magos detestam sua imprevisibilidade.

— É por isso que ela ama — disse com um sorriso de canto.

Ziel se aproximou lentamente de Nicholas, que a observava com atenção. A maquiagem de seus olhos tinha quase saído por completo, mas sua aura ainda entregava que era um estrangeiro.

A avó das meninas se apoiou na bengala, que claramente era seu bordão. Ela tocou na mão do príncipe e fechou os olhos por alguns segundos.

— Então ele fez mesmo o contrafeitiço — murmurou ela com um sorriso.

— Está falando do papai? — perguntou Lizzie.

— Sua fera tem te mantido vivo todo esse tempo, garoto. Ela não está nem um pouco feliz que você tentou matá-la durante todo esse período também — avisou ela com um sorriso travesso.

— Eu não sabia que era uma bênção. Achei que era...

— Uma maldição! É claro... Mas o que você carrega é muito mais que uma bênção, alteza. — Ela olhou para os lados. A praia estava lotada, não era tão fácil assim distinguir quem era mago e quem não era. Muitos menos se haviam magos de Fergus infiltrados na região. — Vamos para o restaurante da tia Isaura. Ela consegue nos dar privacidade.

Isaura era uma maga igualmente idosa e dona de um restaurante que, na verdade, era mais semelhante a um bar. Pequeno, mas charmoso. A mulher logo colocou o grupo recém-chegado em um ambiente mais afastado, parecido com uma varanda arejada, e selou o espaço para que mais ninguém ouvisse a conversa. Ela fazia aquilo com frequência em seu estabelecimento, um local perfeito para compartilhar segredos e planos. Bons e ruins.

— Precisa refazer o feitiço, alteza — falou Ziel sem rodeios.

— Eu sei — concordou Nicholas de imediato.

— Mas até onde sabia sobre sua condição?

Nicholas voltou o olhar para Ismael com preocupação. Estava óbvio que não conseguiria esconder para sempre.

— Eu só sei o que Elah me contou, e não foi muito. Elah não falou com meu pai por ele não ter o sangue Arkalis, mas me contou que o feitiço precisava ser refeito por uma maga botânica.

Ziel olhou para Lizzie, que estava igualmente curiosa.

— Entendo. — Ela coçou a garganta antes de prosseguir. — O feitiço tem que ser feito por uma botânica porque a criadora dele também era. Precisa ser a arte da terra, algo que minha Lizzie domina com maestria.

— É, domina mesmo.

Lizzie acabou sorrindo ao ouvir as palavras de Nicholas.

— Pelo que sinto, vocês já têm o elixir da brenixa.

— Sim! — disse Lizzie, animada. — Consegui produzir um bom elixir, vovó. Mas ainda faltam dois ingredientes.

— Na verdade, falta só um — corrigiu a avó.

— Não, vovó, são três. Temos a Origem, falta um símbolo de Deus e mais alguma outra coisa que ainda não descobrimos.

— Então só falta essa última coisa.

— Não temos a bênção de Elah ainda. Como a primeira maga conseguiu?

— Ela clamou a Deus e Ele lhe concedeu. Vocês já possuem esse ingrediente. Para ter transformado o príncipe em fera precisaram disso. Ainda está com ele.

Ismael estava confuso com aquela conversa.

— Como já temos? — perguntou.

Ziel encarou Nicholas mais uma vez.

— Qual o cerne de sua magia, rapaz?

— Eu não sei — respondeu, um pouco desconfiado.

— Sua arte é a guerra. Você deveria ter tatuagens espalhadas pelo corpo para fortalecer sua magia. Como então você é o mago mais poderoso de Bardaros e não tem um desenho sequer em sua pele? Qual o seu cerne, alteza?

Nicholas pensou mais um pouco. Ele sabia que ela o estava forçando a tentar descobrir sozinho. Qual era o cerne que poderia ter dado a ele vida, proteção, imortalidade, a criação de uma fera e poder? O rapaz então ficou paralisado e tocou em sua bochecha esquerda.

— As presas — murmurou com a respiração acelerada.

— O quê?! — exclamou Ismael sem acreditar.

— Quase. — Ziel sorriu, se inclinou na mesa e puxou a boca de Nicholas para ver bem o cerne. Parecia que estavam em consulta odontológica. Lá estava seu dente canino afiado. Aparentemente normal, só um pouco mais pontudo que os outros dentes. Ao se transformar na fera, ganhava sua verdadeira forma. — A presa. Elah te deu uma, a outra ainda está na estátua.

— Como? — indagou ele com os lábios trêmulos.

— Sua mãe pediu a Elah para lhe salvar. O pai das meninas tinha dito a ela que sem isso seria impossível reverter a morte. Ela conseguiu a presa e colocou uma falsa em seu lugar. Provavelmente para enganar Fergus e possíveis espiões. Sua mãe deu o ingrediente ao pai delas, mas faltou o último. E por isso a fera — disse apontando para seu peito —, a pantera que representa a salvação de Elah para você, não consegue se controlar em seu corpo. Precisa refazer o feitiço com o ingrediente que falta antes que a fera te domine por completo.

— Nicholas, isso é ótimo! — falou Lizzie com entusiasmo. — Estamos mais perto do que imaginávamos.

O príncipe não esboçou nenhuma emoção. Na verdade, parecia mais irritado, o que fez Lizzie ficar confusa. Por que ele estava assim?

— Já conseguiu o último ingrediente, alteza? — perguntou Ziel com um tom sério. Ela sabia. Óbvio que sabia.

Nicholas olhou de relance para Lizzie.

— Não.

— Espera, você sabe qual é o último? — questionou Lizzie, contrariada.

O príncipe acenou positivamente com cabeça. Seria descoberto, mas se recusava a perder a postura.

— Eu sei — disse quase sem abrir a boca.

Lizzie arregalou os olhos. Agora ela também estava irritada. Todos aqueles meses trabalhando como uma condenada e seu marido escondendo dela uma informação valiosa como essa? Atrasando seu desempenho e consequentemente a cura. Ele só poderia ser um sádico. Lizzie tinha começado a se afeiçoar por Nicholas durante o tempo que passaram juntos em seu país, mas o peso daquela traição fez tudo cair por terra. Como ele pode esconder informações que dariam a ela sua liberdade?

— O que é? — perguntou Lizzie entre dentes.

Nicholas não abriu a boca. Sua expressão estava fechada.

— O QUE É? — gritou ela, se levantando, irritada.

— Amor! — revelou Ziel com um sorriso aberto.

Todos a encararam em completo silêncio.

— São três os ingredientes da vida: Origem, Deus e Aliança. A Origem, vocês conseguiram por meio da brenixa. Deus, das presas. E Aliança, Nicholas deveria conseguir por meio do...

— Casamento... — Completou Lizzie sem saber se conseguia respirar mais. Ela caiu da cadeira bruscamente, com o olhar vazio.

— Amor por meio da aliança do casamento — corrigiu Ziel. — Foi por conta desse amor que o feitiço foi criado pela primeira maga. O casamento é o símbolo de compromisso, de testemunho, de abdicar do eu e pensar na pessoa com quem você fez a aliança. É quase uma representação do que Elah faz por nós, magos e não magos. É o amor perfeito. Amor por aliança. Amor por promessa. Logo, o príncipe precisava conquistar o amor verdadeiro de sua esposa, então aí sim — ela abriu os braços —, o feitiço estaria completo.

O silêncio ainda tomava o ambiente. Cecília encarava Ismael, tentando captar sinais se ele sabia ou não dessa informação. Ela desconfiava que sim. Todo aquele tempo, Lizzie estava sendo usada não apenas para criar o feitiço, mas para fazer parte dele. Ela era só uma peça, nada mais. E se odiava por ter esquecido daquilo por algum tempo. Nicholas a acabou distraindo de seu lugar. Ele era o culpado de tudo.

— Mas Fergus não pode saber disso — falou Ziel.

—Que diferença faz? — murmurou Lizzie com a voz embargada.

— Somente o amor verdadeiro da fera pode matá-la.

Todos voltaram sua atenção para a avó de novo.

— Todo feitiço tem sua pegadinha. Toda imortalidade tem sua brecha — alertou. — Um coração ferido é a única coisa capaz de matar a fera. Todos podem atirar centenas de lanças, flechas e espadas no coração de Nicholas. Se não for seu amor verdadeiro, não fará diferença. Isso é algo que somente a aliança pode fazer. O amor dá, o amor tira. Se Fergus souber disso, pode manipular toda a situação.

Lizzie se levantou e enxugou uma lágrima dos olhos.

— Podemos manter a fera sem o último ingrediente?

— Lizzie! — Nicholas se levantou.

— Não fale mais comigo! — gritou ela, deixando mais lágrimas escaparem. — Todo esse tempo, todos os presentes, as danças, o carinho... Tudo foi só para conseguir meu amor. Meu amor! — berrou. — Meu amor é a coisa mais preciosa do meu coração. Eu não entrego a qualquer pessoa, deve ser merecido!

— Eu não sou merecedor de seu amor? — perguntou ele de volta, com o olhar desolado.

— Você, não! Mas... — Ela engoliu em seco — ... A fera é muito mais gentil do que você — conseguiu dizer.

— Lizzie, a fera sou eu!

— Não! Você é o homem que me tirou da minha casa, da minha família. Me fez ser envenenada e zombada pela corte. Me fez trabalhar dia e noite para te curar. E, o pior de tudo, quer me obrigar a te amar.

— Eu não estou a obrigando! — Tentou se defender.

— Então por que estou presa, alteza?

Nicholas não conseguiu responder.

— Eu também mereço amor verdadeiro — disse Lizzie rasgando as palavras.

O príncipe deu um passo à frente, ficando mais perto da esposa.

— Eu não descansarei até me tornar tudo que seu coração merece. Por favor, eu te imploro, aceite meu coração.

Lizzie o encarava sem saber até onde ia sua sinceridade.

— Você me ama? — indagou. — Todas as suas ações a meu favor foram honestas ou só estava fazendo tudo isso para vencer a maldição?

Nicholas abriu a boca para falar, mas se calou em seguida. Ele estava sendo sincero? Quando os presentes pararam de ser obrigação e passaram a ser deleites? Quando os bailes chatos e entediantes passaram a ficar mais interessantes? Quando seu coração começou a saltar de agitação ao ouvir o nome de sua mulher? Até onde a ansiedade seria amor e desejo ou apenas o anseio de se ver livre dessa praga?

Ele tinha ficado tanto tempo pensando na mulher que deveria amá-lo, que esqueceu de pensar quem deveria amar. Lizzie era mesmo a mulher que ele amava, ou era apenas o ingrediente que faltava? O que ele tinha mais medo de perder? O amor ou ela? Os sentimentos estavam confusos. Tinha passado a vida inteira tentando conseguir uma coisa. Por que agora, depois de conhecer Lizzie, ele parecia querer outra completamente diferente? Ele não queria só amor, queria o amor dela. O feitiço funcionaria se só ele a amasse? Não... Precisava vir dela, era ela que precisava lhe oferecer o amor e ele apenas o aceitar. Assim como Elah fazia pelos seus servos. *Isso* era a Aliança. Sem isso, o feitiço não iria adiante.

— Vou facilitar para o senhor, alteza — afirmou Lizzie, sem aguentar esperar mais por uma resposta. — Eu não o amo. Por favor, arrume outra esposa.

Nicholas segurou a mão de Lizzie de imediato.

— Eu não quero outra esposa. — Ele tentava manter a calma, pois a fera já estava começando a se agitar dentro de si. — De verdade, não nutre qualquer sentimento por mim?

Ela apertou os lábios.

— Não. — Mais uma lágrima desceu.

Nicholas se afastou, pegou uma faca na mesa e colocou na frente de Lizzie.

— Prove.

— O quê?

— Prove que não me ama.

Ninguém conseguiu falar nada. Ziel observava a cena com atenção. Lizzie entendeu o que ele queria dizer, mas ainda não conseguia dar o primeiro passo.

— Se houver qualquer hesitação acerca de seus sentimentos, e não puder decidir me ferir, então ainda me restará alguma esperança.

Lizzie franziu o cenho, não queria dar esperança alguma a ele.

— Como quiser.

Então pegou a faca rapidamente e cravou com toda sua força no peito de Nicholas. Ele se assustou com o ato repentino e deu alguns passos atrás. Ismael e Cecília se levantaram chocados. A avó permaneceu em seu lugar, sem se mover.

— Lizzie! — gritou Cecília desesperada. — Vai matá-lo!

— Não vou matá-lo, Ceci. Não sou o seu amor — disse com frieza enquanto encarava o marido.

Nicholas retirou a faca de seu peito sem esforço algum. A ferida se fechou rapidamente, nem uma gota de sangue sequer caiu. Ele continuava vivo, e estava estranhamente desapontado. Lizzie não o amava. Apesar de não ter tido seu coração ferido, sem dúvida estava de coração partido. Nicholas não sabia qual dor era mais dilacerante.

29

Estão servidos desta torta de climão?

"O príncipe virou a fera fora dos portões de Bardaros! Um escândalo, não concordam? Eu me pergunto o que ele estava fazendo afastado de nossa proteção. Boatos de que o príncipe e a princesa sumiram por quase dois dias inteiros. Ninguém soube para qual portal eles tinham se aventurado. Tudo o que sabemos é que eles voltaram como se nada tivesse acontecido, e parece que não têm se falado desde então. Tinha ouvido rumores da aproximação dos nossos recém-casados, e cheguei a temer por imaginar uma não nativa no trono. Mas este jornalista precisa admitir que ela era, de fato, a mais esforçada das princesas. De certa forma, já estava me acostumando com a ideia. Mas, com o afastamento do jovem casal, me sinto tentado a começar a adivinhar de onde virá nossa próxima princesa."

Lizzie estava mais uma vez em seu laboratório improvisado. Mas, desta vez, de roupas limpas, cabelo arrumado e unhas feitas. Ela não fez nada o dia inteiro. Apenas pegou vários livros da biblioteca e passou seu tempo lendo sem parar, como se estivesse de férias. Ela se recusava a voltar a ficar imprestável, sem dormir e de roupas amassadas. Tudo o que Lizzie queria agora era esperar o dia que a dispensariam do trabalho e então ela voltaria para sua vida no Brasil. Ela olhou brevemente pela pequena janela. Não teriam mais por que mantê-la ali, era nítido que ela não era a *grande escolhida* para o serviço.

Mesmo com raiva de todas as mentiras, ainda não conseguia parar de pensar qual seria o destino do mundo se Fergus conseguisse o que queria. Ela balançou a cabeça. As presas estavam seguras. Uma com Nic, outra com Elah. Nicholas era plenamente capaz de vencer Fergus mesmo sem ter total controle da fera. Ele não precisava do último ingrediente; era o que ela, ao menos, tentava dizer a si mesma. O que era o amor, afinal? Como ela saberia que o ama? Não sabia, tudo que tinha em mãos era a prova de que ela não era o amor verdadeiro do príncipe. Lizzie ouviu uma tosse a seu lado e virou o rosto. Era Ennet.

— Oi — disse ela, confusa. — Precisa de algo?

— Não, alteza. Eu só reparei que a senhora não tem feito novos testes para o antídoto. Algo aconteceu?

— Está me fiscalizando? — Lizzie ficou na defensiva.

— De maneira alguma. Mas a senhora parecia gostar de ver seu próprio avanço. — Ele lhe lançou um sorriso triste. — Muito parecida com seu pai.

Lizzie virou o rosto para a parede. Estava sensível demais e odiava ser o tipo de mulher que chorava por qualquer coisa, mas ela era assim. Chorava por comerciais de margarina, gatinhos abandonados na rua, lojas que fechavam por falência. Ela chorava quando provava sua comida favorita e era capaz de chorar até por um marido que não amava.

— Eu perdi meu objetivo, mas cheguei bem perto — tentou dizer.

— Chegou perto da cura?

— Sim, descobri tudo sobre a maldição da fera. Só precisava fazer o feitiço.

— E então?

— Eu não tenho o último ingrediente, Ennet.

— É algo tão difícil assim de conseguir?

Lizzie voltou seu olhar para o homem.

— É, sim.

Ennet puxou uma cadeira e se sentou ao lado dela.

— Por que está sendo legal? Eu sei que não gosta de mim — falou Lizzie ao virar a página de um livro. Não precisava fingir mais nada para ninguém ali.

O homem coçou a garganta.

— Porque... Eu reconheço esforços. Até o jornal de fofocas tem comentado, todos reconhecem seu avanço. E, mesmo que não dê certo para a senhora, certamente o nome Valero ficará registrado para sempre por ter aberto caminho para a cura.

Lizzie suspirou, fechou o livro e ficou de frente para o mago botânico.

— Certo, então aqui está o relatório da viagem. — Entregou a ele alguns papéis escritos à mão. — Estudem minha pesquisa e então poderão escolher melhor a próxima esposa.

Ennet pegou os papéis um pouco receoso e leu cada linha com calma. Ele arqueou as sobrancelhas em alguns momentos e não conseguiu deixar de abrir os lábios com a surpresa. Ennet leu até o final, até o momento que o coração do príncipe fora esfaqueado e nada acontecera com ele. Mas algo lhe chamou mais atenção:

"Após ser golpeado no peito, o príncipe Arkalis se tornou a fera. O chão estremeceu, o que assustou os habitantes do país, já que eles não têm terremotos na região. O mensageiro Ismael Grannet solicitou magos

de emergência através de seu rastreador, que o ajudaram a controlar a fera. A princesa Lizzie Valero carregava consigo um frasco de elixir de brenixa para reverter o feitiço temporariamente. Aos poucos, conseguiram conter a fera e acorrentar o príncipe para trazê-lo de volta em segurança. Para sanar a dúvida de qualquer pessoa a ler este relatório, nenhum humano teve acesso à imagem da fera. Para a sorte dos envolvidos, o local estava selado e, por isso, o mundo mago não foi exposto, de forma alguma. Após o incidente, todos retornaram a Bardaros".

O homem colocou os papéis na mesa mais uma vez. Ele ficou alguns minutos em silêncio, processando todos os acontecimentos.

— É muita informação.

— Vocês têm tudo de que precisam agora.

— Então o príncipe está seguro — disse com um sorriso aliviado. — Fergus nunca conseguirá tirar a presa dele. Nicholas é imortal.

— Bom, até deve dar para tirar a presa, mas só se ele estiver morto. E só quem pode matá-lo é o seu...

— Amor verdadeiro — completou Ennet.

— E, como você leu aí, não sou eu.

Ennet deu uma olhada no relatório de novo. Ali constavam todos os momentos que Lizzie e Nicholas tinham passado juntos.

— Alteza, tem certeza de que não ama seu marido?

— O que é o amor, Ennet? Eu tentei matá-lo e não consegui, pronto. Não sou a escolhida.

— Usou a palavra certa, alteza. *Escolhida*. Amor é escolha. A senhora que decidiu não o amar.

Os olhos de Lizzie lacrimejaram.

— Ennet, me responda: há como amar alguém... Sem ser livre?

Uma lágrima escorreu. Lizzie se levantou bruscamente e se retirou. Ela passou rapidamente por Joffer, que tinha acabado de entrar no laboratório. Ele viu suas lágrimas, mas não conseguiu dizer nada antes que ela desaparecesse no corredor.

— O que aconteceu, Ennet? — perguntou, preocupado.

— Joffer, precisamos conversar — falou ele, mostrando o relatório. — É fascinante, ela descobriu tudo.

O imperador encarava seu filho. O príncipe se mantinha firme, sem desviar o olhar em momento algum. Ele esperava alguma palavra, qualquer coisa, mas nada saía da boca do imperador. Parecia que ainda estava pensando em tudo que o filho tinha contado a respeito da viagem. As peças tinham enfim se encaixado. Agora, ele entendia a motivação da esposa e sua superproteção com o garoto. Também sabia o motivo para ela trocar cartas secretas com um homem. Era o pai de Lizzie, mas o que irritava o imperador era a dúvida. Por que ela escondera tudo dele? Só lhe restava uma resposta: porque ele era fraco, não poderia lutar pelo filho. Ela deveria achar que ele não seria útil, ou apenas não queria preocupá-lo. Alexandra tinha tendência a não contar seus problemas porque não queria transferir o fardo para seu amor. Ele era o ponto de paz dela, nunca queria atormentá-lo com a guerra. A frustração lhe tomava por completo. Mas lá estava o príncipe à sua frente, esperando alguma coisa que nem ele sabia.

— Quer que eu fale o quê, rapaz? — perguntou o imperador, desinteressado.

Nicholas apertou os lábios.

— Eu fiz tudo que mandou.

— E?

— Não funcionou. Ela não me ama.

O homem se levantou do trono e foi até seu filho, deu um suspiro longo antes de falar.

— Sabe, Nicholas, o problema de amar um prisioneiro é que ele nunca esquece de que é um prisioneiro. Não importa quantos presentes ganhe, ele ainda os recebe com as mãos acorrentadas.

— O que o senhor quer dizer?

— Nicholas, agora que você tem tudo, precisamos apenas procurar outra esposa para você aplicar o que te ensinei. Você agora tem a chance de acertar desde o início. Essa garota não vai te perdoar, nunca.

Nicholas apertou o punho.

— Se não for Lizzie, não será mais ninguém.

— Você não vai conseguir o amor dela, rapaz. — O imperador tentava ser realista. — Mulher não gosta de mentiras, aceite sua situação.

O príncipe pensou um pouco, suspirou fundo e encarou seu pai.

— Então pode dizer aos nossos primos que a coroa é deles.

— Nicholas? — perguntou o imperador sem entender.

— Eu não serei imperador se Lizzie não for minha imperatriz. Não me sentarei no trono se Lizzie não se sentar a meu lado. Não erguerei meu bordão se Lizzie não se levantar o dela também. Não começarei guerra alguma sem Lizzie para assinar o selo imperial. Continuarei a servir Bardaros com honra e compromisso, assim como tenho feito. Mas, sem minha mulher, eu não vou reinar.

E então se retirou do recinto, batendo os pés e deixando o pai surpreso com suas palavras. O homem permaneceu com os olhos arregalados de choque por alguns segundos, mas em seguida abriu um sorriso e olhou para a pintura de Alexandra pendurada na parede.

— É, meu amor, parece que nosso filho foi tomado pela mesma doença que tomou nosso coração.

30

Amante não tem lar

ECÍLIA TOMAVA ALGUNS goles de chá no meio do jardim imperial. Era um ambiente grande o suficiente para ela conseguir se esquivar com facilidade de outras pessoas da corte e ter um pouco de silêncio. Ela amava a irmã, mas às vezes estar com ela também era exaustivo e barulhento. Lizzie sabia muito bem como criar situações desastrosas, e a viagem para o Brasil tinha sido uma delas. Ela tinha vontade de esganar a irmã sempre que se lembrava que ela colocara várias pessoas em risco ao liberar a fera de seu marido de maneira tão inconsequente. Cecília sempre achou Lizzie amável, gentil e generosa, mas também sabia que ela era firme em suas decisões. Era o tipo de garota que enfrentaria dragões e monstros se necessário. Choraria durante o caminho inteiro da missão, mas daria conta do recado. Ela não sabia se amava ou odiava isso na irmã.

Thiral dormia tranquilamente com a barriga para cima, aproveitando o carinho que Cecília fazia nele com a ponta dos dedos.

A moça de repente ouviu um barulho nos arbustos e pegou seu bordão, defensiva. Quando Ismael apareceu, ela se acalmou pela familiaridade da presença.

— Ah! — falou o mensageiro, desconcertado. — Você já está aqui...

Cecília lhe lançou um sorriso provocador.

— Não me diga que encontrei seu esconderijo.

Ismael suspirou e se sentou ao lado dela.

— Bom, aqui é bem silencioso e dá pra evitar a...

— A corte. É, eu sei.

O rapaz concordou e ficou olhando para o pequeno morcego branco que ainda dormia. Ele sorriu.

— Como é crescer com vazilares?

— Como assim? — perguntou Cecília, confusa.

— Você sabe, como é crescer em um mundo sem magia?

Cecília respirou fundo e apoiou os cotovelos na mesa, deixando as mãos tocarem em seu queixo enquanto pensava na resposta.

— É bem normal, na verdade. É tranquilo. Muito bom.

— Melhor que Bardaros?

— Eu não sei, para ser bem honesta. Aqui não é muito diferente de lá.

— Eles também têm criaturas mágicas?

— Não, mas o jogo de poder é muito parecido. — Ela riu. — Todo mundo quer poder por lá também. Mas eles usam dinheiro, mulheres e influência para manipular as situações. Aqui usamos magia.

— E guerra.

Cecília balançou a cabeça negativamente.

— Nisso, são iguais também. Guerras por poder acontecem o tempo todo lá. Eles têm tecnologia, não precisam de magia. Eles nos destruiriam facilmente com suas bombas nucleares.

— Até se Fergus tiver as presas?

— Aí eu não sei, mas os humanos não se renderiam tão fácil. O que quero dizer é que aqui e lá, a maior moeda de troca é o poder.

Humanos e magos fazem loucuras por poder. Somos iguais, Ismael, sujos e podres. Com magia ou não, só Elah mesmo para nos salvar desse pecado.

Ismael não disse nada, não tinha como discordar. Cecília se levantou e acomodou Thiral em sua mão.

— Preciso ir até minha irmã. Quero que ela envie um recado para nossa mãe por meio de nosso morceguinho — falou sorrindo para a criaturinha branca.

— Você mesma não pode enviar?

— Thiral está selado pelo sobrenome Valero.

— Então apenas Lizzie e sua mãe podem usar?

— Consequências de não carregar o sobrenome certo.

Ismael olhou para baixo, mas sua expressão não acompanhou o tom de brincadeira da voz de Cecília.

— É, sei bem como é.

Cecília percebeu que precisava ficar ali mais um pouco.

— Você tem o sangue Arkalis, Ismael.

— Mas não carrego o sobrenome.

— Por que não?

— A esposa do meu pai não autorizou. Não queria que eu tivesse ligação nenhuma com eles.

— Como está aqui, então?

— Nicholas — respondeu de imediato. — Tive a sorte de ter o agrado do príncipe ainda jovem. Ficamos amigos, ele me acolheu. Mas a condição da minha família para eu ficar era usar o sobrenome da minha mãe, apenas.

Cecília colocou a mão na cintura.

— Ainda assim, você é um Arkalis.

Ismael tentou concordar com um sorriso sem graça. Cecília sorriu de volta e então se retirou, deixando o jovem bastardo sozinho, perdido em seus próprios pensamentos.

31

Essa rosa tem espinhos

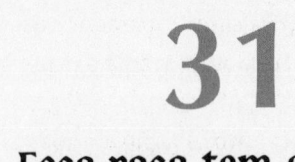

LIZZIE EXAMINAVA UM cristal azul com cuidado, ela usava uma lupa e luvas finas para manter a integridade do objeto. Enquanto observava, fazia mais anotações no papel ao lado do livro de feitiços. Tinha uma seção do livro apenas sobre o poder do cristal dos ciclopes e como era usado para fortalecer o sacerdócio de Elah. Fergus era um sacerdote, talvez tenha sido esse o começo de sua revolta. Ela se levantou, ainda sem tirar os olhos do livro, e se recostou ao lado de Vênus.

— Sabia que cada faceta do cristal revela um destino diferente? — Comentou Lizzie.

— É mesmo, alteza? — respondeu Vênus devagar, tentando se mostrar interessada. — Decidiu vir à biblioteca pelos ciclopes dessa vez?

— O que sabe sobre a ligação dos ciclopes com Fergus?

— Tudo começou quando Fergus, o mago sacerdote mais próximo de Elah, solicitou o poder das presas. Ele dizia querer mais magia para conseguir selecionar os melhores magos para o sacerdócio. Mas Elah sabia que era sobre poder. Na época, quem repassava as mensagens de Deus eram os ciclopes. Seus cristais mostraram todos os caminhos que Fergus poderia seguir e como a busca pelas presas o levariam a sua destruição. Fergus não se conformou, queria mais. Queria um exército, a capacidade de criar mundos. Então enfeitiçou todos os ciclopes e os manteve presos em sua tirania. Alexandra estava perto de derrotá-lo quando ele amaldiçoou seu filho. A fraqueza de toda mãe é sua criança. Ela acabou se distraindo da guerra para tentar salvá-lo e, assim, partiu.

— Ele provavelmente queria ser o imperador e usaria o exército para dar um golpe de Estado. Com a magia das presas, seria impossível vencê-lo.

— Mas Elah notou que sua aproximação era apenas por interesse. Ele tentou redimi-lo, mas já era tarde.

— Sabe, eu cheguei a criar um pequeno contrafeitiço de domínio. Será que funcionaria contra os ciclopes?

— Parece bastante interessada nisso ultimamente, alteza.

Lizzie suspirou.

— Descobri que não serei capaz de fazer o feitiço para o príncipe, então gostaria de saciar minha curiosidade com outras coisas. Isso até eles me mandarem embora. Estou tentando enrolar bastante pra ver se eles percebem meu desgosto.

A estátua apoiou as mãos na bancada.

— Fará muita falta, alteza — falou com gentileza.

Lizzie levantou o olhar e sorriu.

— Eu faria de tudo para levar você comigo, Vênus. Mas duvido que nossa pequena livraria lhe deixaria satisfeita. Eu poderia te deixar na estufa comigo. O que acha?

Vênus acenou negativamente.

— Meu serviço é para a Coroa, alteza.

— Vai me esquecer quando eu partir, então? — murmurou Lizzie, emburrada, tentando brincar com a estátua.

— De maneira alguma. — Então Vênus se virou e pegou um livro fino de capa dura. Pelas marcas de dedo e cola, parecia ter sido feito à mão. — Escrevi um livro sobre a senhora, para que fique catalogada em meu arquivo. Então jamais será esquecida por mim. Eu nunca me esqueço dos livros que protejo.

Lizzie piscou os olhos algumas vezes antes de conseguir tocar no livro artesanal. Tinha desenhos e anotações sobre ela, desde o formato de seu cabelo até seus vestidos de baile favoritos. Ali constavam todas as aventuras de Lizzie desde a data de sua chegada: o casamento, os bailes, o dia que salvara o príncipe, o momento que quase morreu naquela mesma biblioteca e até os dias que passara no Brasil. Lizzie fechou o livro e encarou Vênus com os olhos marejados.

— Nunca alguém fez um relatório sobre mim. Olhando por essa perspectiva, até que não me saí tão mal — disse ao folhear a página que continha um desenho do seu marido. — Como conseguiu essas informações?

— Com o príncipe, alteza.

Lizzie levantou o rosto.

— O quê?

— Ele passou a vir mais aqui após seu incidente. Nos aproximamos um pouco e mostrei meu projeto de relatar sua chegada em Bardaros. Ele se prontificou de imediato a descrever tudo que sabia.

A botânica voltou para a página que a descrevia e encontrou uma citação de seu marido:

"A princesa Lizzie Valero Arkalis é a musa por qual guerras se iniciam e corações são despedaçados. Ela é a imagem da inspiração perfeita que homens passam a vida inteira buscando em vão. Seu cabelo são curvas que se entrelaçam pelos dedos com quem ela dança. Seu rosto é a tela que não precisa de retoque. Seu corpo é o desejo inebriante de qualquer apaixonado. Lizzie é como uma rosa proibida, inacessível por estar do outro lado do portal. Todo homem que tiver a audácia de retirá-la de seu lugar

para desfrutar de sua beleza, terá que também lidar com seus espinhos. Ela é bela e perigosa. Seu amor não vem sem consequências. Muitos lutariam para ter essa musa. Mas, por agora, tenho a sorte de dizer que o artista que a guarda, admira e venera, sou eu".

Lizzie fechou o livro com a respiração oscilante, sentiu sua pele inteira arrepiar. A princesa coçou a orelha que carregava o brinco que o príncipe lhe dera. Quando olhou para a capa, viu que estava em branco.

— Não tem um título para o livro ainda? — balbuciou as palavras enquanto processava o que tinha acabado de ler.

Vênus sorriu e tirou do bolso um pedaço de couro. Pegou o livro de volta com movimentos lentos e suaves e colou aquele fragmento por cima.

— Demorei um pouco para escolher o título, alteza. Mas após ler tamanha declaração a respeito da senhora, não me restou dúvidas.

E então entregou o livro de volta à botânica. Lizzie o pegou e, ao ler as palavras, um formigamento subiu em seu estômago. Eram essas as borboletas?

— *A bela e a fera* — murmurou com um sorriso.

— O que achou, alteza?

— É perfeito, Vênus, obrigada — disse enquanto passava os dedos por cima da rosa desenhada diretamente no couro.

A porta da biblioteca foi aberta bruscamente, o que fez Lizzie se assustar. Ela se acalmou assim que viu que era seu marido. O sentimento de calmaria fez seu coração ficar confuso. Ela não deveria se sentir segura ao vê-lo, deveria se sentir traída. Mas o coração não acompanhava seu desejo.

— Te achei — sussurrou ele com a respiração ofegante.

Lizzie se curvou e devolveu o livro para Vênus.

— Posso ajudá-lo com algo, senhor? — perguntou ela, tentando ser o mais formal possível.

— Sim, peço que me acompanhe.

— Isso é de extrema importância?

— É, sim.

Lizzie assentiu e o acompanhou. Vênus ficou para trás, presa em sua base. Ela folheou o livro mais uma vez e admirou o desenho que fizera dos dois.

— Boa sorte, alteza.

Eles andaram o caminho inteiro em silêncio, dando passos lentos pelos corredores do palácio. Todos os funcionários os observavam com curiosidade, era nítido que tinham se afastado. Entretanto, mesmo após dias do incidente do príncipe fora dos portais, ele ainda mantinha a esposa em Bardaros. Era difícil entender por que ele não se divorciava logo e tentava de novo, assim como havia feito antes.

Lizzie olhou para os lados e foi percebendo que estavam se afastando cada vez mais do palácio.

— Para onde estamos indo? — perguntou, temerosa. Aquilo não seria uma armadilha, certo? Qual seria a vantagem de matá-la?

— Para um lugar que eu deveria ter te dado desde o início.

A princesa não sabia como interpretar aquela resposta.

— Como tem estado? — questionou ele, constrangido.

Lizzie não tinha coragem de falar que estava incrivelmente bem. As provocações das pessoas que a detestavam tinham parado havia muito tempo. Os funcionários a mimavam e faziam seus pratos favoritos para garantir seu bem-estar. Presentes de outros nobres chegavam a seu quarto todos os dias. Cecília também não tinha do que reclamar, estava sendo tão bem tratada quanto a irmã. A vida em Bardaros passou a ser muito agradável quando se espalhou em todos os lugares a notícia de que ela era alvo da afeição do príncipe. Nicholas a enviava tantas joias que era difícil contar. Viver no mundo mago tinha deixado de ser tão ruim. E ela detestava admitir que se divertia com os pontos de magia que viviam espalhados pelo palácio; era claro que sua favorita era Vênus.

— Melhor do que mereço.

Os dois pararam em frente a um campo extenso de grama. Estava completamente vazio. Lizzie olhou para o marido esperando que ele falasse alguma coisa.

— Me perdoe ter demorado tanto para perceber que estava passando por certas dificuldades por aqui.

— Acho que o senhor já se certificou de tudo, alteza.

Nicholas assentiu.

— Mas ainda falta algo.

O príncipe levantou seu bordão e lançou um feitiço no céu. Uma barreira invisível foi quebrada e aos poucos a imagem de uma estufa cristalina apareceu bem diante deles. Lizzie permaneceu com os olhos atentos, completamente admirada. Antes que o príncipe pudesse dizer qualquer coisa, ela foi correndo até a porta da estufa e a abriu para explorar o local. Era cinco vezes maior do que a estufa que tinha em casa. Havia centenas de prateleiras com os mais variados ingredientes, uma mesa enorme de madeira maciça com vários livros em cima. Mudas de árvores e outras plantas cabiam perfeitamente no espaço também. O vidro da estufa se assemelhava mais a um cristal. Vários reflexos de arco-íris se espalhavam pelo ambiente o tornando ainda mais charmoso e mágico.

— Pode trabalhar aqui agora — falou Nicholas quando a alcançou.

— Espera — hesitou Lizzie. — Isso é para mim?

— É seu.

— Mas e os outros botânicos?

— Eles já têm um laboratório. Este é seu, apenas seu.

Lizzie voltou a admirar o espaço, cada detalhe parecia ter sido pensado com cuidado e apreço. Ela viu a cabeça do javali pendurada em uma coluna. Era possível ver o toque de seu marido naquele lugar. Ele era um homem que cumpria suas promessas; nisso, Lizzie sempre pôde confiar. Ela abaixou a cabeça, um pouco desconcertada, mas logo se recompôs e então sorriu para Nicholas.

— Obrigada — disse genuinamente. — É mais do que eu poderia sonhar.

Nicholas se aproximou dela.

— Está feliz? — perguntou quase como um clamor.

A princesa acenou positivamente com a cabeça, e o príncipe suspirou aliviado. Por um segundo, Lizzie tinha se esquecido da briga deles. Ela olhou para o ambiente mais um pouco e se virou para o marido. Ela então mirou para dentro de seu coração, não poderia odiá-lo para sempre. Não precisava odiá-lo. Estava sendo mesquinha e não queria mais agir assim. Lizzie sempre fora firme em suas decisões, mas também humilde para voltar atrás.

— Sabe, estive pensando — falou ela, tentando encontrar as palavras certas. — Eu sei que tenho sido hostil...

Nicholas permaneceu ouvindo com atenção.

— Pedi tanto que visse meu lado que esqueci de enxergar o seu. Talvez se fosse eu no seu lugar... Eu teria feito o mesmo. Imagino que tenha sido desesperador virar a fera pela primeira vez.

Nicholas abaixou a cabeça. Ela tinha acertado.

— Decidi que não vou te condenar pelas suas decisões antes de nos conhecermos. Você não foi ruim para mim. Nem você, nem a fera.

— Acha que poderia ser feliz aqui... Comigo? — indagou ele, enfim.

Lizzie entrelaçou seus dedos.

— Acho que não tenho outra escolha — murmurou ela.

Não era exatamente a resposta que Nicholas queria ouvir. Não queria viver para sempre com o peso que obrigara sua esposa a permanecer com ele. Não suportaria essa dor. O que estava prestes a fazer, sabia que se arrependeria para o resto da vida. Com as mãos trêmulas, ele tirou um papel do bolso e entregou para sua mulher.

Lizzie pegou o documento, confusa, e começou a ler com atenção. Arregalou os olhos quando viu o que era. Voltou o olhar para os papéis de novo, cobriu a boca com sua mão e então lágrimas tomaram seu rosto.

— Você deu a cidadania para minhas irmãs? — perguntou ela sem acreditar.

— Todas são Valero agora. A pousada foi passada para o nome de sua mãe, e não corre mais o risco de perdê-la. Todas agora terão os direitos que acompanham a nacionalidade de Bardaros, até mesmo sua mãe. Sinto muito que isso tenha sido negado a ela por tanto tempo.

Lizzie apertou o papel.

— Isso quer dizer...

— Está livre, minha esposa. Pode voltar para casa.

Nicholas não percebeu quando foi agarrado por sua mulher. Ela lhe deu um abraço tão forte que tudo o que lhe restou foi retribuir o ato. Ele a apertou com força, com a sensação de que ela escaparia de seus braços a qualquer momento. Lizzie tocou em seu pescoço e lhe deu um beijo na bochecha esquerda. Nicholas a olhou surpreso. Agora seria ainda mais difícil deixá-la ir.

— Você estava certo. Você *é* a fera — falou ela ainda sem soltá-lo. — Obrigada, meu marido.

O príncipe continuou segurando em sua cintura e levou a mão direita até o rosto de sua mulher. Ele acariciou sua bochecha com delicadeza enquanto ela mantinha as mãos agarradas em suas vestes. Eles estavam tão perto que Nicholas conseguia sentir a respiração de Lizzie. Estavam com os corações acelerados, batendo quase em sincronia. Lizzie começou a tentar se soltar dele, mas Nicholas não moveu um músculo. Seu olhar refletia a angústia de vê-la partir.

— Nic... — Tentou chamá-lo.

— Não consigo. — Pela primeira vez, Lizzie ouviu o príncipe com a voz embargada.

Aos poucos, ela conseguiu desfazer o abraço. Lizzie sentia seu corpo todo ferver. Nicholas não conseguia mais olhar para ela.

— Adeus, Nic — declarou ela, deixando mais uma lágrima escapar. — Espero que encontre o seu amor.

Lizzie se retirou correndo, deixando o príncipe sozinho na estufa. Quando ela já estava longe o suficiente, Nicholas caiu no chão de joelhos e, pela primeira vez em muitos anos, chorou.

32

Volta, Rita, que eu perdoo a facada

"Nossa princesa partiu. E, para minha surpresa, estou desapontado."

ECÍLIA NÃO TIRAVA os olhos da irmã. As duas já estavam dentro do carro que as levaria para a pousada da família. Lizzie se manteve calada durante todo o trajeto no trem dos portais mágicos. Logo estariam com as irmãs e suas vidas voltariam à normalidade. Mas era mesmo possível voltar ao normal depois de tudo que viveram no mundo mago? Cecília duvidava muito, principalmente para sua irmã caçula.

— Foi muito gentil da parte dele nos dar a cidadania.

Lizzie não respondeu.

— Você é livre agora — tentou continuar. — Para partir ou para ficar.

A irmã seguiu sem dar resposta alguma.

— Lizzie, por que você não fica?

A botânica se voltou para a irmã, que estava irritante de tão insistente.

— Cecília, nosso objetivo desde o início era fazer o trabalho e voltar. De certa forma, eu fiz meu trabalho. Não tenho culpa por não ter o que precisam.

— Não tem mesmo?

— Você viu com seus próprios olhos que eu não tenho.

— Ele parecia querer que você ficasse — murmurou Cecília.

Lizzie ajeitou a bolsa no ombro e tentou se posicionar melhor no banco. Estava inquieta demais, nada parecia confortável.

— Ceci... Se eu ficar, ele será uma fera incontrolável para sempre. Ele precisa achar alguém que refaça o feitiço do jeito certo.

— Você não gosta dele, então?

Dessa vez, Lizzie não precisava pensar muito para responder.

— Gosto. Mas ele precisa de amor. Mais que isso, ele precisa de amor verdadeiro. Mesmo que um dia eu o amasse assim, ainda não sou a escolhida.

— Que papo é esse de escolhida, Lizzie? Não existe isso.

— Ele precisa curar sua fera. Fergus não terá chances contra Nicholas se ele tiver controle do feitiço. Estou fazendo um favor a ele ao partir.

— Está me dizendo que está indo embora porque acha que ele precisa se casar de novo?

Lizzie engoliu em seco e abaixou a cabeça.

— Ele tem que encontrar seu verdadeiro amor, Ceci.

— Lizzie, ele gosta de você! Ele quer você!

— Não estou certa disso.

— Eu estou! — exclamou Cecília enquanto tirava o celular do bolso. — Aqui! Ele é apaixonado por você! — E mostrou a foto dos dois dormindo juntos a caminho de Salvador.

Lizzie pegou com calma o celular da irmã e admirou a foto por alguns segundos. Deu zoom no rosto do príncipe e sorriu.

— Eu vou guardar esse amor no coração — sussurrou ao devolver o aparelho para a irmã.

— Lizzie... Não faça isso com você.

— Nicholas merece ser feliz, a fera o machucou muito. Ele merece fazer as pazes com ela, e a única forma de fazer isso é se ele encontrar seu amor — hesitou para proferir as próximas palavras.

— Estou atrapalhando.

Cecília sentiu a voz da irmã oscilar. Era óbvio que ela queria chorar, mas também era nítido que estava cansada de gastar suas lágrimas. Provavelmente choraria sozinha em casa assim que chegassem. Cecília percebeu que não dava para continuar contestando os argumentos da irmã. De certa forma, ela estava certa. Ao não conseguir matar o príncipe, ela só provou que não o amava, e ele precisava disso para curar a fera. Ficar com ele seria condená-lo para sempre, e Lizzie tinha apreço demais por ele para amaldiçoá-lo dessa forma. Talvez esse fosse o maior ato de amor que ela poderia ter feito a favor do príncipe.

Então o carro parou.

— Certinho, gente?

Elas olharam para fora e viram que já estavam na frente da pousada.

— Isso, moço. Muito obrigada — falou Cecília.

— Não esquece de avaliar, faz favor.

— Opa, pode deixar. Deus te abençoe, viu? Bom trabalho.

As duas irmãs saíram do carro e retiraram as bagagens do porta-malas com a ajuda do motorista. O carro partiu e Cecília logo se certificou de avaliá-lo com cinco estrelas no aplicativo.

— Não tem problema ele ter ouvido a conversa, né? — perguntou Lizzie, preocupada.

— O coitado deve ter achado que somos só mais duas otárias que sofrem por amor. Só mais uma história engraçada para ele contar quando chegar em casa. Foi só papo de maluco. Humanos são céticos demais para ver magia mesmo quando bem diante deles.

Lizzie deu de ombros e seguiu o caminho junto da irmã. Elas caminharam por um bom tempo até chegarem na casa principal. A pousada estava estranhamente vazia ao chegarem.

— Avisou a mamãe que estávamos voltando? — questionou Cecília.

— Sim, mandei o recado por Thiral.

As duas se olharam apreensivas, algo não estava certo. Elas se apoiaram em seus bordões e abriram a porta da casa, desconfiadas, prontas para atacar possíveis inimigos. Mas foram surpreendidas apenas por uma enorme faixa de boas-vindas.

— BEM-VINDAS DE VOLTA! — gritaram todas as irmãs em uníssono.

Cecília e Lizzie riram da própria paranoia. Tinham passado tanto tempo em Bardaros que haviam se esquecido de que o mundo normal era... Normal! No cotidiano delas, não existia a fuga constante de pessoas querendo matá-las. Com sua família, se sentiam seguras e protegidas por completo. A matriarca correu para o abraço, feliz por ver suas meninas em segurança. Não demorou para que todas as irmãs se unissem em um abraço.

— Lizzie, como foi? Conseguiu quebrar a maldição? — Quis saber Arvina com curiosidade.

A irmã mais nova abriu um sorriso amarelo.

— Não totalmente. Mas deixei tudo pronto para conseguirem.

— Que incrível! — exclamou Beona com orgulho.

— Incrível mesmo é o que Lizzie conseguiu pra gente! — Cecília disse ao pegar o documento.

— O que é isso? — perguntou Alice.

— Nossa cidadania! — anunciou, animada, levantando o papel para o alto. — Somos oficialmente Valero por recompensa. A pousada é nossa!

Todas as irmãs soltaram gritos extasiadas. Qualquer pessoa que passasse por ali acharia que tudo não passava de histeria, mas Lizzie amava a bagunça e os gritos agudos. Quanto mais passava tempo com as irmãs, mais tinha certeza de que ela havia nascido para ser criada por mulheres como elas. Todas as garotas da casa correram para abraçar Lizzie de novo, orgulhosas por seu trabalho árduo.

— Como conseguiu? — questionou Daphne. — Eu tinha certeza de que não dariam isso nem mortos.

— É, não queriam nos dar mesmo — concordou Lizzie. — Mas meu marido conseguiu para a gente.

No mesmo instante Lizzie se arrependera do que disse. Ela usara a palavra "marido". Estranhamente, era a palavra que tinha usado quando chamara o príncipe pela primeira vez em seu campo de treinamento. Era estranho lembrar dele agora.

— Ex-marido — ela se corrigiu. — Quer dizer, os papéis de divórcio ainda não chegaram. Mas logo chegarão.

As irmãs perceberam o desconforto em suas palavras.

— Então ele só deu a cidadania assim? O que você fez? — Ryzia lançou um olhar desconfiado para Cecília. — A Ceci te deu uma das poções dela para seduzi-lo e convencê-lo?

As garotas gritaram de novo, imaginando todo o tipo de situação constrangedora que Lizzie poderia ter passado.

— Não! — A caçula tentava se explicar, rindo.

— Olha, bem que eu queria ter usado minhas habilidades por lá — Cecília se pronunciou. — Mas eu teria que dar a poção para a Lizzie, porque o príncipe já tinha sido completamente fisgado por ela.

Mais gritos escandalosos tomaram o local. Lizzie revirou os olhos, esperando as provocações terminarem. Era bom e irritante estar com elas.

— Uau, ele gostava mesmo de você, hein? — falou Beona enquanto conferia o papel. — Ele nos deu tudo que uma cidadania oferece, como se fossemos nativas. Isso é ainda mais raro.

Todas se reuniram ao redor do documento, conferindo cada benefício que haviam ganhado. Estavam radiantes com todas as possibilidades que tinham a partir de agora.

— Vou lá guardar minhas coisas — avisou Lizzie, pegando sua mala. — Já volto para vocês.

As irmãs acenaram e viram a irmã mais nova se enfiar no quarto. Elas a conheciam bem demais para não perceber que algo estava errado.

— Ceci — sussurrou Daphne —, o que aconteceu? Se ele gosta tanto dela, por que ela voltou?

A irmã suspirou, frustrada.

— Ai, gente, é uma longa história. Vou tentar resumir, hein.

A matriarca observou com calma as irmãs se organizando para ouvir a fofoca. Ela olhou para a porta do quarto da caçula e então para o porta-retratos com a foto do marido. Talvez sua filha confiante e independente estivesse precisando de alguns conselhos. Ela se retirou discretamente da presença das filhas e entrou no quarto de Lizzie. Tinha esquecido de bater antes de entrar e acabou flagrando a garota chorando.

— Mãe! — exclamou Lizzie, tentando esconder as lágrimas.

— Ah, meu amor, me perdoe. Eu só queria ter mais privacidade com você. Suas irmãs sempre conseguem te monopolizar.

Lizzie apenas acenou e fez sinal para a mãe se sentar a seu lado na cama. Alice fechou a porta e se acomodou em cima das cobertas enquanto observava a filha guardar as roupas. Ela viu uma caixa dourada e verde. Nem pediu permissão para pegá-la, apenas abriu e viu ali joias de esmeralda de imenso valor.

— Ele deu isso a você? É verdadeiro?

— É, sim — fungou Lizzie.

— Sabe o que dizem sobre dar ouro de verdade para as esposas em Bardaros?

— Eu sei, mãe.

Alice fechou a caixa e colocou ao lado da cama.

— Sabe, é sempre desafiador ter que explicar para as pessoas o amor.

— O quê? — perguntou Lizzie, confusa. Não entendia aonde a mãe queria chegar.

— Todos questionaram e até maltrataram seu pai por decidir abandonar Bardaros para vir morar em nosso país. Ainda mais com uma mulher que tinha tantos filhos do relacionamento anterior. Você sabe como Bardaros é tradicional e rigorosa, não é?

— Até demais — concordou Lizzie.

— Mas nunca vou me esquecer da primeira vez que nos vimos. — Suspirou emocionada. — Eu tinha acabado de me separar. Casei-me cedo com o homem errado. Temos muitos magos tradicionais aqui também, e tive muitos filhos. Depois de Cecília, eu percebi que aquilo não estava certo. Eu era escrava dele, e as meninas o detestavam.

— Daphne me contou que ela vivia brigando com ele.

— Coisa de filha mais velha, né? Elas tendem a ser mais raivosas, têm mais coragem de enfrentar o pai. — Riu. — Algo que nem mesmo eu conseguia fazer. Foi uma separação bem conturbada. É fácil ser manipulada por anos quando se entra tão jovem em um relacionamento com um homem mais velho. Eu tinha apenas dezesseis quando me casei.

— Sinto muito, mamãe — disse Lizzie, colocando a mão na de Alice.

— Mas então eu conheci seu pai. — Sorriu. — Foi em um encontro de magos botânicos. Ele tinha vindo estudar as plantas místicas do Brasil. Cecília acabou organizando nosso encontro sem querer. Minha pequena de apenas dois anos se perdeu, e ele a encontrou. Nunca vou esquecer da forma como ele me olhou. Foi a primeira vez que tive borboletas no estômago e minha pele se arrepiou por inteirinho — contou com um sorriso bobo. — Dez anos casada e nunca tive um olhar apaixonado de meu marido. Bastou seu pai chegar para me sentir completamente amada. Minhas filhas, todas amantes da botânica, só o fizeram se apaixonar ainda mais pela família. Ele disse que sonhava com uma família grande e que não se importava de pegar atalhos para isso. Nós nos aproximamos, ele rompeu o noivado em Bardaros e nos casamos no Brasil. Um ano depois, lá estava você.

— Fértil, hein, mãe? — brincou Lizzie, tentando disfarçar o quanto estava emocionada com a história dela.

As duas riram.

— É, isso nunca foi um problema para mim, graças a Elah. Minhas filhas nunca foram um peso. Era o casamento errado que tornava tudo um fardo. Com seu pai, a maternidade ficou leve. As meninas o amavam e não demoraram para começar a vê-lo como uma figura paterna também. Ele lutou bastante para merecer este título, principalmente com a Daphne... Mas depois se tornaram inseparáveis. Não é à toa que ela era tão protetora com você. Seu rosto a faz lembrar dele. — Suspirou de novo. — Foram, sem dúvida, os melhores onze anos da minha vida.

Lizzie acariciou a mão de sua mãe de novo.

— Por que está me contando isso, mãe?

Alice a olhou nos olhos.

— O amor não tem explicação, minha Lizzie. Às vezes, é só doido e imprevisível mesmo. Mas, quando o abraçamos, ele pode nos dar a mais bela e profunda felicidade. Mesmo que não dure tanto quanto queríamos, o pequeno tempo que ganhamos já é um presente.

Lizzie apertou os lábios, mais lágrimas escorreram.

— Eu estou fazendo isso por ele — falou com a garganta presa.

— Mas você perguntou o que ele estava disposto a fazer por você? Eu não sei por que você voltou e como isso o ajudaria. Mas já pensou que talvez ele poderia estar disposto a passar por qualquer problema, dificuldade ou preconceito para ficar com você mesmo assim?

A botânica olhou para a mãe. Seu pai tinha passado por tanta coisa para ficar com ela, coisas que até o levaram à morte... Mas, ao ver a felicidade de sua família, sabia que ele jamais se arrependeria de nada que fez. Era isso que sua mãe queria dizer? Que mesmo que Lizzie não fosse capaz de curar o problema de Nicholas, ele estaria disposto a passar por uma luta eterna com a fera... Por ela?

— Você decidiu — continuou a mãe —, mas talvez deva dar a chance de ele decidir também.

Lizzie abriu os lábios trêmulos para falar, mas fora interrompida por alguém que abriu a porta bruscamente. As duas mulheres no quarto se assustaram com o ato repentino. Era Mia. O que ela estava fazendo ali? A respiração acelerada junto com o suor na testa mostrava que ela estava desesperada.

— Alteza! — exclamou, ofegante.

— Eu não sou mais... — Tentou corrigi-la. Não entendia por que ela estava na pousada de sua família.

Mia se ajoelhou e apertou as mãos da botânica.

— Alteza, Fergus levou Nicholas.

A viagem de volta a Bardaros tinha sido completamente caótica e apressada. Cecília se recusou a deixar Lizzie voltar sozinha e se juntou à irmã em sua missão de resgate. O trajeto de carro pareceu durar uma eternidade. Era o problema de não ter um portal próprio na pousada. E ainda tinha a viagem pelo portal mágico até Bardaros, que, apesar de rápido, não era na velocidade da luz. Mia tentou aproveitar o tempo no trem para explicar todo o problema.

— Como isso aconteceu? — Perguntou Lizzie, aflita.

— Parece que Fergus aproveitou que o príncipe estava vulnerável e o sequestrou — respondeu Mia. — Sua magia estava muito fraca, não fomos capazes de protegê-lo. Um ciclope enorme o levou, mas conseguimos rastreá-lo. Ele foi para as montanhas.

Lizzie apenas assentiu. Por que ele estava tão fraco? Não poderia ser culpa dela, poderia? A botânica vacilou quando se questionou: *era possível a fera morrer de coração partido?* Não poderia ser. Ela tentava lembrar das palavras de sua avó, algo que ela tinha dito sobre enfraquecer o coração da fera ao machucá-la. Talvez não fosse só ferir fisicamente, o que a fez se sentir completamente culpada. Quando esfaqueou Nicholas, ela não se preocupou em magoar o príncipe, mas seu ato precipitado tinha magoado a fera. A pantera estava ferida e Lizzie se odiava por isso.

Quando enfim chegaram ao palácio, elas se apressaram para encontrar os outros. O céu estava completamente escuro, já era noite em Bardaros. Lizzie logo percebeu que estavam correndo em direção ao laboratório que dividia com os outros botânicos. Ao chegar lá, ela se encontrou com o resto do grupo. Dacan, Malcer e Ismael as aguardavam. O local tinha sangue para todo lado e um homem estava deitado no chão. O mensageiro parecia estar tentando fazer feitiços de cura nele, mas, como eram muitos ferimentos, o processo estava sendo longo.

— Ennet? — Perguntou Lizzie, confusa. — O que houve?

— Alteza... — Murmurou enquanto tentava recuperar as forças. — Ele apareceu e matou todos.

— Matou quem?

Ele tossiu um pouco de sangue antes de continuar.

— Não se force, Ennet — alertou Ismael. — Precisamos de você vivo para testemunhar.

— Eu preciso... Estava tentando aprimorar seu feitiço contra os ciclopes, estava trabalhando com fragmentos solares para intensificar a reversão. Chamei vários funcionários como teste, e ele simplesmente apareceu e matou todos.

— Onde estão os corpos?

— Já foram removidos — respondeu Dacan.

Ennet segurou na saia do vestido de Lizzie.

— É ele, alteza.

— Ele?

— Joffer é Fergus.

E então ele desmaiou, deixando Lizzie perplexa com o que tinha acabado de ouvir. Ismael se certificou que ele ainda respirava e continuou seu serviço de cura.

— Não pode ser... Joffer...

— Ele sabia sobre nossas descobertas? — indagou Cecília, preocupada.

Lizzie apertou os olhos, irritada consigo mesma.

— Eu fiz um relatório completo, mostrei para Ennet. Ele com certeza deve ter mostrado para Joffer. Eu revelei todas as fraquezas do príncipe — disse enquanto se culpava.

— Como você saberia, Lizzie? — Mia tentou consolá-la.

— Eu deveria ter percebido!

Lizzie se voltou para o grupo, inquieta.

— Muito bem. Qual é o plano?

— Plano? — perguntou Malcer, confuso.

— Qual é o plano para pegar o meu marido de volta?

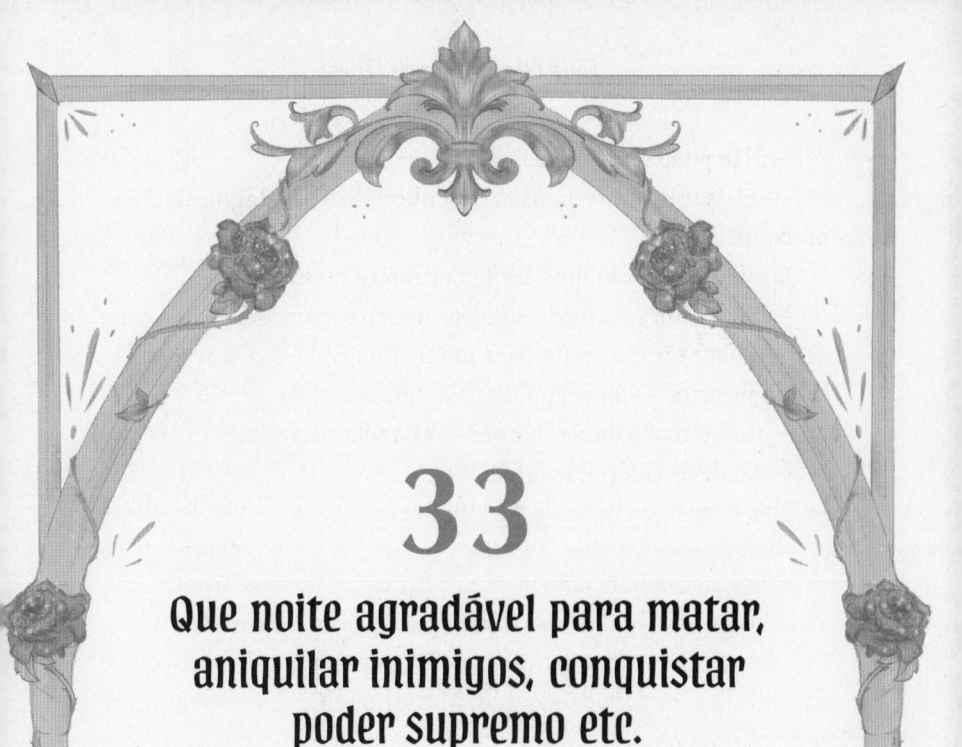

33

Que noite agradável para matar, aniquilar inimigos, conquistar poder supremo etc.

O EXÉRCITO ESTAVA ORGANIZADO em três seções. A primeira a comando de Dacan. A segunda, de Malcer. E a última, de Mia. Pela primeira vez eles não ficariam apenas na defensiva, dariam início ao ataque. Ter a localização de Fergus veio como uma grata vantagem e agora estava na hora de se vingarem por todas as suas perdas. O plano era simples, mas precisava ser executado com exatidão. O exército de Dacan atacaria os ciclopes que protegiam o castelo de Fergus. Assim que conseguissem liberar o portão, dariam um sinal para o comando de Malcer, que subiria para tomar as muralhas e proteger o exército de cima. Por fim, a unidade de Mia assumiria e se encarregaria de encontrar Nicholas.

Lizzie estava infiltrada, vestida de soldado, no comando de Mia. A princesa tinha ficado horas aprimorando seu feitiço contra os ciclopes, pedras perfeitas que deveriam ser lançadas na testa do inimigo. A equipe de Malcer pegou as pedras e fez flechas delas, para que acertassem o alvo com precisão. Ela já o tinha informado que precisava romper o cristal que protegia a testa antes de atingir a pele grossa dos ciclopes. Eram criaturas grandes e difíceis de matar, a flecha seria inofensiva. Com sorte, apenas encerraria o feitiço de comando.

A botânica não os acompanharia contra os ciclopes, queria estar o mais próxima possível de Nicholas. Ansiosa, ela aguardava ao lado de Mia, esperando os sinais de fumaça no céu. A equipe de Dacan já tinha partido havia algumas horas e todos permaneciam atentos ao que aconteceria a seguir. Uma fumaça verde alcançou as nuvens. Dacan tinha conseguido. Malcer e Mia guiaram seus exércitos a cavalo. Ao chegarem na entrada, alguns corpos de ciclopes estavam espalhados, assim como alguns homens de Dacan. Eles ergueram o olhar e viram que Dacan os aguardava em cima da muralha, repleto de sangue. Malcer e seu exército seguiram pelas escadas e alcançaram o topo. Todos se posicionaram para proteger a retaguarda da unidade de Mia. Qualquer ciclope que se aproximasse seria atingido pela flecha que Lizzie tinha projetado. Se funcionasse como a botânica queria, eles quebrariam o encanto de controle dos ciclopes.

Lizzie se apertou a seu bordão e seguiu o comando de Mia. Todos desceram de seus cavalos para conseguir adentrar o castelo. Estava mais vazio do que deveria, então precisavam ficar alertas. Mia ordenou que o exército ficasse embaixo do castelo e só um grupo pequeno subiria para averiguar. Ela, Lizzie e mais alguns soldados iriam até o último andar do castelo. Quando chegaram lá, perceberam que se tratava de um espaço aberto, quase sem paredes e com apenas colunas segurando o teto. Lizzie prendeu a respiração quando viu Nicholas ao longe, acorrentado em uma das colunas. Ele não parecia muito ferido, mas ela não era capaz de sentir sua magia. Estava fraco como nunca.

— Preparem seus bordões — alertou Mia. — Ele pode aparecer a qualquer momento.

O grupo formou um círculo, ficando de costas uns para os outros. Lizzie colocou um pouco mais do elixir de brenixa em seu bordão. Cada farpa do objeto mágico tomou uma cor verde brilhante, que atingiu o ápice no topo no bordão, concentrando a magia da planta mística.

— Achei que não viriam nunca! — chamou uma voz grave.

Todos se viraram na defensiva. Fergus ainda parecia Joffer, porém com uma aparência um tanto mais velha. Era certo que tinha usado feitiços de disfarce para conseguir enganar a corte por todos aqueles anos. O grande mago vestia uma túnica roxa e dourada. Seu bordão era comprido, feito de um metal escuro e brilhante. A ponta tinha o formato da lua e o centro carregava um cristal vermelho retangular.

— Liberte o príncipe e deixaremos você ir dessa vez — Mia tentou negociar.

— Como eu poderia? — Ele sorriu, causando arrepios de pavor em Lizzie. — Agora que eu sei que meu poder está com ele, preciso pegar o que me pertence.

— Elah decide a quem pertence! — rebateu Mia.

— Não. Eu decido!

— Por que não o fez ainda? — sussurrou Mia, tentando distraí-lo enquanto mais soldados chegavam à espreita para encurralá-lo.

— O desgraçado precisa morrer para eu tirar. Acredite, tentei de outras formas, mas é impossível. O rapaz simplesmente *não morre*! — enfatizou cerrando os dentes. — Mas a dor... Ela ainda é real.

Fergus apontou o bordão para Nicholas, fazendo as correntes o machucarem ainda mais. O príncipe grunhiu de dor e Lizzie se contorceu de agonia, por não fazer nada.

— Pelo menos alguém conseguiu enfraquecer o coração dele para mim. Parece que até a trouxeram para que eu pudesse agradecer pessoalmente. — Ele sorriu mais uma vez.

Lizzie o fitou com sangue nos olhos.

— Sabe, jovem — continuou ele. — Eu percebi que você seria problema assim que mostrou sua ideia para encerrar meu feitiço de controle. Sabia que precisava me livrar de você o quanto antes... Desculpa o susto na biblioteca. — Fergus piscou.

Lizzie não se moveu.

— Mas veja só, na verdade, você me ajudou a entender o contrafeitiço e me deu todas as informações para vencê-la. Você é mesmo inteligente, garota.

— Por que, Joffer? — questionou ela.

— Por que não? — perguntou ele de volta, sem tirar o sorriso do rosto. — Existe, por acaso, algo melhor que o poder?

— E o que fará com tanto poder?

— Governarei o mundo como deveria ser. Magos reconhecendo seu lugar e humanos trabalhando para a magia. Eles são muitos, então serão a mão de obra perfeita.

— Não pode escravizá-los. Elah já os libertou!

— Eu os farei esquecer d'Ele! — esbravejou. — Eu serei seu deus!

— Jamais conseguirá a adoração dos humanos! Elah já esteve entre eles, viveu no mundo humano. Eles já experimentaram a magia divina, nada vai se equiparar ao tempo que Elah esteve na terra. O sacrifício que Elah fez por aquele povo, ninguém mais poderá reverter. Nem mesmo você!

Fergus riu.

— Quando eu tirar tudo que eles têm... Quando eu destruir seus sonhos, suas casas, suas famílias e paixões, logo se esquecerão de Elah. *Eu* serei o único caminho.

O grupo que se aproximava saiu das sombras e atacou Fergus por trás. Mas com apenas um toque do bordão de Fergus no chão, os soldados foram lançados para todas as direções, alguns bateram com violência nas colunas, resultando em suas mortes imediatas, outros se agarraram em objetos para se segurarem e mais alguns caíram da altura que estavam no castelo, gritos desesperados ecoaram até que seus corpos atingissem o chão do lado de fora.

— Não! — gritou Mia.

Enfurecida, ela atacou Fergus com seu bordão, porém, com um leve movimento, o grande mago se esquivou. Ele lançou um feitiço com as mãos e Mia foi jogada em uma coluna, sendo automaticamente acorrentada. Mais soldados começaram a chegar e Fergus fez um sinal para o céu. O chão tremeu quando dois ciclopes gigantes retiraram o teto do lugar, e depois começaram a pegar os soldados e esmagá-los com seus próprios dedos.

— A lua está a meu favor! — gargalhou olhando para o céu. A noite estava quase sem nuvens, com uma lua cheia, branca e brilhante, maximizando seu poder.

Outro esquadrão chegou e começou a atacar Fergus de direções diferentes, mantendo o mago ocupado por muito tempo. Mas os soldados estavam em desvantagem por estarem contra a magia e a força dos ciclopes. Logo Malcer surgiu correndo e lançou uma flecha na direção do ciclope à direita. Ela atravessou um dos cristais e acertou em cheio a testa da criatura. Sem demora, um sinal de contrafeitiço apareceu em seu olho gigante. Os símbolos foram refletidos pelos cristais ao redor de seu olho e, por consequência, no chão, causando um efeito de luzes que impossibilitava que vissem Fergus com nitidez. O ciclope ficou paralisado. Os olhos de Malcer percorreram o ambiente até encontrar Lizzie. Quando a avistou, o mago foi até ela.

— O efeito demora para passar, alteza — avisou ele.

— Não devo ter calculado direito sua massa corporal — lamentou ela enquanto tentava ver Nicholas de novo. Queria aproveitar o tempo que Fergus estava ocupado com os outros soldados para libertá-lo. — É claro que com seu tamanho gigante ele precisaria de mais força nesse contrafeitiço. Veja! — falou, apontando para o olho da criatura. — O símbolo não está formado por completo, precisa de mais.

— Quantos?

Lizzie fechou os olhos, tentando fazer o cálculo de cabeça o mais rápido que conseguia. Quanto mais demorava, mais soldados morriam. Tudo estava um caos. Ela buscava se concentrar tentando ignorar a batalha que estava acontecendo bem atrás dela.

— Alteza! — chamou Malcer, preocupado com seus companheiros que lutavam contra o grande mago.

— Ci-cinco! — falou, enfim. — Precisamos de cinco pedras de contrafeitiço. Se acertarmos mais quatro nele, encerramos a maldição de controle.

Malcer assentiu e entregou uma flecha com a pedra mágica para Lizzie.

— Caso você precise também. — E então correu até o outro lado do ambiente, para tentar mirar no outro ciclope.

Lizzie não hesitou em ir até Mia para garantir sua integridade. Ela parecia estar com muita dor, o golpe contra a parede não tinha sido nem um pouco suave. Os homens seguiam lutando contra os ciclopes e Fergus continuava tentando desviar de qualquer ataque. Ele parecia invencível. Como o tinham derrotado até aquele momento? Lizzie arregalou os olhos. A fera era a única criatura que tinha sido capaz de vencer o grande mago até então. Se Nicholas não virasse a fera, eles perderiam.

— Mia, precisamos da fera — disse Lizzie enquanto a ajudava.

A maga se retorceu um pouco e acenou com a cabeça.

— Eu sei — falou com dificuldade.

Um estrondo fez o local estremecer. Os ciclopes estavam fazendo uma bagunça enorme. Precisavam detê-los com uma força igualmente superior.

— O que fazemos para liberar a fera?

— Nunca entendemos bem como funciona, mas tinha a ver com a raiva dele. A dor que sentia em batalha...

— Dor?

— No começo, quando achávamos que poderíamos controlar a fera, nós fazíamos um ferimento em sua mão. Pequeno, mas forte o suficiente para incomodar a fera. E assim ele se transformava. É claro que saiu do controle depois. Mas Nic consegue vencer Fergus sem ser a fera também. O cerne de sua magia é a presa de Elah, então ele é forte como nenhum outro mago.

Lizzie vasculhou o cômodo até bater os olhos em seu marido. Ele permanecia jogado no chão, inconsciente. Mais soldados chegavam atacando Fergus por todas as direções, mas nada parecia suficiente para derrotá-lo.

— Não acho que a versão humana de Nicholas vai funcionar agora.

— É, precisamos da fera. Nosso príncipe está incapacitado.

— Então é só machucá-lo?

— Nem sempre funciona, alteza. O que fez para ele virar a fera em seu país?

Lizzie paralisou.

— Eu o esfaqueei no coração — disse pausadamente.

— Faça de novo, então. Já me contaram que a senhora não foi capaz de matá-lo, mas deve ter magoado a fera. Isso pode liberá-la.

A botânica concordou. Ela tentou deixar Mia o mais confortável possível no chão gelado e procurou seu marido mais uma vez. Quando as luzes dos símbolos dos ciclopes pararam de incomodar seus olhos, ela conseguiu encontrar o príncipe. Nicholas parecia estar recobrando a consciência. Era sua chance, mas ainda estava longe demais para alcançá-lo sem chamar a atenção de Fergus. Ela se agarrou a seu bordão e correu o mais rápido que pôde, tentando se esconder do inimigo. Lizzie tropeçou quando a mão de um ciclope apareceu de repente, pronto para pegá-la. Antes que a alcançasse, uma lança cortou o membro por inteiro. Dacan apareceu com sangue de ciclope escorrendo por seus olhos.

— Vá, alteza! — gritou ele. — Te darei cobertura.

Lizzie ficou paralisada por alguns poucos segundos, assustada com o sangue que espirrara em seu corpo. Ela deu uma olhada no centro do ambiente e viu corpos espalhados por todo o lugar. Fergus controlava os ciclopes e todos que restavam sobreviviam por pouco. Aquilo não podia mais continuar.

A botânica deu mais alguns passos à frente até que um cristal da sua altura caiu bem diante dela. Lizzie conseguiu frear a tempo. As facetas do cristal refletiam sua imagem com certa distorção. Antes que conseguisse se esquivar, mais três cristais enormes saíram dos olhos de um ciclope e criaram uma barreira ao redor de Lizzie, a impedindo de prosseguir. Ela estava presa em seu próprio reflexo.

A princesa tentou empurrar o cristal, mas parecia impossível. De repente, seu reflexo parou de obedecer a seus movimentos e cada faceta colorida começou a revelar caminhos diferentes. Em uma faceta surgiu imagem de Lizzie sozinha em seu laboratório. Ela parecia um pouco mais velha naquela miragem; e apesar de parecer saudável, emanava uma solidão extrema. Assustada, Lizzie se afastou daquele cristal até suas costas encostarem na faceta contrária. Ela olhou para trás e reviveu a imagem de quando viu Nicholas como fera pela primeira vez, mas o acontecimento parecia diferente. Ao ultrapassar a linha limite, a fera a atacou e estraçalhou seu corpo por completo. Lizzie levou a mão à boca, aterrorizada com a imagem que vira. Outra faceta revelava a pousada e suas irmãs pegando fogo enquanto Fergus atacava o mundo dos humanos.

Lizzie se agachou no chão, fechando os olhos e tentando cobrir os ouvidos para fugir dos gritos falsos que ouvia. O "e se" sabia ser aterrorizante. A respiração de Lizzie estava acelerada, ela conseguia ver a imagem desfocada de seu marido pelo cristal transparente. Ela não o merecia, era o que dizia a si mesma ao olhar para cada imagem revelada nas facetas dos cristais. Em todas as possibilidades, ela acabava ferindo a si mesma ou a quem amava. Não existia um final feliz em nenhum caminho apresentado.

Antes que se perdesse mais em seus pensamentos autossabotadores, Malcer apareceu usando suas flechas para quebrar os cristais e os transformar em pequenos pedregulhos. Lizzie abriu os olhos, atordoada.

— Não acredite nos cristais, alteza! Eles estão corrompidos! — alertou Malcer.

Lizzie não teve tempo de processar as imagens. Todas passavam em sua cabeça sem parar, como se ela fosse a grande maldição de Bardaros e do mundo. Ela apenas correu ao se ver liberta dos cristais. Quando enfim alcançou o marido desacordado, percebeu que estava receosa. A imagem da fera a dilacerando a fez hesitar, mas ela se recusava a se sentir daquela forma. A princesa estava quase acreditando mais em uma miragem do que naquilo que tinha, de fato, vivido. A fera era boa, jamais a machucaria, e Lizzie sabia disso. A princesa chacoalhou a cabeça, tentando trazer razão à sua mente confusa. Ela tocou no marido e percebeu sua respiração fraca. Ela tentou levantá-lo e viu marcas roxas ao redor de sua boca. Fergus tinha tentado retirar a presa à força.

— Nic, acorde! Por favor! — disse ela, desesperada.

A voz de Lizzie ressoou nos ouvidos de Nicholas. Ele abriu os olhos devagar e avistou o rosto de sua mulher.

— Lizzie?

— Nic, você consegue lutar? — perguntou quase como uma súplica. Não queria mais feri-lo.

Aos poucos, Nicholas foi recobrando a consciência e se levantou. Ele viu a guerra que acontecia no topo do castelo. Fergus estava no centro, controlando os ciclopes que se aproximavam e centenas de soldados tentando sobreviver àquilo. O ataque enfureceu Nicholas. Ele deu um passo à frente, mas se viu preso pelas correntes enfeitiçadas. Seria necessário muito poder para o libertar delas. Ele tentou usar a força, mas nada aconteceu. Tentou um movimento com as mãos, invocando feitiços, mas nada funcionou.

— Quer tentar usar meu bordão? Pode te ajudar a canalizar sua magia.

Em Bardaros, os bordões eram muito mais comuns do que fora dos muros mágicos. Os bordões eram usados para direcionar um feitiço e facilitar sua execução. Como Lizzie tinha crescido em um país humano, não dava para andar com seu bordão para tudo quanto é lado. Então ela tinha aprendido a desenvolver magia apenas com seus dedos. Claro que era menos potente sem o bordão, mas funcionava em imprevistos. Sem dúvida era algo que Bardaros deveria se esforçar mais para aprender no futuro.

Nicholas aceitou o objeto e tentou mais um feitiço contra as correntes. A magia que saiu dele foi tão pequena que nem fez cócegas nos grilhões.

— Lizzie, eu não sei o que está havendo... A magia do meu coração está fraca. Eu a sinto aqui — disse ao colocar a mão no peito. — Sinto o poder, mas é como se estivesse apagada.

A maga apertou os olhos.

— Precisamos da fera, Nic.

Ele não demorou a entender o que ela queria dizer com aquilo. Nicholas engoliu em seco. Não queria ser lembrado mais uma vez do sentimento escasso de sua esposa por ele, mas, com todo o caos que os rondava, Nicholas sabia que não tinham outra escolha. Precisavam ferir a fera para acordá-la.

— Faça — declarou ele com firmeza.

Lizzie retirou do bolso uma adaga e fez o movimento. Ela hesitou, não sabia se conseguiria de novo. Nicholas segurou sua mão, sua mente estava aflita. Ela o olhou nos olhos... Pareciam mais serenos que o normal.

— Eu não entregaria meu coração para ser ferido por mais ninguém, minha esposa. Ter o coração partido por você foi a coisa mais humana que minha fera já vivenciou. Eu não preciso de tanto amor assim, posso viver apenas com as lâminas afiadas de sua afeição. Espero que aceite as cicatrizes de meu coração. Cada uma delas foi formada por todas as vezes que tentei provar meu amor.

Lizzie não conseguiu responder, ela sentia seus olhos enchendo de água. Fergus os viu de relance enquanto desviava de outro ataque. Quando viu o que ela faria, mandou um ciclope na direção deles. Esse mataria Lizzie, com certeza. Fergus já tinha entendido a fraqueza da fera. O ataque de Lizzie contra o marido havia enfraquecido sua magia, mas talvez matá-la fosse a opção mais certeira para definhar o pobre coração partido da fera de uma vez por todas.

A botânica avistou quatro flechas no centro da testa do gigante, provavelmente colocadas ali por Malcer. Precisava de apenas mais uma para desfazer o feitiço por completo. Ela pegou a flecha que guardava e apontou para a criatura, mas Lizzie estacou. Estava tremendo de medo. Ela não era uma guerreira, era apenas uma botânica sabichona que estava sempre se metendo em encrencas que não era capaz de lidar. Nicholas, vendo a vulnerabilidade de sua mulher, pegou a flecha de sua mão. Quando o ciclope estava próximo o suficiente, ele atirou a flecha com as mãos, como se fosse uma lança. Ela atingiu em cheio a testa do gigante e ele caiu para fora do castelo. Lizzie não tinha mais tempo para hesitar, logo Fergus viria com outro ataque e ela não tinha mais armas para usar contra ele. Então pegou a adaga e cravou com força no peito de seu marido.

— Não! — exasperou-se o grande mago.

— Agora é tarde, Fergus! — gritou ela de volta. — Eu libertei a sua fraqueza!

Uma tosse seca chamou a atenção de Lizzie e gotas de sangue respingaram em seu rosto. A princesa piscou algumas vezes, sem entender. Quando voltou o olhar para seu marido, ela viu que a boca dele estava coberta de sangue e a ferida em seu coração não cicatrizou como da última vez. Ela o olhou desesperada, mas Nicholas sorriu ao perceber o que acabara de acontecer.

— Você me ama.

— Nic? — chamou, tentando segurá-lo enquanto ele caía no chão. — Nic? — gritou em desespero.

— Você me ama — afirmou ele de novo, sem conseguir parar de sorrir.

— Nic, seu idiota! Como você pode ficar feliz por eu te matar? — berrava com angústia, tentando estancar o sangue. Não demorou para os olhos do príncipe se fecharem mais uma vez.

O som de uma risada satisfeita tomou conta do lugar. Com um só movimento, Fergus fez todos os soldados ficarem presos no chão, sem conseguir se mover. Ele então se aproximou aos poucos de Nicholas. Lizzie apertou o marido com força.

— Se afaste! — gritou ela em meio ao choro.

— Quem diria, você *matou* a minha fraqueza.

Ele então empurrou Lizzie para longe de Nicholas e segurou o rosto do rapaz desacordado. O grande mago abriu a boca do príncipe e retirou a presa com imensa violência, fazendo mais sangue sair da boca dele. Nicholas caiu no chão como se estivesse morto.

Fergus colocou a presa no topo de seu bordão. Não demorou para o objeto absorver toda a magia da presa. O poder foi passando pela estrutura até chegar aonde Fergus segurava, como se seguisse um caminho até a boca do grande mago. Fergus sorriu e uma presa cresceu gradativamente em seu dente canino direito. Ele aspirou o ar com força, todo o corpo dele sentiu o tamanho do poder que carregava.

— Finalmente... — Disse com um sorriso diabólico.

Lizzie olhou para suas mãos repletas de sangue, atônita pelo que tinha feito. Ela jamais se livraria da culpa de ter matado o homem que amava.

34

O olho que tudo vê

FERGUS VIROU A fera de maneira abrupta e violenta. Ao contrário da pantera preta de Nicholas, ele virou uma pantera cinza, com feridas espalhadas pelo corpo e pelos arrepiados e indefinidos. Aquele era o peso de pegar o poder de Elah sem a autorização d'Ele. Era um poder roubado, logo a fera seria amaldiçoada. Apesar da aparência grotesca, a força ainda permanecia. Logo Fergus começou a se mover em direção à capital, onde estabeleceria seu governo. Com sua magia de controle, chamou os ciclopes que restavam, deixando todos os soldados mortos e feridos para trás.

Lizzie segurava Nicholas, que não parava de perder sangue. Malcer se aproximou e checou seu pulso.

— Ele ainda está vivo, mas por muito pouco.

Dacan removeu as algemas de Mia e os dois foram até eles.

— Alguém sabe fazer feitiços de cura? — perguntou Lizzie aos prantos, ainda sem conseguir soltar o corpo do marido.

— Eu sei um pouco da arte dos mares — Dacan se pronunciou.

Ele se ajoelhou ao lado do príncipe, mas assim que colocou a mão em seu peito, levou um choque e se afastou com o susto.

— Não dá... — Disse Dacan, desapontado.

— Como não? — Quis saber Lizzie, aflita.

— É a maldição de morte que Fergus colocou nele. A fera impedia a maldição de se espalhar, sem ela é impossível curá-lo.

— Não. Não. Não — repetia Lizzie para si mesma. — Ele não pode morrer!

— Alteza, sinto muito. A ideia foi minha... — Mia tentou se desculpar.

Lizzie balançou a cabeça negativamente.

— Eu já tinha pensado na mesma coisa. No fundo, só estava esperando alguém confirmar minha ideia estúpida.

Todos observavam o corpo do príncipe perder a vida gradativamente. A punhalada de Lizzie tinha retirado toda a sua magia. A aliança havia sido quebrada, o amor havia sido traído. Fergus retirara a presa com tanta facilidade que Nicholas parecia um mero boneco de pano. Lizzie respirava ofegante, sem saber o que fazer. Um tremor chamou a atenção do grupo. Uma cabeça com um único olho apareceu. Os cristais refletiam os símbolos completos pelo chão. Aquele era o ciclope no qual Nicholas tinha finalizado o contrafeitiço de controle.

Primeiro, eles sentiram pavor, mas logo se acalmaram quando viram que aquele era um ciclope em seu estado normal. O contrafeitiço tinha funcionado. Aquele era um ciclope livre agora. Livre para exercer sua função original: servir Elah. O grande olho encarou Nicholas por um tempo e então se fechou. As várias facetas dos cristais começaram a revelar imagens do feitiço que o pai de Lizzie tinha feito anos atrás.

— O que é isso? — perguntou a botânica, confusa.

— Lizzie, ele está falando para você refazer o feitiço — explicou Mia. — Ainda dá para salvar o príncipe.

— Refazer? Como? Eu só tenho as brenixas e meu amor corrompido. Falta o principal, as presas! Não tem como fazer a fera sem a presa de Elah. E Fergus está com ela. Por minha culpa.

O ciclope ouviu o pranto da princesa e então revelou a imagem da estátua de Elah pairando em cada faceta de seus cristais. Uma delas focava em sua boca.

— A outra presa — lembrou Lizzie. — A outra ainda está com Elah!

— Quer usar a outra presa? — questionou Malcer. — Você teria que pedir. Como vai fazer isso sem o sangue Arkalis?

— Eu penso no caminho — disse ela, já se levantando e ajeitando suas vestes.

— Lizzie, não vamos chegar a tempo a cavalo. Nicholas está frágil, não suportará a viagem.

De repente, o grande ciclope se levantou e estendeu a mão, se oferecendo para levá-los. O grupo demorou um pouco para entender, mas logo subiram. Mesmo receosos, todos se acomodaram em seus dedos e colocaram Nicholas, com cuidado, na palma da mão do gigante. Cada passo de um ciclope daquele nível significava metros de vantagem. A grande criatura começou a correr, ainda mantendo todos em segurança, e não demorou muito para estarem de volta aos arredores do palácio.

O corpo de Nicholas foi colocado em cima da mesa da estufa com que ele tinha presenteado Lizzie. Malcer sentiu seu pulso mais uma vez, estava ainda mais fraco. A maldição de morte o estava tomando por completo. Cecília e Ismael chegaram correndo na estufa, ansiosos para saber como tinha sido o resgate. Ao ver a situação do príncipe, perceberam que o plano não tinha ocorrido bem como o planejado.

Lizzie retirou a armadura de Nicholas. O que restava por baixo era uma calça jeans azul e uma regata branca. Ela conferiu seu bordão, que carregava a brenixa, e começou a vasculhar sua bolsa.

— O que está fazendo, alteza? — perguntou Mia, confusa.

— Procurando meu fortalecedor. — Logo, ela levantou a pena azul brilhante que ganhara de Genório. — Achei!

— Para que serve isso?

— Para fortalecer o poder da brenixa — explicava ela com afobação. — Precisamos do cerne da árvore da vida para reverter a morte. Precisamos de amor por aliança para conduzir o feitiço. E precisamos da presa para que a vida de Nicholas fique guardada na fera.

Lizzie colocou a pena no topo de seu bordão, que já carregava o brilho do elixir da vida da brenixa. Ao acrescentar a pena, o brilho assumiu um tom azulado, mas sem perder as tonalidades de verde. Faltava um ingrediente ainda.

— Muito bem. Eu vou solicitar a outra presa a Elah — falou, cravando seu bordão no chão.

— Alteza, já explicamos que somente um Arkalis tem acesso à voz de Elah — Mia tentou lembrá-la. — Nossa divindade não vai falar com a senhora, sinto muito.

Lizzie abaixou a cabeça, frustrada.

— Não, não vai — concordou. — Mas vai falar com ele — disse apontando para Ismael.

O mensageiro, que estava apenas observando, tinha sido colocado dentro da conversa de repente. Aquilo o pegou completamente desprevenido.

— E-eu?

— Você vai interceder a Elah — afirmou ela.

— Lizzie, eu não sou um Arkalis — rebateu ele, constrangido.

— É, sim! — Dessa vez, Cecília fez questão de entrar na conversa. — Podem ter tirado seus direitos, expulsado de sua própria casa, mas seu sangue está aí. E Elah, justo como é, honrará isso.

Ismael deu um passo para trás, não queria fazer aquilo. Se ele fosse até a estátua e não conseguisse falar com Elah, seria apenas mais uma confirmação que não era digno. O rapaz não precisava de mais alguém o lembrando que jamais seria merecedor dos títulos familiares. Ele sempre seria o bastardo, o abandonado, o fugitivo.

— Me perdoem, mas eu não...

— Ismael, não foi um pedido — falou Lizzie com a expressão séria.

O mensageiro engoliu em seco, assentiu e se curvou.

— Sim, alteza.

Lizzie então o pegou pelo braço e os dois se retiraram da estufa, correndo contra o tempo para chegar até a floresta de Elah.

Lizzie e Ismael encaravam o portal triangular que dava acesso ao que procuravam. A botânica se aproximou e tocou na luz que saía do portal, mas sua mão foi impedida de passar. Não era como na última vez, mas ela já imaginava. Da outra vez, ela só tinha conseguido passar porque Elah havia permitido por meio de Nicholas. Agora estava claro que a passagem estava fechada para ela. Era de se esperar, afinal Lizzie era a culpada por ter encerrado o feitiço de proteção do marido. Sem dúvida ela pagaria por seu pecado por um bom tempo ainda.

— Pode ir, Ismael — disse ela. — Estarei aguardando aqui. Você está proibido de voltar sem aquela presa.

O mensageiro não conseguiu dizer nada. Ele nem mesmo acreditava que passaria pelo portal. Seu coração acelerou quando levantou a mão e ela passou completamente. Um alívio instantâneo pairou sobre sua alma. Com o incentivo, ele criou força e atravessou o portal por completo. Assim como acontecera com Lizzie, Ismael caiu no chão quando saiu do outro lado. Ele logo se levantou, sacudiu as vestes, tentando afastar a sujeira, e analisou o local com curiosidade. Ele conseguia sentir uma energia poderosa o puxando para o centro. Não demorou até que encontrasse a estátua de Elah, a enorme pantera branca. Imediatamente Ismael se prostrou com a cabeça ao chão e fez o sinal de reverência. Nunca tinha chegado tão perto d'Ele assim.

— Meu Senhor — falou com respeito. — Aqui está seu servo.

Ismael não conseguiu ouvir nada. Ele apertou os olhos frustrado, era claro que não funcionaria. O mensageiro se levantou mais uma vez e encarou a pantera, olhando com atenção as presas. Conseguia até sentir qual era a verdadeira. Ele suspirou, conformado com a derrota, e recuou. Antes que pudesse dar o próximo passo, uma voz o chamou:

— Por que quer minha presa, Ismael?

O rapaz se virou para a estátua de supetão, surpreso por ouvir aquela voz. Saia de dentro da estátua, e era grave, forte e profunda. Sua voz apenas tinha mais autoridade do que todos os imperadores que já se sentaram no trono. Ismael se jogou ao chão de novo, se prostrando aos pés de Elah.

— Meu Santíssimo — sussurrou ele —, clamo por sua misericórdia. A vida de meu primo corre perigo. Pedimos que o salve.

— Eu já o salvei.

— Nós pecamos. Nos conceda mais uma chance.

— Ela já foi dada uma vez — ressoou a voz.

— Rogo por Sua segunda chance.

O silêncio tomou conta do altar.

— Por que demorou tanto para me encontrar? — perguntou a voz, enfim.

Ismael levantou o olhar e encarou os olhos da estátua.

— Não achei que fosse digno.

— Eu lhe faço digno.

— Não pensei que olharia para mim — desabafou.

— Eu sou o Deus que te vê.

— O Deus que me vê — murmurou Ismael com os olhos lacrimejados. — O Senhor me vê. — Uma lágrima escapou.

— O que é seu é seu. Será abençoado por isso — falou por fim. — Aceite o que tiver a lhe oferecer.

Ismael acenou com a cabeça, ainda sem tirar os olhos pesados do chão. Um pequeno barulho, como um pedregulho caindo nas folhas secas, fez Ismael sorrir. Naquele dia, tinha sido abençoado de diversas formas. Ele não se sentia mais invisível.

O mensageiro então passou pelo portal de novo, ansioso para mostrar que seu pedido tinha sido atendido. Mas encontrou Lizzie com as mãos amarradas. Rapidamente ele viu seu irmão Risdan com seu bordão. O brilho da ponta revelava um fragmento do sol. Ele poderia controlá-lo, se tivesse domínio da ferramenta. Como instinto, assim que seu irmão atirou a luz nele, Ismael desviou, afobado, se jogando no chão.

— Ele quer a presa, Ismael! — gritou Lizzie com raiva.

— Calada, imunda! — vociferou Risdan, afiando o feitiço contra ela. A corda de sua mão subiu até a boca de Lizzie, a tampando por completo.

Ismael se levantou com irritação.

— Esse foi o primeiro presente que recebi de nossa divindade. Um encontro que foi negado durante anos por vocês, sempre falaram que eu era indigno. Ninguém me tirará esse presente. Eu decido o que farei com ele, e isto pertence ao príncipe herdeiro.

Os irmãos se encararam, sabendo que seria uma batalha rápida. Ismael parecia em desvantagem, estava sem seu bordão, enquanto Risdan tinha o bordão e um cerne poderoso para controle. Como vencer o sol? Parecia uma tarefa impossível. Ismael olhou para o céu, que permanecia escuro, porém com mais nuvens rondando a lua. Ele colocou rapidamente a mão no chão, como se absorvesse algo, mas Risdan não o esperou terminar antes de lançar outro ataque ao irmão. Ismael se defendeu com uma barreira cristalina, que refletiu a luz do fragmento de volta para Risdan, deixando-o rapidamente cego com o brilho intenso.

— Você sabia que seu primo favorito matou as cobras de nossa irmã? — perguntou Risdan com sarcasmo enquanto tentava recuperar a visão.

— Finalmente alguém fez alguma coisa com aquelas aberrações.

— Lassara está desolada! — afirmou.

— E todos que já foram feridos por suas serpentes estão felizes no momento. Acho que a maioria venceu.

Enraivecido, Risdan lançou outro rastro luminoso, mesmo ainda não tendo recuperado a visão por completo. Ismael desviou com facilidade e então apertou o dedo indicador e o polegar. Ele juntou os braços formando um "x" para o alto e extraiu a água acoplada nas folhas das árvores. Ismael desfez o "x" rapidamente e, no mesmo instante, as gotas de água cristalizaram, então apontou os dedos para Risdan, fazendo com que os cristais de água afiados o perseguissem. O irmão foi pego pelos pequenos cristais em várias partes do corpo, o ferindo de maneiras diferentes. Lizzie olhou para a performance do mensageiro completamente surpresa. Assim como ela, Ismael sabia se virar bem sem o bordão. Afinal, o objeto mágico o havia sido negado por anos, então ele precisou aprender a concentrar sua magia usando o próprio corpo. E ao contrário dos irmãos e toda a família, ele não se aprofundou na arte dos luzeiros, mas sim na arte dos mares. A mesma de sua mãe. A água era sua aliada e estar lutando no meio de uma floresta escura e úmida era o ambiente perfeito. Não demorou para Risdan perceber que, na verdade, quem estava em desvantagem era ele.

O irmão mais velho ficou sem paciência. Limpou o sangue deixado em seu rosto por um cristal que tinha passado de raspão. Sua visão já tinha voltado ao normal, então, prevendo um movimento de Ismael, ele lançou um fragmento que o atingiu com perfeição. O mensageiro foi preso pelas cordas incandescentes, sendo controlado para se ajoelhar no chão bruscamente com a cabeça abaixada. Risdan se aproximou, rindo mais a cada passo que dava.

— Você precisa parar de tentar ser o que jamais será — falou ele com desdém.

Ismael olhava para baixo, em completo silêncio. Risdan se sentia vitorioso até ouvir uma pequena risada vinda de seu irmão.

— Tá rindo de quê, imbecil? — indagou, usando o bordão para fazer Ismael olhá-lo nos olhos. — Se esqueceu de que quem está preso é você?

— Ah, irmão, se você não tivesse faltado vadiamente a todas as aulas sobre cernes, saberia que seu fragmento não funcionaria muito bem aqui.

Risdan o olhou, confuso.

— Sabe qual a única fraqueza do sol? — Ele sorriu. — A noite!

Ismael então se libertou da corrente, usando a força da água coletada em cada grão da terra úmida em que ele pisava. A água empurrou Risdan para longe, o fazendo soltar seu bordão pela surpresa do ataque. Ismael pegou o objeto e quebrou na coxa da perna esquerda, a luz do fragmento se apagou de imediato. Ele olhou para seu irmão e notou que estava desacordado. Queria dar mais uma lição nele, mas não tinha tempo. Ismael bufou com frustração e usou suas habilidades para libertar Lizzie.

— Você foi incrível! — disse a botânica com orgulho ao se ver livre de novo.

Ismael sorriu e tirou do bolso um dente branco afiado.

— Vamos lá criar uma fera.

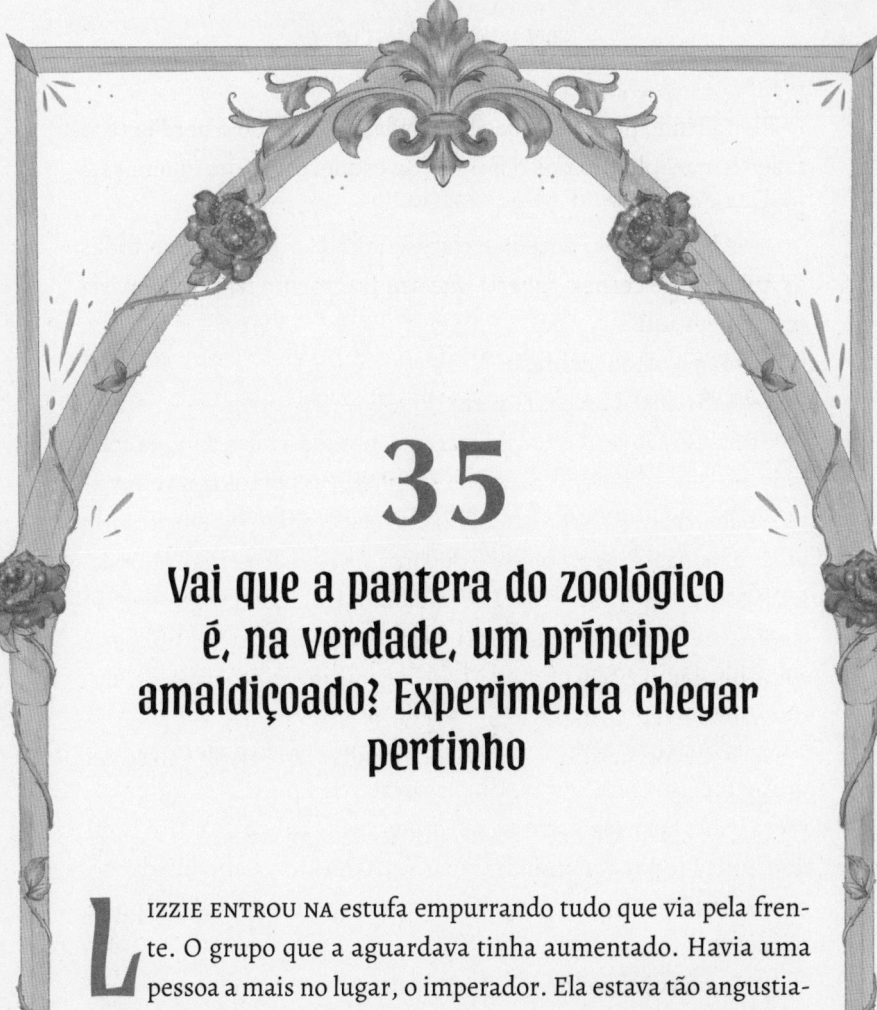

35

Vai que a pantera do zoológico é, na verdade, um príncipe amaldiçoado? Experimenta chegar pertinho

LIZZIE ENTROU NA estufa empurrando tudo que via pela frente. O grupo que a aguardava tinha aumentado. Havia uma pessoa a mais no lugar, o imperador. Ela estava tão angustiada que não reparou nos olhares inquietos. A botânica decidiu ignorar a presença do pai de seu marido. Não tinha tempo para dramas familiares naquele momento. Ela colocou seu bordão em cima da mesa e começou a preparar Nicholas para o feitiço. Antes que pudesse começar, Mia segurou a mão dela.

— Alteza... Ele está morto — anunciou com a voz presa.

Lizzie parou tudo que estava fazendo e fitou Mia por alguns segundos. O imperador se aproximou dela.

— Jovem, Fergus já está a caminho. Ele criou um exército com centenas de pessoas no vale, e está avançando. Logo chegará aqui, ele irá atrás da outra presa. Precisamos escondê-la em um lugar seguro, essa é a missão agora.

Lizzie o encarou por alguns segundos.

— Então Fergus terá que lutar com meu marido, pois essa presa é dele.

— Ele morreu, garota — o imperador tentou lembrá-la.

Ela então olhou para o corpo do marido, com os olhos fechados e o cabelo colado na testa. Lizzie acariciou seu braço, aquilo não podia ser o fim.

— Vocês acham que eu vou fazer o quê? — perguntou, se voltando para o grupo. — Chorar em cima do corpo de meu marido morto? Eu vou buscá-lo, onde quer que ele esteja. Arrebentarei os portões do céu se necessário. Sua vida na terra ainda não acabou! — exclamou, irritada. — E se Elah nos deu a presa é porque Ele sabe que não acabou!

Então Lizzie pegou a presa e colocou no topo de seu bordão. Uma luz incandescente tomou todo o lugar, era tão poderosa que o grupo precisou se segurar para se manter em pé. Os tremores começaram a ficar mais altos, era Fergus se aproximando. Um rugido alto fez todos quererem tampar seus ouvidos. Sem dúvida, ele os mataria. Lizzie se apertou ao bordão e apontou para o corpo de Nicholas.

— Por favor, funcione — clamou ela.

Um brilho prateado se acendeu em seu peito. O rastro luminoso seguiu caminho entre os braços, chegou até as mãos, passeou entre os dedos e então transferiu o poder para o bordão. Cada farpa de madeira do objeto mágico recebeu o sentimento de Lizzie. Tudo se uniu no topo e a magia foi lançada no peito de Nicholas como um laser luminoso. Um aroma amadeirado tomou todo o ambiente. Então aquele era o aroma de quando o feitiço com brenixa funcionava, Lizzie o sentia com perfeição pela primeira vez. Aquele era o cheiro do início da vida, o aroma que diziam ter se espalhado no jardim dos primeiros filhos de Elah. Aquilo exalava vida, era tão poderoso que seria capaz de proporcionar a eternidade para qualquer um que tivesse o prazer de apreciar a fragrância. Se a árvore da vida não tivesse sido corrompida centenas de anos atrás, com certeza seria algo para se sonhar na terra criada por Elah.

Os tremores ficaram mais próximos. Talvez Fergus fosse capaz de sentir a presença da outra presa, pois estava caminhando direto para a estufa. O corpo de Nicholas começou a levantar e flutuar no meio deles. Mais luzes se espalharam pelas paredes de vidro. Uma sequência de símbolos surgiu do bordão de Lizzie e circulou o corpo de Nicholas, eram os sinais do contrafeitiço. A sequência então entrou em seus olhos quando ele os abriu repentinamente. E assim que o último passo da fera de Fergus ficou mais próximo, a fera de Nicholas surgiu de maneira abrupta e destruiu todo o teto da estufa de vidro. Ele atacou o inimigo com uma mordida e assim a batalha de duas feras começou.

Nicholas foi jogado para o outro lado, Fergus controlava a fera como ninguém. Ele se aproximou do príncipe e arranhou seu rosto com as garras de sua pata cinza. A fera de Nicholas revidou com outro arranhão. Fergus era forte, mas o poder da presa era muito mais resistente no príncipe. Lizzie e os outros tentavam se livrar dos escombros enquanto ouviam a batalha acontecer do lado de fora.

— Temos que dar cobertura ao príncipe — avisou Malcer.

— Sim, tem mais ciclopes se aproximando — concordou Dacan. — Precisamos libertá-los.

Lizzie então correu até as prateleiras de seu laboratório destruído e encontrou as demais pedras que havia preparado.

— Não se esqueçam, são cinco por ciclope.

— Mas essas não estão prontas para o arco, são apenas lascas — reclamou Malcer.

Mia se aproximou deles e pegou o saco com as pedras.

— Preparem os estilingues. Vamos arremessar pedras em gigantes.

O trio encheu o peito e avançou na missão. Eles se encarregaram de ser a retaguarda do príncipe, assim como tinham feito durante todos aqueles anos. O ciclope que tinha sido curado os aguardava ali ao lado. Eles subiram pelos seus braços e se apoiaram em seu ombro. Com esse novo aliado, eles protegeriam o futuro imperador. Ao contrário do que muitos achavam, os ciclopes não tinham fins para batalha, eles eram como muralhas de proteção, apenas para defesa de Elah. Quando foram controlados por Fergus, seu verdadeiro propósito fora corrompido. E qualquer criatura que é retirada de seu caminho à força, quando retorna, estará sedenta por vingança. O grande ciclope então atirou os cristais de seus olhos no corpo da fera de Fergus, que rugiu alto de dor. Nicholas aproveitou para atacá-lo com seus dentes mais uma vez. Sangue espirrou para todos os lados. Os ciclopes controlados foram em direção ao trio, era a oportunidade perfeita para pegar vários de uma vez. Eles colocaram as pedras no estilingue e, quando estavam próximos o suficiente, atiraram. Dois ciclopes foram pegos em cheio e levaram alguns minutos para perceber que estavam livres das correntes de Fergus.

— Eu errei! — gritou Mia.

Um ciclope quase do tamanho do que eles se apoiavam avançou. Foram protegidos pelo seu recém-aliado, que segurou todo o impacto do ataque. Ele logo revidou com os últimos cristais de seus olhos. O outro teve seu braço ferido e ficou ainda mais zangado.

— Não pode errar agora! — implorou Dacan.

— Eu não vou — falou Mia, mirando na testa da criatura que se aproximava. Ela lançou as pedras, que atingiram seu alvo. — Isso! — comemorou.

Enquanto todo o caos acontecia lá fora, Lizzie, Ismael e Cecília tentavam tirar um pedaço de ferro de cima do imperador. Ele parecia mais ferido do que esperavam, um pedaço de vidro estava fincado bem no meio de sua barriga e ele já sentia dificuldade de respirar. Juntos, eles o apoiaram em cima de uma cadeira. Ismael pegou seu bordão que estava jogado na estufa para preparar um bom feitiço de cura. Antes que fizesse qualquer movimento, o imperador usou as últimas forças para impedi-lo.

— Deixe como está — pediu ele.

— Meu senhor? — perguntou Ismael, confuso.

— Podemos curá-lo, majestade — Lizzie tentou convencê-lo.

O imperador encarou o grupo que permanecia confuso com sua decisão.

—Quando meu amor se foi, meu coração se foi junto. A única coisa que me fez permanecer vivo todos esses anos, foi a promessa que fiz a ela, que cuidaria de nosso filho em sua ausência. Eu não queria assumir essa missão sozinho. Tudo o que eu mais queria nesse mundo era me juntar a ela no outro mundo. Para ficarmos juntos, enfim. Eu não queria estar em um mundo onde o amor dela não existe. Mas lá estava eu, sozinho, cuidando de um pré-adolescente rebelde, que nunca teve admiração por seu pai, por ser tão fraco e sensível. Um homem que não foi capaz de proteger a própria mulher. Tentei, do meu próprio jeito, cuidar dele. Admito que boa parte dos casamentos foram também planejados por mim. Eu queria provar que sua vida importava. Não podia partir até ter certeza de que ele estava bem.

Lizzie estava com medo de se pronunciar. Ela abriu a boca, mas logo se calou. O imperador percebeu.

— Diga, minha jovem.

— Majestade, o que Nicholas quis dizer quando falou que pediu por mim?

O imperador tentava usar seus últimos minutos para acessar sua memória.

— Ah... Elah demorou bastante para contar a ele que a razão do coração agitado da fera era a falta do amor por aliança. Nossa divindade só contou a ele quando fez vinte e um anos. A partir daí, o conselho se reuniu para começar a procurar pela esposa ideal. Você foi a primeira que meu filho sugeriu.

— Por quê? — perguntou ela, tentando entender os acontecimentos.

— Bom, ele lembrava vagamente de um momento quando era adolescente e atacou uma garota, e essa garota conseguiu se defender.

— Sim, eu me lembro disso. Depois daquele dia, eles me pediram informações sobre meu bordão e cerne.

— Foi aí que as pesquisas sobre brenixas começaram, mas ninguém sabia fazer. Parece que é algo que só um Valero pode dominar — brincou ele ao tossir.

— Por que não fui chamada primeiro, então?

— O Conselho. Eles tinham certeza de que existiam botânicas nativas mais adequadas para o papel. Se recusaram a permitir que alguém de fora fosse a primeira opção. Hoje, percebo que você não era apenas a primeira. Era a única.

Lizzie engoliu em seco.

— Eles sabiam sobre o amor verdadeiro?

— Não, apenas os de máxima confiança, para evitar espiões. O Conselho sabia que uma botânica que dominava a arte da terra era necessária. E como somente a realeza poderia adentrar a floresta de Elah para estudar ingredientes, tínhamos a desculpa perfeita... Depois de tantas tentativas frustradas, Nicholas foi até o Conselho e praticamente os ameaçou, gritando para todos os lados que queria você. — O homem riu em meio a tossir sangue de novo. — Ele fez uma bagunça e tanto naquele dia. É claro que dei uma bronca nele e Nicholas pediu desculpas depois. Ele sempre culpava a instabilidade da fera por suas besteiras, mas eu sei que tinha coisa que fazia por vontade própria. Ele é um encrenqueiro. Igualzinho à mãe.

— Nicholas sabia como eu era?

— Ele lembrava muito pouco, mas no começo só queria se casar para se livrar da maldição, nem pensava em amor. Fico feliz que tenha conseguido mudar isso nele. Ele não esperava que o Conselho fosse aceitar seu pedido, tanto que foi pego de surpresa no casamento. Ele demorou um pouco para perceber que era a garota que ele solicitara. É claro que o Conselho só fez isso porque esperava que a senhorita desistisse rápido, mas foram surpreendidos por sua insistência.

— Isso explica tanta implicância — murmurou Cecília. — Quem fazia os feitiços da bobeira nela? Toda hora alguém a perturbava.

— Ah, eram tantos que eu nem saberia dizer com exatidão.

— Era minha família — confessou Ismael. — Se Nicholas não conseguisse a cura, o trono iria para eles. Tudo o que eles queriam era que Lizzie desaparecesse o mais rápido possível. E é claro, ela ser uma não nativa só piorava a situação.

Lizzie estava enfim começando a entender como as coisas funcionavam por ali. Saber que Nicholas tinha insistido por ela desde o início fez seu coração acelerar. Ela era dele, ele era dela. Não importava quantas pessoas ficassem no caminho, não importava o título, a diferença de mundos... Eles pertenciam um ao outro. E Elah sabia disso.

— O senhor precisa ficar — insistiu Lizzie. — Nicholas precisa saber que o senhor o ama muito. Ele só é teimoso, mas o ama, sim. Tenho certeza.

O homem acenou negativamente com a cabeça.

— Eu sei que meu filho tem amor por mim, mas... — Seus olhos encheram d'água — ... Agora ele está bem, não preciso mais protegê-lo. Você está aqui, Lizzie. Ele já encontrou sua auxiliadora, seu amor. Agora, por favor, me permitam descansar para que eu possa reencontrar o meu.

Lizzie, mesmo relutante, atendeu o pedido do homem e se afastou aos poucos, com os lábios trêmulos. A respiração do imperador começou a desacelerar. Ele encarou o céu noturno, nuvens começavam a aparecer, era como se fosse sua carona para o outro lado. Ele ouviu o rugido de seu filho, abriu um último sorriso, e, enfim, fechou os olhos satisfeito.

Mais um treinamento incessante acontecia do lado de fora. Um homem alto, mas magricelo observava uma jovem musculosa e igualmente alta derrotar os outros soldados. Um por um. Era quase como uma brincadeira para ela. O rapaz olhou para seus braços, suspirou frustrado e pegou um casaco para se cobrir. O barulho das espadas tirava sua concentração. Ele pegou um caderno no bolso e começou a desenhar a imagem da moça que admirava. Ele desenhou o cabelo liso, a maquiagem ao redor dos olhos e a armadura prateada que a protegia.

— Observando ela de novo, Odas? — perguntou um outro rapaz, que segurava caixas de madeira cheias de plantas variadas.

O desenhista olhou para trás e lançou um sorriso de canto quando viu quem era.

— Você me conhece, Edric — murmurou ele.

O jovem botânico colocou as caixas em cima do banco e se sentou ao lado do amigo. Ele olhou na mesma direção que o rapaz e viu vários homens cochichando entre si enquanto encaravam a grande guerreira em ação.

— Bom, você tem muitos concorrentes. Como pretende vencê-los?

— Estou ainda tentando descobrir.

Edric pensou um pouco e vasculhou sua caixa. Ele pegou algumas sementes de flores, as apertou no pulso e conjurou algumas palavras pela vertente da natureza. Ao abrir as mãos de novo, rosas cheias e de cores variadas se revelaram. Odas o observava confuso. O botânico então pegou um laço e amarrou no cabo das flores.

— Aqui — disse, oferecendo o buquê improvisado. — Comece com gentileza.

Odas pegou o presente e viu que o treinamento de Alexandra estava chegando ao fim.

— Já fez algo assim para sua noiva? — questionou ele com curiosidade.

Edric estralou a língua. Estava na hora de contar.

— Estou indo embora, Odas. Rompi o noivado.

— O quê? — O homem o olhou assustado. — Mas por quê? Sua noiva era da nobreza, você entraria na corte! — afirmava ele, sem entender as motivações do amigo.

Edric suspirou.

— Eu me apaixonei — confessou com um sorriso envergonhado.

— Por favor, não me diga que isso aconteceu na viagem para o Brasil.

— Você me conhece tão bem.

— Edric, não aja por impulso. Vai abandonar tudo pra ficar com uma mulher que acabou de conhecer? Pior ainda, uma mulher não nativa?

O homem de cabelo castanho encaracolado empurrou os fios para trás.

— Estou cansado de Bardaros. Da sujeira, da frieza, da ambição... Quero um pouco de tranquilidade. Entrar para a nobreza é o oposto disso! Minha ex-noiva não deixaria nossos filhos em paz para ter destaque nesse lugar. Eu acho que só preciso de uma pousada. Um campo, um trabalho confortável, uma mesa farta, uma esposa linda e crianças. — Ele sorriu.

— Há algo mais para desejar? Qualquer coisa além disso... — Ele deu de ombros — ... É vaidade.

— Mas e sua carreira?

— Não vou abandonar nada disso, vou manter meus estudos. Talvez apenas com um pouco menos de recursos, mas, pelo menos, com mais brandura.

Odas encarava Edric, perplexo.

— Desculpe, eu não consigo entender — falou ele, emburrado.

— É... Ennet também não entendeu, reagiu ainda pior que você. Mas isso não é algo que preciso explicar. Estou feliz com minha decisão, meu amigo. Peço que celebre comigo.

Odas contorceu os lábios, inconformado. Ele já tinha poucos amigos, perder um dos mais chegados não era a notícia que queria ouvir.

— Como rompeu esse noivado? Ela tinha sido escolhida pelo próprio imperador.

— Essa parte foi complicada, mas falei com Alexandra.

— Falou com quem? — perguntou chocado.

— Ela mesma. Alexandra vai muito ao laboratório para curar feridas dos treinamentos, potencializar magia e outros truques para sua força. Acabamos nos aproximando um pouco e pedi para ela interceder com seu pai.

— Por que ela aceitaria isso?

— Porque eu fiz uma promessa de sangue com ela.

— Por Elah... Ficou devendo um serviço, não é?

— Ela pode nunca precisar desse serviço. Mas, se precisar, terei que cumprir. É o mínimo que posso fazer por ter dado este trabalho à princesa.

— Torça para ela nunca solicitar esse pagamento, viu? Alexandra tem a tendência de tentar resolver tudo sozinha. Se ela chegar a pedir sua ajuda é porque é tão sério que pode afetar até sua vida. Cuidado.

Edric engoliu em seco.

— É, eu sei. — Ele olhou para a frente. — E falando nela...

Alexandra saía do campo irritada, parecia ter se desentendido com alguns de seus colegas. Ela resmungava algumas palavras enquanto guardava a espada na armadura.

— Vai lá — sussurrou Edric.

— O quê? Agora?

— Vai esperar quando ela estiver fora de batalha? Ela sempre está assim. Vai logo! — disse ao empurrar o amigo.

Odas deu alguns passos à frente e chegou mais perto da princesa. Ele conseguiu ouvir uma de suas reclamações.

— Esses porcos nojentos — resmungou ela enquanto retirava as luvas de maneira apressada. — Parece até que esquecem que eu sou uma dama, apesar de tudo!

O jovem magricelo chegou mais perto dela e foi paralisado pelo olhar cortante de Alexandra.

— O que quer? — perguntou ela com rispidez.

Odas sentia as pernas tremerem, não sabia o que dizer. Movido apenas pelo desespero, ergueu as flores e mostrou à princesa. Ela encarou as rosas coloridas por um tempo, parecendo um pouco confusa.

— Isso é para mim? — indagou, ainda surpresa.

— Toda dama merece flores — Odas conseguiu dizer.

Alexandra piscou um pouco, processando o que tinha acabado de ouvir. Então puxou o cabelo branco para trás da orelha com um movimento lento, se certificando que estava arrumada. Ela abriu um sorriso tímido e pegou as flores.

— Obrigada — disse enquanto admirava o buquê. — Qual seu nome?

— Odas, alteza . — Então ele se curvou.

Ela abriu um pouco mais seu sorriso retraído e saiu pelos corredores, ainda sem tirar os olhos do presente que tinha acabado de ganhar. Quando já estava distante o suficiente, Edric se aproximou do amigo que ainda encarava a mulher que admirava ao longe.

— Nada mal, hein? — comentou Edric com orgulho.

— E agora? — Odas se sentia perdido, nunca tinha passado da fase da admiração. Não conseguia acreditar que aquela mulher tão maravilhosa um dia poderia notá-lo. — O que eu faço depois disso?

— Só continua, meu amigo.

— Como farei sem você por aqui?

— *Eu só te dei um empurrão, o resto é com você.*

— *Não sou capaz disso.*

— *Você se dá pouco crédito, Odas.* — *Lamentou ele ao segurar no ombro do amigo.* — *Bom, preciso ir. Estou levando essas plantas e algumas brenixas para minha nova casa* — *informou, pegando a caixa de cima do banco.*

— *Ainda trabalhando com essa planta esquisita? A árvore da vida foi corrompida, Edric. É quase impossível retirar alguma bênção dela.*

Edric pensou um pouco, lembrando de sua experiência fora de Bardaros.

— *Você sabia que quando eu fui ao encontro de botânicos no Brasil, conheci a história da primeira maga que conseguiu fazer uma bênção com ela?*

— *Deve ser mentira.*

— *Acredite no que quiser. Mas eu sei que essa magia só foi possível com uma coisa. E é mais uma razão para eu partir, porque é algo valioso e verdadeiro demais para eu conseguir aqui.*

— *E o que era?*

— *Amor* — *respondeu com um sorriso.*

Edric então deu meia-volta e continuou seu caminho. Odas olhou na outra direção, pensando que talvez estivesse na hora de controlar seu próprio caminho também.

Um estrondo do lado de fora tirou o grupo da sensação de luto. Uma batalha violenta ainda acontecia entre as duas feras. Eles correram para fora, deixando o corpo do imperador para trás. Nicholas estava em cima de Fergus, rugindo para ela com toda a sua força.

— Como matamos a fera de Fergus? — perguntou Lizzie, enxugando sua última lágrima. — Precisamos recuperar a presa de Elah.

— Essa fera é incompleta — explicou Ismael. — Sem a brenixa como cerne da vida, ele é só uma fera zumbi.

— Por isso é tão horrendo — pontuou Cecília, fazendo uma careta de desgosto.

— E sem o amor, não há proteção. Qualquer coisa pode matá-lo.

Lizzie arqueou as sobrancelhas.

— Ele é mais vulnerável do que achávamos — murmurou Lizzie. — Seu coração é fraco.

— Isso mesmo — concordou Ismael.

Um rugido de dor chamou a atenção deles, Nicholas tinha sido pego bem na garganta. A fera de Fergus continuava a tentar enfraquecê-lo. Ao redor, o trio trazia aos poucos os ciclopes de volta à normalidade. Fergus estava desatento demais para reparar nisso, a batalha ocupava todo o seu campo de visão. Era a chance perfeita para pegá-lo desprevenido. Lizzie saiu correndo, para o desespero de Cecília, e tentou alcançar a escolta do príncipe. A botânica usou a magia de seu bordão para lançar um rastro luminoso pelo chão, e então deslizou pela terra até chegar aos pés do ciclope que protegia o trio. Eles logo a avistaram e pediram ao ciclope que a erguesse até seu ombro. A enorme criatura atendeu ao pedido e segurou Lizzie na palma de sua mão.

— Nicholas precisa atingir o coração — falou Lizzie quando chegou ao topo.

Eles não tinham tempo para perguntas, apenas obedeceram às ordens da princesa. Com a ajuda do ciclope, tentaram ficar mais próximos da batalha das feras.

— Como vamos dizer isso a ele? — perguntou Dacan, preocupado. — Ele não consegue nos ouvir daqui.

— Vamos organizar os ciclopes sãos para criar uma muralha — explicava Lizzie. — Para que Fergus não se afaste tanto, quando estiverem em linha reta, todos devem revelar através dos cristais em seus olhos a imagem do peito da fera de Fergus. Nicholas entenderá o recado, ele sempre entende.

Todos assentiram e o maior ciclope começou a guiar os outros para a linha de frente. Nicholas rosnava para o inimigo, que já se preparava para o próximo ataque. Fergus então avançou em Nicholas e o golpeou no rosto mais uma vez. A fera do príncipe, já irritada, o lançou para trás com a força de suas duas patas. Fergus caiu, abalado.

Ele bufou pelas narinas, chacoalhou os pelos e lambeu sua presa. Logo ele avançaria no príncipe de novo.

Enquanto Fergus se recuperava, Nicholas viu uma muralha de ciclopes se formar atrás do grande mago. Ele rosnou para o alinhamento, mas logo se acalmou ao avistar Lizzie a comando dos ciclopes. Aquilo devia ser um recado para ele.

Quando todos os ciclopes se ajustaram como ordenado, eles emitiram em seus cristais a imagem do alvo. A fera levantou as orelhas como se tivesse entendido a mensagem, mas Lizzie não sabia se ele tinha, de fato, compreendido o que deveria fazer. Precisava confiar na intuição de seu marido.

Nicholas levantou sua pupila estreita para o céu. Fergus começou a avançar até ele mais uma vez e o príncipe não se moveu para contra-atacar. Lizzie não entendia por que ele permanecia imóvel. Será que precisavam utilizar outra estratégia? A angústia em seu peito continuou até que a escuridão tomou conta da terra. Uma nuvem pesada pairou na frente da lua, retirando completamente sua luz. O príncipe então tomou impulso e quando Fergus levantou as patas, esperando que o outro revidasse com as garras, a fera de Nicholas atingiu o peito de Fergus com a presa que tinha acabado de receber. A mordida foi tão profunda que alcançou o coração e sangue espirrou para todos os lados. O rugido de dor foi alto e agudo. A vida começou a se esvair dos olhos de Fergus. Ele caiu no chão, debilitado, e a fera de Nicholas avançou em seu focinho e o arranhou sem parar até ficar irreconhecível. A presa de Fergus foi arrancada no meio dos ataques e aos poucos o Grande Mago começou a retomar a forma humana. Seu rosto estava completamente ferido, ele não se curaria rápido igual Nicholas. Não existia amor para protegê-lo, era um homem vulnerável. O grande mago tentou se levantar para recuar da batalha, mas a terra começou a puxá-lo. Esse era o castigo de ter violado a vida. Fergus gritava, atormentado. Seu grito de desespero era tão angustiante que, por um segundo, Lizzie teve pena dele. A terra então o engoliu, o transformando em pó novamente. Aquilo era a punição de Elah para ele. Ao morrer, os poucos ciclopes que ainda estavam enfeitiçados foram tirados de seu tormento. E todas as outras pessoas presas por suas maldições de comando também foram libertadas. A fera de Nicholas se sentou, ofegando pelo combate. O olhar do enorme felino parecia perdido. Ao perceber que a guerra realmente tinha chegado ao fim, Nicholas começou a virar humano pouco a pouco.

— Por favor, me desça! — implorou Lizzie.

Com um movimento lento, o ciclope a colocou no chão. O trio permaneceu para conseguir contemplar a cena. Eles sorriam aliviados pelo amigo pela primeira vez. Lizzie correu até o encontro do marido, apesar dos tropeços no meio dos escombros e da sujeira, ela se recusava a parar. *Nada no mundo a faria parar.* E quando enfim o alcançou, atrás da poeira marrom, ela viu seu rosto cansado da batalha. Nicholas estava completamente nu e, desta vez, ela não tinha nada para cobri-lo. Mas Lizzie não se importava mais com a vergonha. O olhar dele encontrou o dela. Quando pulou em seus braços, Nicholas a segurou com anseio, usando todas as forças que lhe restava.

— Minha fera — falou ela, emocionada.

— Minha bela — disse ele a apertando ainda mais.

Ele a apoiou com um braço ao redor de sua cintura. Com a mão, o príncipe segurou seu rosto. Eles se olharam por longos segundos até que Nicholas, sem aguentar esperar mais um minuto sequer, puxou os lábios dela até os seus. Lizzie aceitou o desejo do marido com o coração extasiado e correspondeu a cada movimento. O beijo foi lento e ao mesmo tempo ansioso. Lizzie segurava nas bochechas de seu marido, não querendo soltá-lo nunca mais. Nicholas a apertava contra seu corpo, a desejando por completo. Foi um beijo tão ansiado que não sabiam quando conseguiriam parar. Mas o toque não era a única coisa que queriam, eles também desejavam ardentemente poder se olhar nos olhos como amantes declarados.

Nada poderia tirar o encanto de alguém que acabara de descobrir um amor correspondido. Nicholas estava disposto a viver com lâminas em seu peito se necessário. Isso até descobrir quão mais agradável era o afeto.

Logo os movimentos foram desacelerando. Lizzie apoiou as mãos em seu peito e encarou o marido. O rosto dela estava totalmente ruborizado, e os olhos de Nicholas brilhavam de maneira diferente daquela vez.

— Por favor, diga que vai ficar — implorou ele com a voz mansa.

— Eu não vou a lugar algum, meu esposo. Meu coração é seu. Espero que o aceite imperfeito e bagunçado como é.

— Eu aceito, minha esposa. Obrigado por aceitar o meu.

Lizzie sorriu e o abraçou de novo. Ele a segurou com carinho, acariciando seu cabelo bagunçado. Queria se perder em cada fio, em cada toque, cada beijo, cada suspiro... Ele ansiava em se perder naquela mulher para sempre. Mas, por mais estranho que parecesse, quanto mais ele se perdia nela, mais encontrava a si mesmo. O príncipe amaldiçoado tinha encontrado seu amor, e agora estava certo; por mais que estivesse disposto a morrer e matar por ela, viver por ela era muito melhor.

Epílogo

"A coroação de nossa princesa foi digna de toda a pompa que recebeu. Representantes de todos os lugares do mundo foram convocados para prestigiar a Coroa. Digo até que nosso novo imperador estava tentando compensar o casamento humilde que tiveram. Após toda a batalha contra o grande mago, nossa majestade imperial foi imediatamente coroada como líder de Bardaros. Na mesma semana, ordenou a prisão de todos os traidores da Coroa e mandou que um altar fosse erguido em honra a seu pai e sua mãe. Então dirigiu um lindo discurso ao serviço deles pelo trono. Admito que me emocionei muito ao assistir à cerimônia e foi possível notar que o próprio imperador também estava emocionado. Por mais triste que soe, parece que, às vezes, apenas a dor da morte nos aproxima de quem amamos.

Após o período de luto, nosso estimado casal viajou para o país de nossa princesa e lá tiveram uma longa lua de mel. Tão longa que me fez pensar se voltariam. Mas espero que a extensa estadia nos faça receber em breve notícias de um herdeiro. Enfim, com o casamento consumado, Lizzie Valero Arkalis pôde assumir o papel de imperatriz. Como é a primeira vez que Bardaros tem uma não nativa no trono, prevejo que teremos muitas mudanças em relação ao mundo exterior. Já chegou até mim que mais portais estão sendo enviados ao país natal de nossa imperatriz, para a alegria de todos os habitantes de lá. Portais especiais foram enviados para o sul do país, que dizem ter sofrido sérios danos da última vez em que o príncipe esteve lá. E para a pousada da família da imperatriz, que agora tem seu próprio portal; parece que as Valero continuarão mais unidas do que nunca. Boatos de que há outro rapaz na nobreza ansioso para utilizar este portal e visitar com mais frequência uma possível pretendente. Acredito que todos nós já saibamos quem seja, mas guardarei meus comentários para quando o noivado for oficialmente anunciado.

Sei que ainda há muitas opiniões controversas a respeito. Eu mesmo, como está registrado em várias edições, já fui um grande objetor de toda essa proposta. Mas vejam, caros leitores, até mesmo o mais humilde dos jornalistas, às vezes, precisa se render ao amor. Eu sei que isso pode parecer só um clichê de 'e viveram felizes para sempre', mas quem é que não gosta de nais felizes? Este autor está, sem dúvida, convencido de que não há maneira melhor de finalizar uma história. E bendito seja Elah por ser o Autor de todas elas."

O homem terminou de escrever a próxima edição a ser publicada com um sorriso satisfeito no rosto. Ele fez uma dobradura para preparar o envio e se levantou com calma. O autor foi até as prateleiras bagunçadas procurar o feitiço para selar a carta. Olhou de relance para o pequeno espaço abandonado no canto do laboratório e sorriu mais vez. Quem diria, a doce princesa tinha conseguido amolecer até mesmo o mais rabugento coração. Talvez *essa* fosse a magia mais poderosa de todas.

Entre
Feras
&
Corações
Feridos

Agradecimentos

Agradeço, primeiramente, ao meu Senhor Jesus Cristo, que me mostrou por meio das palavras descritas neste livro — e em centenas de outras histórias fantásticas —, o quanto Ele me ama em todos os universos, fora de nossa galáxia e dentro de nossos corações.

Dedico este espaço para agradecer à toda equipe editorial que acompanhou e trabalhou arduamente na produção desta obra: Ivânia, Fernando e Vitória, muito obrigada pela gentileza e bondade. Elogiar com entusiasmo é um carinho, mas apreciar com amabilidade é uma virtude, digo com convicção que todos vocês são demasiadamente virtuosos. Agradeço também ao setor de arte, principalmente à Karina que esteve à frente da equipe, obrigada por todos os apontamentos que tornaram esta obra ainda mais assertiva e bela.

Não poderia deixar de agradecer aos meus pais e ao meu marido, que nunca deixaram de apoiar meus sonhos mágicos. Mesmo quando a magia parecia enfraquecer em meu coração, vocês a reacendiam com a chama de seu amor. Nada é mais quentinho e aconchegante do que o amor que sinto por vocês.

Agradeço também à minha amiga Lisa que me ouviu tanto falar desta história com paciência e alegria, e minha amiga Renata que, com muito apreço, se dispôs a ler este livro quando ainda não passava de um rascunho. Seus doces comentários me fizeram amar ainda mais os personagens desse mundo.

E, por último, obrigada a cada leitor que ainda acredita no amor que vence todas as coisas. Porque, de fato, vence! E eu acho que essa é a coisa mais linda na qual poderia acreditar.

Muito obrigada por acreditarem comigo.